AF235949

Reiner A. Hampusch, geboren 1949 in Leipzig, aufgewachsen in Berlin, inmitten schöngeistiger Literatur und Kunst, frei erzogen (von seinen Eltern) entdeckte er als Kind zuerst die Welt der Märchen, Sagen und fantastischen Geschichten. Die Schule musste überstanden werden, und auch die Lehre zum Tischler.

Nach einem Abendstudium der Malerei an der Kunsthochschule Weissensee in Berlin, entschloss er sich dann doch Werbekaufmann (Ökonom) zu werden. Nebenberuflich fotografierte, malte und schrieb R.H., doch literarisch blieben immer nur Fragmente liegen (1972 – 1975, Gedichte, Fragmente SiFi-Geschichten). Erst 2014 verfasste er seinen ersten Fantasieroman, "Nacht über Ralli", den er kurzfristig als e-book veröffentlichte. Da ihm aber diese Ausgabe nicht gefiel, nahm er sie wieder aus dem Angebot.

Dafür erschienen in kurzer Folge vier Liebesromane: "Grüne Augen", 4 Romane in einem Buch: Clarisse, Clarisse 2, Therese, Anne, "Marga", "Berlin, Venedig und anderswo" und "Rheinsberg und anderswo", alles kostenlose e-books. Es waren (Originalton), sozusagen "Fingerübungen". Mit der dreiteiligen Krimireihe "Mellerts Fälle", die zwischen 2018 und 2020 entstanden, "Der Tote von Neuendorf", "Paradis perdu" und "Der weiße Wal" begab sich R.H. in das Metier des Krimischreibers; der Leser erlebt die Entwicklung der Ermittlungsarbeit der Kriminalpolizei in den Zwanziger, Dreißiger und End-Vierziger Jahren in Berlin und Preußen.

Mit diesem Roman kehrt R. A. Hampusch zurück zu den Wurzeln, der Fantasie.

Bisher über BoD erschienen:

DIE NEUE KAISERIN, Drakenland 4
DRAKENLAND Die neue Kaiserin, Teil 1 DER FEIND

In Vorbereitung

DRAKENLAND, Die neue Kaiserin, Teil 2, KRIEG
DRAKENLAND, Die neue Kaiserin ,Teil 3, TABUBRUCH
DRAKENLAND, Sabu - Der Preis der Macht, ALLEIN

Reiner A. Hampusch

DRAKENLAND

Die neue Kaiserin
Teil 1 DER FEIND

Die Geadir-Saga
Episode 4

Fantastischer Roman

Bibliografische Information der Deutschen Nationalbibliothek: Die Deutsche Nationalbibliothek verzeichnet diese Publikation in der Deutschen Nationalbibliografie; detaillierte bibliografische Daten sind im Internet über http://dnb.dnb.de abrufbar.
© 2021-Reiner A. Hampusch
Titelbild: Hironymus Bosh, Ausschnitt aus "Einblick in die Hölle
Karten im Inhalt: Reiner A. Hampusch
Texttrenner von Gordon Johnson auf pixabay.com
Typografie: Times New Roman

Herstellung und Verlag: BoD – Books on Demand, Norderstedt
ISBN: 978-3-7557-6074-0

KARTE VON SINI

ERSTES BUCH - DER FEIND

Wer den Frieden gewinnen will,
muss zuerst den Krieg besiegen

SABU

Der fröhliche Kiekser blieb Sabu im Halse stecken. Weder sie noch ihre Freundinnen hatten an den Aufzug der Damen der Sonnengöttin gedacht, der sich gemächlich unter Gesängen und Gebeten die lange, steile Straße zur Sonnenstehle hinauf bewegte. Sabu schoss aus der Seitengasse heraus und direkt auf das Dreiergespann zu, das den langen Zug anführte. Kikoku und Yamoki konnten noch rechtzeitig abbremsen und blieben mit weit aufgerissenen Augen stehen. Doch Sabu hatte zu viel Schwung. Sie stieß mit der *Nii-onee-shama*[1] Hagata Jokimi zusammen, die zum Zeichen ihrer Würde und um Rechenschaft gegenüber der Sonnengöttin abzulegen, ihren

---

[1] Siehe Anhang, Namen und Begriffe

Abakus und die Jahresabrechnung des Klosters mit sich führte. Jokimi strauchelte und im Bemühen sich abzufangen, ließ sie den Abakus und die Schriftrolle los. Sabu traf die Gegenstände mit der rechten Schulter, wodurch sie in die Luft katapultiert wurden. Doch nicht genug. Auch Sabu strauchelte verständlicherweise. Sie griff nach dem erstbesten Gegenstand, den sie auf ihrem Weg zum Boden greifen konnte. Es gab ein deutliches Geräusch reißenden Stoffes. Yumiko Onemichi, die *Reii-onee-shama*, die Priorin des Klosters, stieß einen kurzen Fluch aus und hielt krampfhaft ihre Robe in Höhe der Brust fest. Gleichzeitig gelang es ihr durch einen kurzen Sprung nach vorn sich vor Sabu, als auch vorm Abakus, der direkt auf sie zuflog, und den Blättern der Schriftrolle, welche sich aufgelöst hatte, und die wie Herbstblätter durch die Luft segelten, in Sicherheit zu bringen. Sabu ließ den Stoff los, fiel der Länge nach hin und stieß die dritte Priorin, Hagama Asamo, von den Beinen. Beide lagen nun nebeneinander und sahen sich erstaunt an.

"Was, bei allen guten *kami*, soll das denn?", rief Onemichi vor Überraschung und sah Sabu streng an. Hagata Jokimi hatte die Überraschung schnell überwunden. Sie sprang ihren Schriften hinterher, um sie aufzufangen, denn der leichte Wind, der heute durch die Straße strich, wehte sie in alle Richtungen.

"Du verdammte, kleine …", Asamo, immer noch auf dem Straßenpflaster liegend, fand ebenfalls ihre Sprache wieder. Doch als eine der nachfolgenden Schwestern hysterisch rief: "Ein Krieger!", blickte sie die Straße hinauf.

Mitten auf der heiligen Straße, die nur den wahren Damen der Sonnengöttin vorbehalten war, um das Ritual der wöchentlichen Anbetung der Göttin zu befolgen, stand ein Krieger in einer prächtigen Rüstung. Er hatte die Griffe seiner beiden Schwerter fest umfasst. Grimmig betrachtete er die Ansammlung der Dragunas in ihren weißen Leinenkutten und den schlichten Sandalen. Irgendwie erinnerte ihn der Aufmarsch der Damen an eine schaumige Meeresbrandung, die hin und her wogte. Sabu, immer noch auf der Straße liegend, guckte mit großen Augen auf den Krieger. Jetzt erkannte sie ihn. Yukomi, der Heerführer des Hauses Hita! *Was sucht Kenochi Yukomi hier im Kloster, dazu mitten auf der heiligen Straße?*

"Zu mir, Sabu!" Yukomis Stimme hatte einen rauen, befehlend schneidenden Klang, den Sabu von ihm nicht kannte. Eher war er zu ihr äußerst höflich und zurückhaltend. Aber irgendwie reagierte sie genau auf diesen Ton. Sie sprang auf, ohne sich weiter um ihre Umgebung und die

Aufregung, die sie verursacht hatte, zu kümmern und lief zu Yukomi.

"Folge mir", befahl der Heerführer und drehte sich um. Wieder dieser unerbittlich befehlende Ton, der Sabu zwang, ihren ansonsten stetig vorhandenen Widerstand gegenüber jeden und alles aufzugeben. Yukomi lief mit großen Schritten die Straße bergauf, ohne sich um Sabu zu kümmern. Sie erreichten eine Seitengasse. Sabu stöhnte innerlich auf. *Nein, nicht in diese Gasse!* Der Weg der großen Prüfung. Eine Gasse, die zwischen den Häusern der Damen und kahlen Felswänden auf den Berg führte. Genau einhundertzweiundsiebzig Stufen aufwärts, ohne Absätze, ohne Geländer. Genau so viel Stufen, wie ein halbes Jahr Tage hatte. Auf der anderen Seite, wenn man die Plattform zur Sonnenstehle erreicht hatte, gingen wiederum einhundertzweiundsiebzig Stufen abwärts. Durch diese Gasse stiegen die Novizinnen zur Sonnenstehle empor, wenn sie zu Damen der Sonnengöttin geweiht werden sollten. Wenn sie dann die Weihe hinter sich hatten, was länger als einen halben Tag dauerte, mussten sie auf der anderen Seite wieder zurück. Mit zitternden Beinen, hungrig und durstig, denn während der Zeremonie durften sich die Damen nicht setzen und gab es weder etwas zu trinken noch zu essen.

Doch der Heerführer interessierte sich nicht für heilige Stätten oder Wege. "Hoch mit Dir." Yukomi griff nach Sabus Hand und zog sie hinter sich her. Immer noch hörten sie die empörten Stimmen und das Geschrei der Klosterdamen sowie laute Gebete, denn Yukomi hatte ein Sakrileg begangen, wie es noch nie vorgekommen war: Der ganze Bezirk des Sonnentempels, bis auf einen kleinen Teil für die Besucher, galt als heilig. *Es wird eine Weile dauern, bis die Sonnengöttin wieder beruhigt sein wird*, dachte Sabu in einem Nebensatz, denn hauptsächlich beschäftigte sie sich damit, weshalb sie Yukomi auf solch spektakuläre Weise aus dem Kloster holte. Das Durcheinander, das sie und ihre Mitschülerinnen angerichtet hatten, interessierte sie jetzt nur wenig. "Liebste, gnadenvollste nyoki-daiki", murmelte Sabu leise in sich hinein, denn für ein lautes Gebet fehlte ihr die Luft, "Ich werde es wieder gutmachen. Doch zuerst sollte ich die Stufen hinter mir haben."

Yukomi zog Sabu unerbittlich hinter sich her. Und während sie schon schnaufte und kurzatmig hinter dem Heerführer hereilte, bewunderte sie die unnachgiebige Kraft ihres Führers. Erst oben, auf der Plattform, gestattete sich Yukomi eine kurze Pause. Er blieb mitten auf dem Absatz stehen und atmete tief durch.

"Wohin jetzt, Yukomi-oiyii?", fragte Sabu, immer noch atemlos.

"Zur Sonnenstehle. Dort warten unsere Drachen."

Sabu zog die Luft durch die Zähne. Ein weiteres schweres Sakrileg! Der Bereich war ebenso heilig wie die ganze Stadt. Wenn sie erwischt wurden, bedeutet das ihren sofortigen Tod, sofern die Sonnengöttin nicht schneller war. Sabu zog den Kopf ein und erwartete jeden Moment einen tödlichen Sonnenstrahl. Doch es geschah nichts. Dann seufzte sie. *Die Not scheint größer als die Heiligkeit einer steinernen Plattform*, dachte sie pragmatisch. *Die Göttin wird es verstehen und verzeihen. Wenn alles gut geht, baue ich Dir einen Tempel, nyoki-daiki, schöner und prächtiger als jeder hier in Sini.*

"Was ist geschehen, Yukomi-oiyii?"

Völlig unerwartet kniete Yukomi vor ihr nieder. "Schlimme Nachrichten, Fürstin. Darf ich nochmals um Eile bitten?"

"Ja, ja. Geht Ihr lieber vor", sagte Sabu konsterniert, "Ich folge Euch." Sabu hatte immer noch nicht begriffen. Wieso nannte Yukomi sie Fürstin? Fürst von Yukokoshima war ihr hoher Vater Hita Kenshoori, und Fürstin ihre Stiefmutter Manabu`y. Sie war nur die vierte Tochter und Schülerin im letzten Jahr im Kloster der Sonnengöttin. Was also sollte die Eile? Sie wird sowieso in einem Monat die Sonnenstadt verlassen haben, um sich in Hita auf ihre neue Stellung vorzubereiten. Als eine Dame der Sonnengöttin. Warum wollen die Götter so etwas und warum von ihr? Sie spürte nicht die geringste Neigung dazu!

Sie erreichten ein eisernes Tor, das von der Plattform auf den heiligen Bezirk führte. Einer ihrer Soldaten bewachte es. Er verneigte sich schweigend und öffnete die Pforte. Sie schlüpften hindurch. Hier oben herrschte Stille, wie auf einem Friedhof. Sabu sah nach oben. Dunkle Wolken strichen dicht über die Gipfel der benachbarten Berge und sammelten sich an den Berghängen auf der anderen Seite des weiten Tales, um dort abzuregnen. Die Luft war feucht und kalt. Die Sonnenstadt lag in dreitausend Metern Höhe auf einer spitzen Felsnase, die aus der Flanke des *Kasumoyi*-Berges weit herausragte. Sabu fröstelte. Ob vor Angst oder Kälte, vermochte sie nicht zu sagen. Vielleicht war es beides.

Sabu wusste, dass auf dem Plateau der Sonnengöttin die Feierlichkeiten zu Ehren von nyoki-daiki, der Göttin der Sonne und des Lichtes, des Lebens, der Pflanzen und der Weiber stattfanden. Ebenso, wie die heutige Prozession.

Nur Priesterinnen und den Damen des Ordens war der Zutritt erlaubt. Sie selbst war nur einmal hier oben gewesen. Mit ihrer besten Freundin Nyoko Akemi. Schlicht aus Neugierde. Den Zugang bewachten mehrere Kriegerinnen des Ordens, die *mino-ruii*. Deren Bekanntschaft wollte sie nicht unbedingt wieder machen. Wie aus dem Boden gewachsen standen die Amazonen vor ihnen und brachten sie zur Priorin. Das Ergebnis ihrer Neugierde damals waren drei Tage im Karzer. Acht Stunden am Tag sollten sie zur Sonnengöttin beten und um Verzeihung bitten. Sie hatten zwar später darüber gelacht, aber es war ein beeindruckendes Erlebnis gewesen. Sabu suchte mit den Augen nach den Amazonen. Drei hockten still gegen eine niedrige Mauer gelehnt, zwei lagen auf dem Rücken, wie schlafend und rührten sich nicht. Yukomi sah ihren Blick. "Sie leben, Fürstin." Sabu atmete auf. Wenn sie schon einen Sakrileg begingen und das Sanktuarium betraten, dann wenigsten ohne Blutvergießen.

Das Plateau war eine Laune der Natur; wie eine umgedrehte spitze *saru*-Nase, ragte es weit ins Tal hinein. Sie war das Überbleibsel eines Bergrutsches vor vielen Tausend Jahren, bei dem ein großer Teil des Südhanges in das Tal gestürzt war. Die Felstrümmer verschlossen es und stauten einen anmutigen See auf. Übrig blieb diese Spitze, auf der wenig später die Damen der Sonnengöttin das Plateau schufen, um einen zentralen Tempel der *nyoki-daiki* anzulegen. Am Ende des Plateaus erhob sich die Sonnenstehle. Eine riesige nackte Draguna, die bittend ihre Arme zum Himmel reckte. In den Händen hielt sie eine stilisierte Sonne. Die Figur war vergoldet und glänzte rotgolden in der im Osten über den Horizont stehenden Sonne. Die junge Draguna blieb eine Sekunde stehen, denn nahe bei der Stele warteten zwei Drachen. Yukomis Masaru - Sieg -, grün geschuppt und riesig, mit goldgelb glühenden Augen, schlug heftig mit dem mächtigen Schwanz. Tsuyoshi, Sabus Lieblingsdrachin, besaß goldene Schuppen, war grazil und wunderschön anzusehen. Sie nickte heftig mit dem schlanken Kopf, als sie Sabu sah. Sabu hatte keine Zeit nach der Erklärung zu fragen, wie es kam, dass ihre Lieblingsdrachin hier war, sondern lief, so schnell es ging zu ihr und sprang in den Sattel.

Ein kurzer Blick über die Schulter zu ihrer Herrin genügte der Drachin. Sie hob nach einem kurzen Anlauf elegant ab. Sabu blickte noch schnell zur goldenen Statue, die wie bittend die Hände zur Sonne erhoben hatte, dann konzentrierte sie sich auf die Situation. "Flieg, Tsuyoshi!"

Mit kräftigen Schlägen ihrer mächtigen Schwingen brachte Tsuyoshi sie in kurzer Zeit in die Höhe und folgte Yukomis Drachen. Sabu schlug das Herz bis in den Hals. Beklommen hielt sie mit klammen Fingern die Zügel ihrer Drachin fest und sah zu Yukomi, der stolz in seinem Sattel saß, die rechte Faust in die Seite gestützt. Sein Soldat saß hinter dem Heerführer und hielt sich an dessen Sattel fest.

Masaru schlug etwas heftiger mit den Flügeln und stieg ein paar Fuß höher. Er stieß einen heiseren Schrei aus. In einiger Entfernung sah er eine Gruppe Drachen auf sie zukommen. Sabu ließ ihren Drachen auf seine Höhe steigen.

"Wer sind die?", rief sie herüber.

Der Heerführer zuckte mit den Schultern. Er kniff die Augen zusammen: "Wir gehen denen lieber aus dem Weg. Vielleicht sind es feindliche Späher!" Er bewegte die Zügel, worauf sich der Drache nach Westen wandte und tiefer, auf ein enges Tal zuflog.

Was der Heerführer nicht wusste, war, dass Sabu eine Kriegerin war! Im Gegensatz zu ihren Schwestern nutzte Sabu den zweijährigen Aufenthalt im Orden auch zur Ausbildung zum *chikai-daito*. Als kleine Draguna war sie ihren

Gouvernanten entwischt und beobachtete lieber die Kämpfe der Dracs und ihrer Knappen, als sich mit irgendwelchen langweiligen Handarbeiten zu beschäftigen. Ihr Vater hatte es toleriert und sie sogar aufgemuntert an den Kampfspielen der Dragunjungen teilzunehmen. Und in der Sonnenstadt hatte sie erst vor Kurzem den Meistergrad abgelegt. Ob es ihr allerdings nutzen würde, in einem Luftkampf mit den Händen kämpfen zu können, wusste auch sie nicht. Doch sie war bereit, mit allen Mitteln ihr Leben zu verteidigen. Niemals würde sie es zulassen, dass mit ihr der Name Hita aus der Geschichte Sinis getilgt wurde.

Als sich Sabu umblickte, waren die Drachenflieger verschwunden. Sie flogen nun mit hoher Geschwindigkeit durch ein enges Tal. Rechts und links rasten die Spitzen mächtiger Tannen vorbei. Ein Wasserfall tauchte auf und verschwand, ein Bergabbruch leuchtete hell im Dämmerlicht des Tales. Die herabgefallenen Felsen hatten den Bach aufgestaut und einen hellen, klaren See geschaffen, in dem sich die Wolken spiegelten. Am Ende des Tales mussten sie ihre Drachen hochziehen. Sie überquerten einen hohen, schmalen Pass, dicht über der Schneedecke. Auf der anderen Seite öffnete sich das Tal zu einer weiten Ebene. Es zeigten sich Grasflächen, mit Strauchwerk bestanden, und Bäumen in voller Blüte. Tiere flohen vor ihnen her. Der Himmel war jetzt strahlend blau, hier und dort zogen ein paar einsame Wölkchen drüber hin. Auf den Gipfeln der hohen Berge hinter ihnen lagen Eis und Schnee und glänzten kalt in der Sonne. Yukomi und Sabu legten eine Pause für die Nacht ein.

"Warum habt Ihr mich aus dem Kloster entführt, Yukomi-oiyii?" Diese Frage brannte, seit sie von der Felsenspitze abgeflogen waren, auf Sabus Zunge. Sie saß in der Nähe eines kleinen Sees auf dem Mantel des Heerführers. Yukomi hockt vor ihr auf den Fersen und hatte den Blick gesenkt. Dann atmete er tief ein. "Meine Fürstin …" Yukomis Verbeugung fiel tiefer aus, als sie es gewohnt war.

"Was soll das? Nun erklärt mir endlich, warum Ihr mich ständig Fürstin nennt. Was ist mit meiner Familie, mit Hita …?"

"Alles wurde vernichtet. Eure Familie ist nicht mehr. Nur Ihr seid noch da. Ihr seid die Erbin des Hauses Hita."

"Unsinn! Es muss doch jemand überlebt haben!"

"Es tut mir leid, Durchlaucht. Nur eure Zofe

Mariko. Sie überbrachte auch die schlimme Nachricht." Yukomi zog umständlich den Ring hervor, den ihm Mariko überreicht hatte, und gab ihn Sabu.

Sie drehte den Ring in der Hand. "Und Ihr? Wieso seid Ihr noch am Leben?"

"Ich hatte auf Befehl Eures hohen Vaters eine Übung der Leibgarde angeordnet. Vorgestern kam Mariko völlig aufgelöst auf Eurer Drachin zu mir und berichtete vom Überfall eines Heeres auf Hita. Wenn stimmen sollte, was mir Eure Zofe berichtete, dann steht es schlimm um uns. Ich habe mich sofort von der Richtigkeit überzeugen wollen, und bin nach Hita geflogen." Der Heerführer stockte. "Wie soll ich sagen? Es ist schlimmer als ich es mir vorgestellt hatte."

"Nun sagt schon. Wie schlimm?" Sabus Herz begann zu flattern. Ihr Vater, den sie abgöttisch liebte, die Stiefmutter, die Schwestern und Brüder, die Verwandten …

"Nur noch eine schwarze, verbrannte Ebene, meine Fürstin. Eine zwei Meilen breite Schneise verbrannter Erde, die weiter nach Südwesten verläuft. Bitte verzeiht einem alten Dragun. Verzeiht, dass ich nicht dort war und Eure Familie beschützen konnte." Yukomi hatte den Kopf auf den Boden gelegt.

Sabu schwieg. *Wer besaß die Macht, solch eine Zerstörung, wenn es denn stimmte, was der Heerführer berichtete, herbeizuführen. Wer hatte die Kraft, eine ganze Stadt und das Land drum herum, zu verbrennen?*

"War es ein Dämon?"

Yukomi schwieg. Als er sich wieder aufrichtete, sah sie Tränen in dessen Augen. Auch seine Familie war also betroffen.

"Das kann ich Euch nicht sagen, Herrin. Es muss etwas sehr, sehr Mächtiges sein."

"Und Ihr habt Euch mit eigenen Augen davon überzeugt?"

"So ist es. Ich bin der Spur der Vernichtung gefolgt, bis ich den FEIND, so will ich ihn nennen, sehen konnte. Ein mächtiger Heereszug, der auf Somo zielt, wenn ich es recht erkannt hatte." Und Yukomi berichtete:

Einen Tag zuvor noch saß Yukomi in seinem Zelt, um zu frühstücken, als ihm Sabus Zofe Mariko gemeldet wurde. Er wunderte sich, was die Zofe zu so früher Stunde hier im Lager zu schaffen hatte. Für Hofgeschichten hatte er wahrlich keine Zeit, und wenn es etwas Wichtiges gab, so schickte man angelegentlich einen Soldaten. Noch lief die Übung und Yukomi war äußerst unzufrieden mit dem gestrigen Ergebnis.

Doch als die Zofe, vor ihm auf den Knien liegend, vom Überfall berichtete, stellten sich ihm die Schuppen auf Kopf und Rücken auf. Und wenn es möglich gewesen wäre, wäre Yukomi blass geworden.

"Alle?"

"Alle, Herr. Bis auf den letzten *saru*. Alle sind tot, Burg und Palast dem Erdboden gleichgemacht, die Ländereien vernichtet."

Yukomis Gedanken rasten. "Und Du bist Dir sicher?"

"Ja, Herr, ich habe es gesehen, mit eigenen Augen!"

"Woher war Dir bekannt, wo die Übung stattfindet?"

"Der Herr flüsterte es mir zu und gab mir diesen Ring, bevor er starb. Ich schlich mich in dem Durcheinander zum Stall, fand dort Tsuyoshi und flog so schnell wie möglich hierher." Mariko berichtete über das Massaker an den Dragunen und den sarus. Vielleicht hatte sie deswegen überlebt, weil sie sich einen grauen Umhang übergeworfen hatte und zwischen den Feinden kaum zu unterscheiden war. Oder die Feinde hatten sie für eine *mosu* gehalten, so klein, wie die Zofe war. Unwillkürlich schmunzelte Yukomi. Schließlich war es dunkel und nur die Brände erleuchteten das Schlachten. Wie die Feinde ausgesehen, welche Feldzeichen sie getragen hatten, konnte Mariko nicht beschreiben, sie schüttelte nur den Kopf und berichtete, dass sie gesehen hätte, wie Blitze knallend und krachend über den Boden gefahren wären. Aber da war sie bereits in der Luft gewesen.

"Hat man Dich verfolgt?"

"Nein, Herr, ich glaube nicht."

Yukomi brummte unzufrieden. *Angst hat große Augen.* Er schickte Mariko fort. Sie solle sich in Ordnung bringen und zusehen, wo sie unterkäme.

Was sollte er tun? Aus einem ersten Impuls heraus wollte er zum Ort des Verbrechens fliegen! Doch was sollte er dort? Es gab wohl nichts mehr zu retten. Er glaubte Mariko. Daher musste er Sabu, die vierte Tochter und wahrscheinlich einzige Überlebende der Familie Hita, aus der Sonnenstadt holen und in Sicherheit bringen. So hoffte er, und dass der Feind nicht schneller war, denn dann hätte er einen vollständigen Sieg errungen. Er und seine Leute würden als Ehrlose weiterleben oder Selbstmord begehen müssen. Entschlossen stand er auf und befahl seinem Adjutanten Kamino, seinen Drachen und Tsuyoshi fertig zu machen. Auf dessen fragenden Blick brummte er nur, dass er jemand Wichtiges herholen müsse. Er befahl höchste

Alarmbereitschaft für seine Truppen. Sie sollten eine Stellung ausbauen und sich auf Überfälle des Feindes vorbereiten. "Welchen Feind?", fragte Kamino. Doch Yukomi wedelte unbestimmt mit der Hand und befahl ihm nur, zu schweigen. Bei seiner Ehre und den *kami* seiner Vorfahren! Er winkte einem Soldaten aus seiner Leibgarde: "Folge mir!"

Unterwegs entschloss sich Yukomi doch einen Umweg über Hita zu fliegen, um sich selbst ein Bild zu machen. Der Schock über das, was er sah, saß immer noch in ihm. Und während des Fluges zur Sonnenstadt betete er inständig, rechtzeitig einzutreffen.

Von Weitem erblickte er das Plateau und die kolossale Statue der Sonnenanbeterin. Er landete einfach auf dem Plateau des Heiligtums, ohne sich um die Heiligkeit des Platzes zu kümmern. Die Amazonen, die das Plateau bewachten, wollten sich auf sie stürzen, doch er und sein Soldat schlugen sie nieder, fesselten sie und lehnten sie an eine Mauer.

"Du bleibst hier!", befahl er seinem Begleiter. Dann stürmte er ins Kloster.

Die Stadt hatte er des Öfteren besucht, um die Schwestern Sabus hierher zu bringen oder abzuholen. Und auch Sabu hatte er hierher gebracht. Sie tat ihm leid, denn er spürte an ihr etwas Besonderes. Sie hatte es nicht verdient, eine Dame der Sonnengöttin zu werden.

Die Hita Mädchen bewohnten immer dasselbe Gebäude. So wollte er eigentlich in der morgendlichen Dämmerung Sabu heimlich aus ihrer Klause holen. Dass es anders kam, weil er oben auf der Plattform landen musste, spielte keine Rolle mehr. Woher sollte er auch wissen, dass er dann mitten in eine Prozession platzte? Der Heerführer atmete auf. Er hatte erreicht, was er geplant hatte! Yukomi sah darin ein Werk der Vorsehung! Die Aufregung der Klosterfrauen kümmerte ihn wenig und mit den Göttern wird er sich schon einigen. Still sandte er ein Stoßgebet an den Kriegsgott *An-kogo-iti*.

Auf dem Rückweg zur Sonnenstele, Sabu im Schlepp, kreisten seine Gedanken um den Überfall und um die Zukunft seiner Schutzbefohlenen. Sabu war sechzehn Jahre und volljährig und mit allem Recht ihrer Geburt Fürstin von Yukokoshima, doch sie war ein Weibchen, keine Kriegerin! Und alles, was sie momentan um sich hatte, waren er, sein Stellvertreter Kamino, die Zofe Mariko und hundertfünfzig Krieger. Er musste sie alle in Sicherheit bringen. Am besten nach Somo, in die Garnison der Burg Niki. Dort konnte er auf weitere dreitausend Kämpfer rechnen. Hinzu rechnete Yukomi die Dracs der Umgebung und freie Dragune. Damit brachte er zusätzlich zehntausend Kämpfer zusammen. Leider hatte er keine Ahnung, wie mächtig der Feind war, woher er gekommen war und welches Ziel er hatte. Nach allem, was er glaubte gesehen zu haben, meinte Yukomi, dass der Gegner nach Somo ziehen wird.

„Ganz sicher wird er nicht aufhören, Euch zu suchen und zu verfolgen. Ich musste alles tun, die Familie, genauer die neue Fürstin Hita Sabu, zu schützen. Ich habe auf die Familie Hita geschworen, mich vor dem kano-i'iyo verneigt, ich bin ein Teil der Familie. Eile war geboten!"

Ein FEIND also! Ein Dämon aus den Unterwelten, ein böser kami oder ein feindlicher Fürst, der gegen die Axiome Sinis verstoßen hatte. Nur wer kann es gewesen sein? Hikoku Asamoto, die Kasumi, die Higishis? Aber woher sollten Dragune solche Kräfte haben. Durch Zauberei?

Sie brauchte noch Zeit, all die Tatsachen, die auf sie einstürmten, zu erfassen und zu bewerten. Um sich zu beruhigen, stand sie auf und ging zu dem nahen Weiher. Am Ufer sah sie in das spiegelglatte Wasser. War *sie* das, was ihr als Spiegelbild entgegensah? Oder nur ein Traum, und wenn sie sich jetzt kneifen würde, wachte sie dann auf und wäre noch in der Sonnenstadt? Wie in Trance ging sie zurück zu Yukomi. Nein, es war wahr! Da stand jetzt der Heerführer, groß und mächtig und sah sie traurig und hilflos an.

"Ich danke Euch, Yukomi-oiyii. Fliegen wir weiter", sagte sie am anderen Morgen. *Wohin auch immer*, dachte sie, und stieg müde auf ihre Drachin. Sie hatte kaum geschlafen. Neben den Sorgen um ihre Zukunft war es das Ungewohnte, in der freien Natur zu übernachten. Außerdem fror sie unter der dünnen Decke und kuschelte sich zwischen dem Soldaten an Yukomis Rücken. Dennoch nickte sie immer nur kurz ein.

Zu Sabus Beruhigung kannte sich Yukomi in diesen Bergen aus. Sie wusste, dass der Heerführer aus niedrigen Rängen bis zu seiner jetzigen Position aufgestiegen war. Als Drachenritter, als *ryuu-ooi*, hatte er viele Reisen zu anderen Herrenhäusern gemacht. Er war Soldat des achtundachtzigsten Hikoshu-sham gewesen, kannte die Topografie Sinis auswendig. Es gab nicht die kleinste Stadt, die Yukomi nicht kannte und deren Lage ihm unbekannt war. Selbstsicher saß der Heerführer auf seinen Drachen. Er schien zu wissen, was er zu tun hatte und Sabu schloss sich ihm bedenkenlos an.

Die Ebene lag jetzt hinter ihnen. Wieder durchflogen sie in geringer Höhe weitere Täler, überquerten enge Pässe, glitten dicht über wilde Bergflüsse und jagten ahnungslose Wildtiere auf. Sie erreichten die *Ebene von Hikoku*. Hier wuchs ein dichter Wald aus riesigen Eisenbäumen. Vogelschwärme stiegen erschreckt auf. Zuletzt passierten sie die Grasebene bei *ryo'shima*, die "Erfrischende" genannt, und überquerten den Hirotago, den Grenzfluss zwischen Shoushima und Yukokoshima. Im Westen lag die Hafenstadt Fuko in Yukokoshima und im Osten Sago, die zum Fürsten von Shoushima gehörte. Inzwischen war die Sonne auf Mittag gestiegen. Sabu hatte keine Augen für die sanfte Landschaft, die satten Farben des Frühjahrs und den blauen, jetzt wolkenlosen Himmel. Ihr Herz war schwer von Trauer und Sorgen um so viele Dragune. Viele hatte sie persönlich gekannt oder sie waren ihrer Familie eng verbunden - gewesen. Sie kannte ihre Namen und die Namen ihrer Vorfahren bis ins vierte Glied und konnte sich nicht vorstellen, dass sie nicht mehr waren.

"Bleibt in dieser Höhe und Richtung, Fürstin. Ich will sehen, ob Truppen nach Süden unterwegs sind." Yukomi liess seinen Drachen steigen, während Sabu etwas langsamer weiterflog. Wenig später schloss sich Yukomi wieder an. "In der Ferne sind Rauchschwaden zu erkennen. Burg Koki scheint zu brennen und auch die Stadt.

Dreißig Meilen in Richtung Osten wälzt sich die gewaltige Heerschlange nach Südwest. Sie ziehen tatsächlich nach Somo!"

Sie näherten sich einem lichten Wäldchen. "Hinter dem Wald befindet sich unser Lager." Yukomi hatte wieder die Führung übernommen. Stolz sah Yukomi nach unten. Seine Leute waren in der Zwischenzeit nicht faul gewesen und hatten eine befestigte Stellung gebaut. Es war ein fünfeckiges Fort. Spitze Pfähle ragten von der Palisadenmauer nach außen, niedrige Türme beherrschten die Ecken. Sogar flache, mit Gras abgedeckte, Unterstände hatte man gegraben.

Sie landeten auf einer Wiese vor der Festung. Vier Drachen lagerten darauf. Sie drehten ihre großen Köpfe den Neuankömmlingen entgegen und schnüffelten leise. Yukomi und Sabu gingen auf das offene Tor zu. Die Soldaten hatten bereits den Heerführer und die Fürstin erkannt und nahmen Aufstellung. Jemand holte die Standarte der Leibgarde des Fürstenhauses aus dem Zelt des Heerführers.

Sabu war in ihrer Novizinnenrobe unwohl, weil sie meinte, sie sei damit fehl am Platze. Aber sie hatten keine Zeit für umständliche Zeremonien, die die Sinis überdies so lieben und mit Geduld und Genuss praktizierten. Sie flüsterte dem Soldaten, der sie bis hierher begleitet hatte, zu: "Lauft zu meiner Zofe. Sie soll sich für mich bereithalten. Und beschafft mir eine Rüstung." Der Soldat salutierte und lief unverzüglich davon. Dass sich die Fürstin persönlich an ihn gewandt hatte, erfüllte ihn mit Stolz und ehrte ihn gleichzeitig.

Sabu blieb vor der Front der Soldaten stehen. Jetzt ließ sie sich Zeit, jedem Einzelnen ins Gesicht zu sehen und es sich zugleich zu merken.

Kurz vor ihrer Landung war in ihr ein erster Plan gereift. Sabu musste den kano-i'iyo, das Gehäuse der Geister ihrer Vorfahren, aus Hita holen. Was aber, wenn der Feind den Kani gestohlen oder vernichtet hatte? Was dann? Egal! Koste es, was es wolle! Sie musste die Überreste suchen, und notfalls einen neuen kani aufstellen! Solange sie lebte und der kano-i'iyo bestand, lebte auch die Familie Hita! Und dazu brauchte sie die besten Soldaten dieser Truppe. Es war jetzt ihre Leibgarde und ihre Eliteeinheit! Langsam ging sie durch die Reihen von Mann zu Mann. Jeden fragte sie nach seinem Namen und dem seiner Familie. Ehrenhafte Familiennamen hörte sie. Familien, die seit Hunderten von Jahren treu ihrer Familie gedient hatten und stolz darauf waren. Sie konnte nur hoffen, dass ihre Angehörigen den Überfall überlebt oder in Sicherheit waren.

Irgendwas musste sie den Kriegern sagen. Sie

musste ihnen Mut zureden und ihnen erklären, warum sie hier war. "Last mich zu den Soldaten sprechen, Yukomi." Der Heerführer trat erstaunt beiseite. Sabu stellte sich vor die Front: "Soldaten! Jemand hat das Haus Hita feige überfallen. Man meldete mir, dass alle, die zu meiner Familie gehörten, tot, dass die Burg Hita und die Stadt vernichtet sein sollen. Tausende Dragune sind dabei dem Anschlag zum Opfer gefallen! Es können auch Mitglieder aus euren ehrenvollen Familien dabei gewesen sein." Sie sah Erschrecken in den Gesichtern ihrer Soldaten. Sie wissen nichts von dem Angriff! Mariko hatte also geschwiegen, wie der Heerführer es befohlen hatte. Soll sie weiterleben, dachte Sabu. Sie machte einen Schritt auf die Front zu und rief: "Das können wir nicht akzeptieren!" Sie holte tief Luft. Kalte Wut stieg in ihr auf. Ihre Stimme wurde hart. "Ich habe mich entschlossen, nach Hita zu ziehen und den kano-i'iyo meiner Familie aus den Händen des Feindes zu reißen! Und Rache zu nehmen! Und einige von euch sollen mir dabei helfen!"

Für einige Sekunden herrschte Stille, dann schrien die Soldaten: "Hita!" Und schlugen sich auf die Brustharnische. "Rache", war das Wort, das sie riefen, und: "Für das Haus Hita!"

Sabu drehte sich um. "Lasst wegtreten,

Yukomi." Den Satz kannte sie von ihrem Vater, wenn die Krieger ihres Hauses zum Morgenappell angetreten waren.

"Herrin", flüsterte Yukomi, als die Soldaten wieder an ihre Aufgaben gegangen waren, "Wir müssen unbedingt nach Somo. Um Eurer Sicherheit willen und um die Verteidigung vorzubereiten."

"Darum, Yukomi-oiyii, kümmert Ihr Euch. Holt Truppen heran! Hebt so viel Soldaten aus, wie Ihr könnt. Lasst die Flotte den Hirotago hochfahren. Wir sammeln uns am *Kasumi-See*, vorausgesetzt die Zeit reicht dazu aus. Bleibt in Somo und wartet auf mein Zeichen. Alarmiert alle Garnisonen im Land."

Yukomi sah erst erstaunt auf seine Fürstin, dann verneigte er sich tief. Er begriff, dass Sabu nunmehr *seine* Befehlshaberin, und ein echter Spross ihrer Familie war. Ihm war, als würde Fürst Hita Kenshoori, Sabus Vater, vor ihm stehen. Er salutierte. "Ich werde unverzüglich aufbrechen."

"Nehmt alle Soldaten mit, doch überlasst mir drei der Besten."

"Danke, Herrin. Aber das schaffe ich mit meinem Drachen allein. Es ist unauffälliger und ihr braucht jeden Mann."

"Nein, Heerführer. Ihr werdet nach Somo

gehen und jeden mitnehmen, der bei meiner Aktion nicht gebraucht wird. Sammelt unsere Truppen und geht einer Schlacht so weit wie möglich aus dem Weg, doch lasst den Feind nicht nach Somo hinein. Wartet, bis ich wieder zu Euch gestoßen bin. Tsuyoshi bleibt ebenfalls bei mir."

"Verstehe, Herrin. Wie Ihr befehlt." Yukomi verneigte sich tief. "Seid ihr mit meinem Adjutanten Kamino sowie Mosaru und Yolo einverstanden?"

"Ausgezeichnet. Und wie lange werdet Ihr brauchen?"

"Ich werde mit zwei Drachenreitern vorausfliegen und die Stadt alarmieren. Die Soldaten werden im Schnellmarsch folgen. Eine Woche werden sie brauchen. Ich benötige zwei Tage, um die Truppen um Somo zu alarmieren und zehn Tage, um vollständig mobilzumachen."

"Gut. Bis dahin habe ich den kano-i'iyo in meinen Händen und bin auf dem Weg nach Somo. Eilt Euch, Heerführer."

Yukomi straffte sich. "Mögen die Götter mit Euch sein, Fürstin!" Er salutierte und marschierte schweren Herzens davon. Yukomi hoffte inständig, dass Sabu nicht nur reden konnte, sondern auch Soldaten führen.

"Mögen die Götter auch mit Euch sein, Yukomi-oiyii!", flüsterte Sabu dem Heerführer hinterher. Sie hörte ihn laut Befehle geben, dann wandte sie sich an die drei Soldaten, die eben zu ihr getreten waren. "Kamino, Mosaru, Yolo. Macht euch bereit. Morgen, bei Sonnenaufgang, brechen wir auf." Sie blickte noch einmal Yukomi und ihren Kriegern nach, die sich zum Abmarsch bereit machten. Dann drehte sie sich um und ging in das Zelt des Heerführers, dass er ihr überlassen hatte.

Hier war alles auf das Praktischste eingerichtet; hinter einem Vorhang befand sich ein einfaches Feldbett. Eine dicke Wolldecke lag eingerollt am Fußende. Auf einem Hocker standen eine blecherne Schüssel und ein Krug mit Wasser. Den Raum beherrschte ein großer Tisch, auf dem die Karte der Umgebung ausgerollt lag. Ein Klappstuhl, ein Klapptisch mit den Schreibutensilien des Adjutanten stand seitlich davon. Sabu war vor der Karte stehen geblieben und betrachtete sie eingehend. Sie konnte Karten lesen, denn sie durfte bei Manövern der Truppen Hitas dabei sein. Alles, was mit dem Militärischen zu tun hatte, interessierte sie damals sehr. Sie hatte auch nicht verstanden, warum sie der Sonnengöttin geweiht sein sollte.

Der Ausschnitt, den die Karte zeigte, war nur die nähere Umgebung des Feldlagers von vielleicht zwanzig Meilen in alle

Himmelsrichtungen. Sie sah sich weiter im Zelt um. In der rechten Ecke waren ein Ständer für die Waffen des Heerführers und links der für die Rüstung aufgestellt. Am Eingang zum Zelt brannte eine Feuerschale, die nachts Wärme spendete und etwas Licht. In eisernen Haltern brannten Fackeln. Vor dem Zelt standen zwei Krieger Wache.

Sabu seufzte. Nicht die Einfachheit der Unterkunft erschreckte sie, sondern der Bruch in ihrem Leben, der sie von einer Sekunde auf die andere in eine völlig neue Situation gezwungen hatte. Vor wenigen Stunden lebte sie noch in der Abgeschiedenheit der Sonnenstadt, der Göttin nyoki-daiki gewidmet, in genau festgelegten Regeln und Riten, Lernen und Gebet, Arbeit, Übungen und Meditation. Jetzt stand sie hier im Zelt eines militärischen Befehlshabers und hatte innerhalb eines Augenblicks eine unsichere, gefährliche Welt betreten. Und war die Fürstin eines großen, stolzen Volkes von Dragunen!

Sie hätte sich Yukomi anschließen und in die Sicherheit der Festung von Somo fliehen können. Doch stattdessen hatte sie entschieden, den Kano ihrer Familie zu retten und die Ehre des Hauses Hita wiederherzustellen.

Sie ging wieder zum Kartentisch und suchte eine Karte mit einem größeren Ausschnitt.

"Wache?"

"Fürstin?"

"Schickt nach Kamino."

"Zu Befehl."

Es dauerte nur Augenblicke, dann stand Yukomis Adjutant im Zelt.

"Ich brauche eine größere Karte, Kamino. Eine, die ganz Sini zeigt. Haben wir eine solche?"

Kamino griff in einen Stapel Pergamentrollen und förderte eine Karte zutage. Er rollte sie auf und beschwerte die Ecken mit Steinen, die zu diesem Zweck auf dem Tisch lagen. "Es tut mir leid, Eure Gnaden, wir haben nur diese."

"Danke." Es war die Karte von Yukokoshima und einer größeren Ansicht der Länder um ihr Land herum. Im Norden lag Shoushima, das Land des Fürsten Hikoku Asamoto. Fruchtbar, wohlhabend. Fürst Asamoto galt als der zweitmächtigste Dragun in Sini. Die Landwirtschaft und Tierzucht warfen hohe Gewinne ab. Landwirtschaftliche Produkte aus Shoushima waren vor allem im Norden Sinis sehr begehrt. Im Osten grenzte Minoru an Yukokoshima. Der Fürst von Minoru, Hidaro Higishi, gehörte nicht unbedingt zu den Freunden ihrer Familie. Sabu aber konnte sich nicht vorstellen, dass sie es waren, die ihr Land überfallen hatten. Die Minorus waren Seefahrer und Fischer, wie ihr Vater etwas herablassend bemerkt hatte. Sie lebten vom Handel, einem nicht besonders angesehenem Handwerk in Sini. Doch sie schienen nicht arm, denn sie hielten sich ein großes Heer. Im Süden lebten die Akaya und die Kasumis. Von ihnen wusste Sabu nicht so viel, nur, dass sie mit den Hitas nicht verwandt waren.

"Herrin?" In der Tür stand Mariko und verneigte sich tief, in den Armen hielt sie Rüstungsteile. "Eure Rüstung, Herrin." Sie erhob sich, ging zum Ständer und begann die einzelnen Teile aufzuhängen. "Wir haben das Beste zusammengesucht, das wir angemessen für Euch fanden." Sie hing die Stücke an den Ständer.

"Gut, wenn Du fertig bist, lass mir ein Bad bereiten. Und Euch danke ich, Kamino. Geht und bereitet Euch weiter vor."

Eine Wache trat ein. Das war ungewohnt für Sabu, denn üblicherweise wurde angeklopft. Doch bei einem Zelt war das schwer möglich. Sabu fuhr herum, um eine scharfe Bemerkung zu machen, doch der Wächter kniete vor ihr und drückte den Kopf auf den Boden. "Verzeiht Herrin. Ich vergaß …"

"Es ist gut", Sabu beruhigte sich schnell. Sie begriff, dass sie nun in einer anderen Welt lebte. Einer Welt der Männer, der Krieger, mit ihren rauen Sitten und Worten. "Erhebe Dich." Sie sah den Soldaten an. "Nun?"

"Die Unterführer sind angetreten, wie Ihr befohlen habt."

"Gut. Schickt sie herein."

Sichtlich erleichtert verschwand die Wache nach draußen. Wenig später traten Yukomi und die Unterführer ins Zelt. Sie stellten sich kurz in einer Reihe auf, schlugen zum Gruß mit der rechten Faust auf ihre Brustharnische, um sofort an den Kartentisch zu treten. Sabu stellte fest, dass sie Einiges zu lernen hatte. Insbesondere was die militärischen Zeremonien anging. Sie nahm sich vor, noch heute Abend Kamino zur Seite zu nehmen und ihn zu befragen.

Nach der Besprechung legte sie mit Marikos Hilfe probeweise die Rüstung an. Zu ihrem Erstaunen passte sie und Sabu konnte sich gut darin bewegen. Sie war nicht so schwer, wie sie befürchtet hatte und die Unterkleidung schützte ihre Schuppenhaut vor dem harten Leder und Metallteilen. Ein paar Übungen der Handkämpfer bewiesen, dass sie auch in Rüstung beweglich und schnell genug war. Sie konnte sogar einen Salto machen. Im Gürtel steckten Wurfmesser und - sterne. Auf dem Rücken trug sie zwei einfache Soldatenschwerter, die sie notfalls blitzschnell ziehen konnte. Allerdings besaß sie weder eine Ausbildung als Schwertkämpfer, noch wusste sie etwas mit den Wurfsternen und Messern anzufangen. Was sie nun als großen Mangel empfand. Doch auch dafür wird es eine Lösung geben.

"Na wunderbar", stellte Sabu fest. "Ist das Bad bereit?"

"Ja, meine Fürstin."

Das Bad befand sich in einem Zelt, gleich neben dem ihren. Mariko hielt Sabu die Zelttür auf. Dampf strömte aus der Öffnung und Sabu seufzte vor Vorfreude auf ein heißes Bad. Die Zofe half ihr, die Rüstung und die Unterkleider abzulegen. Sie liess sich in das warme Wasser gleiten und tauchte bis zum Hals ein, schloss die Augen und genoss die Stille im Badezelt. Durch die Stoffwände hörte sie gedämpft die Geräusche des Feldlagers. Gemurmel, das Klappern von Waffen und Geräten. Einer der Drachen fauchte und die anderen antworteten.

Nach dem Bad saß Sabu im Kimi auf dem Klappstuhl des Heerführers, Kamino auf einem dreibeinigen Hocker. Er begann damit, Sabu die einfachen Riten des militärischen Lebens zu erklären. Zum Schluss meinte er, dass die Soldaten und Offiziere wüssten, wie sie sich zu verhalten hätten und es ihnen eine Ehre wäre, der Fürstin zu dienen.

"Gut, ich danke Euch, Kamino-oiyii. Morgen marschieren wir nach Hita. Es ist besser, wenn wir den Weg ausgeruht antreten." Sie erhob sich. "Gute Nacht - Ach, Kamino-oiyii, wenn wir zwischendurch Zeit haben, lehrt Ihr mich den Schwertkampf." Sie registrierte einen anerkennenden Blick ihres Adjutanten. Still schmunzelte sie in sich hinein.

Sabu legte sich auf das Feldbett. Aber sie war zu aufgeregt, um einschlafen zu können. Sie rekapitulierte; auf Yukomis Urteil konnte sie sich verlassen und auf die Treue des Heerführers zu ihrer Familie. Sabu hatte ein gutes Gefühl, was ihren Marsch nach Hita betraf. Ihr standen die drei besten Kämpfer der Leibgarde und ein Drachen zur Verfügung. Diese kleine Truppe musste sie nur noch ungesehen nach Hita bringen. Und die anderen? Während der Lagebesprechung erhielt sie kurze und prägnante Antworten. Keine Zweifel waren in den Stimmen der Krieger. Sie waren überzeugt, Somo zu erreichen und sich dem Feind, wer auch immer er sei, entgegenzustellen und zu siegen.

Vor Sonnenaufgang stand Sabu vor ihrem Zelt.

Sie reckte sich, um ihre Glieder nach der Nacht auf dem ungewohnten Feldbett zu beleben. Die Soldaten waren auch schon wach, machten sich bereit, das Lager abzubrechen. Sie winkte Kamino herbei.

"Euer Gnaden?" Kamino verneigte sich tief.

"Wir benötigen Tragtiere. Den Drachen brauchen wir, um den Weg zu erkunden. Wir können ihm nicht zumuten, unser Gepäck zu schleppen."

"Verstehe." Er sah sich um. "He! Ihr zwei! Lauft ins nächste Dorf und beschlagnahmt …"

"Kauft!", korrigierte Sabu.

"… kauft!" Kamino wagte einen Seitenblick auf seine Fürstin und grinste breit, "fünf Pferde! Beeilt euch!"

Eine Stunde später waren die Soldaten zurück. Im Schlepp hatten sie sechs Pferde und vier Dragune.

"Wen bringt ihr da?", fragte Sabu.

"Freiwillige, Herrin. Als sie hörten, dass Ihr hier seid und Hilfe braucht, waren sie sofort bereit, mitzukommen."

"Dann kleidet sie ein, lasst sie den Schwur leisten und nehmt sie mit nach Somo, Yukomi." Sie trat vor die beiden Soldaten und die Freiwilligen: "Ich danke euch." Die Soldaten fielen auf die Knie. "Wir dienen Euch mit Stolz und Freude, Herrin", sagte einer der Dragune.

Die Fürstin blickte auf die knienden Soldaten. Es ärgerte sie, dass stolze Dragune vor ihr auf die Knie fielen wie Sklaven. "Kasomi, Yogano, steht auf!" Sie sah sich suchend um. "Lasst die Truppe antreten", befahl sie Yukomi.

"Hört meinen Befehl", rief Sabu. "Keiner meiner Soldaten kniet weder vor mir noch vor anderen jemals wieder nieder! Ihr seid keine Sklaven! Ihr seid Krieger, die die Namen uralter, ruhmreicher Familien tragen! Nehmt von nun an Befehl und Lob, Tadel und Urteil stehend entgegen. Ich will es so!" Für einen Augenblick herrschte Stille, dann brach ein unbeschreiblicher Lärm los. Die Dragune schlugen ihre Schwerter und Speere gegen die Schilde, bis Kamino dem Einhalt gebot. Sofort kehrte Ruhe ein. Die Soldaten nahmen Haltung an.

"Was steht ihr hier noch herum?", rief Sabu und zeigte ihre schneeweißen Zähne, "Die Zeit drängt und der Feind wartet nicht."

HOBOKE

"Hör auf zu zappeln!" Die dumpfe Stimme in seinem Rücken gehörte zu Bruder Miro. Der feste Griff um Hobokes Oberarm gehörte zu Miro und der Fuß, der ihn aus der Tür und in den Straßendreck beförderte, auch.

Hoboke blieb noch liegen, musste erst verdauen, dass man ihn aus dem Kloster geworfen hatte. Das "Kloster des glücklichen Drachen". *Dass ich nicht lache! Ha! Diese versoffene Bande von* - Hoboke fand keine Worte – *Mönchen!* Er war einfach nur empört und beleidigt. Zutiefst beleidigt! So ein arrogantes Volk! Wissen die nicht mehr, mit wem sie es zu tun hatten?

Die Pforte öffnete sich noch einmal: "Wage Dich nie wieder hierher. Hörst Du?" Das Bündel, in dem Hoboke seine persönlichen Dinge aufbewahrte, traf ihn am Kopf.

"Leck mich!", rief Hoboke zurück. Die Tür knallte laut und deutlich zu. "Wenn ihr nicht wollt, dann eben nicht." Stöhnend wälzte sich Hoboke aus dem Staub und stand langsam auf. Er war allein auf weiter Flur, weshalb niemand diesen peinlichen Moment beobachtet hatte. Und zum Glück hatte es nicht geregnet. So brauchte er sich nur den Straßenstaub von der Kutte, die man ihm gelassen hatte, abklopfen und das Bündel vom Boden klauben. Mit wütendem Blick fixierte er die Pforte, als wenn sie Schuld an seinem Rausschmiss hatte. Dann drehte er sich entschlossen um und begab sich nach Kogo, der Stadt, in deren Nähe das Kloster lag.

Abgesehen vom Rausschmiss, war sein Aufenthalt im Kloster eigentlich nicht unangenehm gewesen. Er konnte seine Kampfkünste um viele Feinheiten und Raffinessen erweitern. Das war ja auch sein Ziel gewesen! Die Brüder kannten keine Gnade und etliche Narben und Blessuren zeugten von einer schweren Ausbildung. Hoboke grinste. Aber ein wenig offener hätten die Brüder sein dürfen. Schließlich ist nicht jeder Dragun ein zukünftiger Mönch. Und wenn er ehrlich war, der Rausschmiss kam ihm entgegen. Er hatte eh keine Lust mehr auf das Klosterleben gehabt.

In nächsten Moment kamen ihm allerdings Bedenken. Er konnte sich unmöglich bei seiner Familie sehen lassen! Was sollte er seinem Vater sagen? Dass er wegen einer Joseyji aus dem Kloster geflogen war? Geflogen, im wahrsten Wortsinne! Sein Fehler! Aber da er als vierter

Sohn, außer dem Familiennamen, nur die hochgeborene Herkunft behielt, ansonsten aber keine Ansprüche auf irgendein Erbe hatte, war es gleichgültig, wem er diente. Ob nun der Familie, irgendeinem Fürsten oder Daimio. Und Hoboke wäre nicht Hoboke, wenn er nicht einen Plan B gehabt hätte. Er kannte den Fürsten von Minoru, Mikiri, sehr gut. Hoboke hatte die Ehre gehabt, ein paar Mal mit dem Fürsten kämpfen zu dürfen. Mikiri besuchte regelmäßig das Kloster, um sich in seiner Schwerttechnik, dem *ki-doiyii*[2], weiterzubilden. Nach dem letzten Kampf saßen sie bei einem Becher Wein zusammen, als der Fürst ihm zublinzelte. "Wenn Ihr einmal meine Hilfe braucht, Hoboke, wendet Euch getrost an mich. Ihr seid ein hervorragender Schwertkämpfer, und solche brauche ich in meinem Hause. Denkt drüber nach." Das war Hobokes Plan B.

Die Hauptstadt von Minoru, Kogo, war von einer mächtigen rechteckigen Mauer umgeben. Auf den hohen zinnenbewehrten Kronen marschierten aufmerksame Wachen hin und her.

---

[2] Höfischer ritterlicher Schwertkampf. In Sini kam es darauf an, nicht einfach nur draufloszuschlagen, sondern durch eine raffinierte Schwertechnik zu brillieren. Solche Kämpfe dauerten manchmal bis zu einer Stunde. Jedoch im Kriege geriet diese verständlicherweise immer wieder in Vergessenheit.

Die achtzehn Türme ragten noch einmal zwanzig Klafter darüber in die Höhe. Die Stadt besaß drei Tore, die durch mächtige eisenbeschlagene Türen verschlossen werden konnten. Fallgitter und ein Eiserner Vorhang mit gefährlich spitzen Stacheln sollten es möglichen Eroberern schwer machen, sofort im Sturm in die Stadt einzubrechen. Doch auch wenn die Tore gestürmt oder die Mauer überwunden worden war, fanden sich die Feinde auf einer schmalen Straße zwischen der äußeren und einer weiteren inneren Mauer wieder. Der obere Wehrgang dieser Mauer hing einen Klafter über. Durch Löcher im Boden konnten die Verteidiger Pfeile, Speere, flüssiges Pech, kochendes Öl und sogar Drachenfeuer auf die Angreifer schütten. Die Tore der zweiten Mauer waren kaum bescheidener als die äußeren. Bevor man die allerdings erreichte, musste man einige hundert Schritte unter schweren Beschuss zurücklegen. Und sie waren nur so breit und hoch, dass gerade einmal ein voll beladener Karren knapp hindurchpasste, ohne die Fußgänger zu belästigen.

Hoboke passierte durch das Haupttor die Stadt. "Friedenstor", wurde es genannt. Es war bunt mit Dragunen und Drachen in einer anmutigen Landschaft bemalt. An den Seiten bewachten steinerne Drachen den Eingang. Dämonenfratzen über dem Türsturz sollten böse Geister von der Stadt und der Burg fernhalten. Hoboke spielte einen Mönch, der in dringenden Geschäften unterwegs war. Das war kein Problem, denn er trug immer noch den grobleinenen Kittel des Klosters. Die Wachen sahen ihn misstrauisch von oben bis unten an, doch da sie nichts Bedrohliches an Hoboke fanden, und glücklicherweise keine Waffen, ließen sie ihn passieren. Hoboke hatte keine eigenen Schwerter, weswegen ihm sein Rauswurf ein wenig weh tat. Irgendwie musste er sich welche besorgen. Er schloss sich dem Strom der Händler und Handwerker an, die über die Straße zwischen den Mauern dem nächsten Tor zustrebten. Eine Gruppe schwatzender und lachender Dragunas kam ihm entgegen. Es waren Wäscherinnen, die zum nahen Fluss gingen, um dort die Wäsche ihrer Herrschaften zu waschen. Eine von ihnen zwinkerte ihm verführerisch zu, doch Hoboke wollte weiter und nicht flirten. Obwohl er bei passender Gelegenheit durchaus Interesse gehabt hätte.

Das war auch der Grund, weshalb ihn die Mönche aus dem Kloster hinausgeworfen hatten. Eben fing er an, sich an das Klosterleben zu gewöhnen – widerwillig zwar, aber es war nicht mehr so schwer, wie zum Anfang. Dass ihn – nur einmal – Mikishi besucht hatte, war auf jeden Fall kein Grund, ihn rauszuwerfen! Auch wenn die Mönche recht hatten, dass sie ihm vorwarfen, davor Yoma, Limi und Chiko empfangen zu haben. Seine Beteuerungen, dass dies nur zum Abgewöhnen notwenig war, ignorierten sie geflissentlich. Und, so gestand er sich ein, sie hätten es nicht im Klostergarten tun sollen, wo sie ausgerechnet Bruder Derú im schönsten Moment erwischt hatte. Ein Fehler! Sein Fehler! Was für ein Aufstand! Der Abt und seine Palatine saßen Gericht über ihn. Pah, sollen sie doch zu den Geistern der Unterwelt gehen, wenn es soweit ist! Vor allem Derú, der ein Heidenspektakel veranstaltet hatte. Arme Mikishi. Er musste sie bei Gelegenheit aus dem Gefängnis holen.

Als er das Tor zur Innenstadt erreichte, herrschte gerade große Aufregung. Ein Pulk von Schaulustigen stand um eine Gruppe Soldaten und einigen Zivilisten herum. Lautstark nahmen die Zuschauer Partei für die eine oder andere Seite. Hoboke stellte sich auf die Zehenspitzen, konnte jedoch nichts erkennen. "Nun verschwindet endlich!", rief der Wachhabende den Schaulustigen zu. Und da sie zu langsam reagierten, begannen die Soldaten mit Speeren und Fäusten die Neugierigen zu vertreiben. Langsam lichtete sich die Meute und verstreute sich. Übrig blieben drei Stadtwachen und der

Kommandeur, die einen Dragun in Rüstung festhielten. Es war die Rüstung eines freien Drac, eines freien Ritters der alten Schule. Hoboke kannte den Dragun. Es war Hiriyagi Komo, der Ritter am Hofe seines Vetters aus Lomosai war! Oder gewesen war?

"Komo? Was soll das?" Der Ritter zuckte mit den Schultern. Er schüttelte mit einer unwilligen Bewegung die Hände ab, die ihn hielten. "Sie wollen mich nicht einlassen, Hoboke-oiyii."

"Er hat uns angegriffen", beschwerte sich der Wachhabende. "Wer seid Ihr überhaupt? Was mischt Ihr Euch ein, Mönch?"

"Ich bin Masaro Hoboke, Sohn des Masaro Makotu, Daimio und Herr des Hauses Kaede. Und dieser ist der ehrenwerte Drac Hiriyagi Komo, ein Ritter unseres Hauses." Das war ein wenig geflunkert, doch was wusste der Wächter denn? Und obwohl Hoboke in seiner einfachen Mönchstracht nicht wie ein Herr aussah, klang doch seine Stimme fest und überzeugend. Sicherheitshalber warf sich die Wache zu Boden. "Verzeiht Herr, natürlich dürft Ihr passieren. Beide."

Hoboke ignorierte die Wache. "Kommt, Komo."

Während sie durch Kogo zur Burg gingen, erzählte Komo Hoboke seine Geschichte, weshalb er nicht mehr der Drac des Vetters von Hoboke war. Eine abenteuerliche Sache mit diversen Weibchen, die ihm zu Willen waren und der Tochter des Vetters. "Er hat mir ‚geraten' mich zu verziehen, sonst wird er mir die najano-ko[3] auf den Hals schicken." Komo zuckte mit den Schultern. "Jedenfalls suche ich einen neuen Herrn."

Die Wache vor der Burg war anders gestrickt. Nachdem Hoboke sich und Komo umständlich vorgestellt und er sein Anliegen vorgetragen hatte, knurrte der Wächter nur: "Stellt Euch hierhin, Hoboke-oiyii. Ich werde Euch melden lassen." Er sah noch einmal abschätzend an Hoboke herunter und verschwand durch die Pforte des geschlossenen Tores. Hoboke und Komo wappneten sich in dragunischer Geduld. Das konnte dauern!

Die Sonne erreichte den Horizont, als die Pforte für sie aufging. Der Wächter mit einer Fackel in der Hand, es war derselbe wie vom

---

[3] **najano-ko** - die geheime „Bruderschaft des dunklen Pfades" arbeitet für einen Auftraggeber und für viel Gold. Über geheime, verschlungene Pfade erhalten sie den Auftrag für einen Mord, kassieren immer im Voraus und üben ihr Handwerk mit tödlicher Präzision aus. Sie schleichen sich unhörbar an ihr Opfer an, töten es von hinten oder warten, bis es schläft. Sie arbeiten mit Schlingen, Wurfmessern, Gift und Pfeilen. Weiter: siehe Anhang

Morgen, sah die beiden wieder von oben bis unten an, seufzte und verkündete dann: "Kommt. Der Herr hat jetzt Zeit für Euch." Hoboke hätte beleidigt sein können, was er auch war, aber der Wächter stand so weit unter ihm, dass er einfach unbedeutend war.

Der Herr des Hauses Hidaro-Higishi, Fürst Mikiri, empfing die beiden sehr freundlich. Er verzichtete auf den Kniefall und bat seine Besucher Platz zu nehmen. Während sie auf Getränke und einen Imbiss warteten, herrschte Schweigen. Ein saru trug ein niedriges, kunstvoll verziertes Tischchen herein und verschwand lautlos. Da Komo der Rangniederste im Raume war, übernahm er die Aufgabe des Mundschenks.

Der Tradition folgend stellte Mikiri Fragen nach der Familie und dem Befinden seines Gastes. Und genauso freundlich, aber unverbindlich, antwortete Hoboke. Dann trat wieder Schweigen ein, weil eine Gruppe saru-Sklavinnen einen Imbiss reichte. Sie waren, bis auf einen Lendenschurz, nackt. Hoboke war erstaunt, denn im Hause Kaede waren die Sklavinnen unsichtbar. Sie durften das Herrenhaus nicht betreten. Mikiri sah den Blick Hobokes und zog die Lippen zu einem breiten Grinsen zurück. "Sind sie nicht ein entzückender Anblick, Hoboke?" Hoboke wusste es nicht. Die Sklaven in seiner Familie waren schmutzig und unansehnlich; graue Haut, schmutzige, wirre Haare und sie rochen übel. Dazu der immer zum Boden gerichtete Blick. Mikiris Sklavinnen dagegen waren sauber. Er staunte über die helle, glatte Haut der saru-Weibchen. Die Haare waren gekämmt, gewaschen und zu unzähligen Zöpfen geflochten, die lang auf den Rücken fielen oder um den Kopf gelegt waren. Sie dufteten nach wohlriechenden Kräutern und lächelten die Gäste freundlich an. Ihre Brüste waren rund und fest, und erregten Hoboke, worüber er außerordentlich erstaunt war, hatten doch Dragunas so etwas nicht vorzuweisen. Erstaunlich! Der Lendenschurz bedeckte den Schoß und das Hinterteil der Sklavinnen nur unzureichend. Das, was Dragunas seiner Welt schamhaft versteckten, den Hintern, zeigten diese Wesen auf einfach schamloser Weise.

"Nun ja", Hoboke wollte keineswegs unhöflich erscheinen, "Das sind erstaunliche saru, Herr."

"Nicht wahr? Und, wenn es Euch gefällt, stehen sie Euch zur Verfügung." Hoboke war schockiert. Es mit den Damen der Weidenruten zu treiben, gehörte zum guten Ton eines vornehmen Draguns, aber mit saru-Weibchen? "Ähm, herzlichen Dank, Herr Mikiri-oiyii. Aber ich glaube, dass ich momentan keinen Bedarf habe."

"Schade für Euch, Hoboke-oiyii. Sie sind

wirklich sehr angenehm. Anschmiegsam, weich, warm und außerordentlich geschickt. Das könnt ihr mir glauben." Hoboke schüttelte sich innerlich. Sklavinnen! Niemals!

"Aber nun verratet Ihr mir, was Euch zu mir führt." Mikiri lächelte freundlich und man sah ihm seine Neugierde an.

"Nun, ich möchte Euch fragen, Mikiri-oiyii, ob es Euch recht ist – ähm – ich möchte Euch meine Dienste anbieten."

"Seid Ihr nicht mehr Mönch?"

"Nein. Man hatte mich heute des Hauses verwiesen, wenn man so sagen kann."

"Verratet ihr mir den Grund?"

Da Hoboke wusste, dass es nicht lange dauerte, bis Herr Mikiri den wahren Grund erfahren würde, erzählte er die ganze Geschichte, humorvoll und gewürzt mit anzüglichen Details und gewissen Anspielungen und Beschreibungen der Damen.

"Hm. Verstehe." Mikiri grinste breit, dann zog er die Augenwülste zusammen und dachte intensiv nach. "Doch, Ihr könnt etwas für mich tun. Es ist nicht ungefährlich!"

"Kein Problem, Mikiri-oiyii. Ich bin Soldat seit meiner Kindheit und ich werde Drac Komo-oiyii mitnehmen, wenn Ihr einverstanden seid." Komo verneigte sich zum Zeichen seiner Zustimmung bis zum Boden.

"Gut. Es ist folgendermaßen: Mir ist zu Ohren gekommen, dass unser Nachbar, Herr Hita, überfallen wurde." Hoboke und Komo richteten sich erstaunt auf. "Seit ein paar Tagen geht das Gerücht in Minoru um. Manche behaupten, Hita habe gesiegt, andere, das Haus Hita sei völlig ausgelöscht worden. Genaues weiß man nicht." Mikiri schnippte mit den Fingern. Sofort sprang ein Sklave herbei. Mikiri flüsterte ihm etwas ins Ohr, der Sklave verschwand ebenso schnell, wie er gekommen war. Hoboke wartete gespannt und schwieg.

"Deshalb befehle ich Euch", fuhr der Herr fort, "dass Ihr nach Yukokoshima reist. Ich will alles wissen, ob an all den Gerüchten etwas dran ist, und was tatsächlich in Yukokoshima vorgefallen ist." Er betätigte ein kleines Glöckchen. Wenig später rutschte der Sklave auf den Knien in den Raum und übergab seinem Herrn ein langes, in Decken gewickeltes Paket.

"Dies", sagte Mikiri, während er das Paket auswickelte, "sind die Schwerter meines Großonkels. Wie ich sehe, seid Ihr nicht ausgerüstet. Daher wäre es mir eine Ehre, wenn Ihr die Schwerter annehmen würdet. Als Zeichen meiner Hochachtung für Euch, als Freund und ausgezeichnetem Schwertkämpfer."

Hoboke verneigte sich tief, drückte den Kopf gegen den Boden. "Es ist mir eine sehr hohe Ehre, Mikiri-oiyii. Gerne nehme ich die Aufgabe an. Und ich werde diese wunderbaren Waffen in Ehren halten."

"Wunderbar! Dann seid Ihr mein Gast, bis Ihr aufbrecht."

Hoboke verneigte sich nochmals bis zum Boden. "Eine Frage habe ich noch."

"Ja?"

"Wie können wir Euch verständigen?"

"Beeilt Euch. Geht rein, beobachtet und kommt so schnell wie möglich zurück. Wann wollt Ihr aufbrechen?"

"Dann gleich morgen in aller Frühe, Herr. Es gibt nichts, was mich länger hier hält."

"Gut. Dann nehmt die Schwerter. Ich lasse Euch noch eine Rüstung bereitlegen, oder wollt Ihr etwa in dem Mönchskittel losziehen?" Mikiri war aufgestanden. "Probiert eine der Sklavinnen. Es lohnt sich." Mikiri lachte laut und amüsiert.

MARGUR

Frederik griff in den Haufen Pferdeäpfel und warf sie den Jungen hinterher. Das Geschoss hielt in der Luft noch einen Moment zusammen, dann teilte es sich und traf die hinteren Burschen der Meute. Eben noch hatten sie gelacht, nun rannten sie, was sie konnten, um aus dem Bereich der stinkenden Wurfgeschosse zu gelangen. Noch einmal warf Frederik nach den Jungen. Der Pferdeapfel nahm einen Bogen und senkte sich langsam der Erde entgegen. Doch der wütende Junge stellte sich vor, wie es wäre, wenn die Pferdeäpfel auch die vorderen Jungen träfen. Und siehe: Es geschah! Der Dreckhaufen wurde schneller. Er blieb als Geschoss geballt, fast schien es, als wäre er größer und kompakter geworden, und traf den Bandenchef genau am Hinterkopf. Der war so überrascht, dass er stolperte und lang hinschlug. Die Jungen drehten sich um. "Wir kriegen Dich!", riefen sie aus sicherer Distanz.

Frederik konnte nicht lachen. Sein ganzer Körper zitterte vor Wut, und am liebsten hätte er sich die Bande vorgenommen, doch er wusste, dass das nicht möglich war. Allein war er dazu zu schwach. Aber mit Pferdeäpfeln werfen konnte er! Und wie! Langsam verrauchte seine Wut. Es war dumm, sich von diesen Knaben provozieren zu lassen. Er drehte sich um, wischte die beschmutzten Hände an den ohnehin klebrigen Hosen ab, sodass sich der Schmutz auf den Oberschenkeln um eine Schicht Pferdescheiße erhöhte.

Wie alle Bewohner Fünflandens wusch er sich nur sporadisch und roch entsprechend übel. Wasser war kostbar in der Stadt. Es gab nur wenige Brunnen, die von strengen Wachen beaufsichtigt wurden, damit sie niemand verschmutzte. Da alle Stadtbewohner irgendwie stanken, roch es auch niemand und keiner ekelte sich. Nur der alte Mann, mindestens sechs Fuß und eine Hand groß und in einen langen, grauen Mantel aus groben Leinenstoff gehüllt, rümpfte die Nase. Das tat er, seitdem er die Stadt betreten hatte. Pikiert sah er die schmutzigen Straßen, auf denen all die Abfälle lagen, die den Bewohnern der Stadt "aus der Hand" gefallen waren, auf den dunkelbraunen Graben, der das stinkende und schmutzige Wasser der vielen Kloaken zum Fluss hinunter transportierte. Und auch auf die Ratten, Mäuse, Kakerlaken und Fliegen, an denen sich keiner der Bewohner zu stören schien. Das Ziel des Alten war nicht die Straße. Die führte in die Nähe des Tempels „*Unserer lieben Dame*", einer Sekte der Verehrer der Göttin der Liebe. Das interessierte ihn nicht. Und auch nicht die Gräben und stinkenden Fließe die mitten oder seitlich der Straße verliefen, ihn interessierte ein bestimmtes Individuum, dass Wellen gewaltiger Magie für wenige Momente losließ und den Äther erschütterte. Der Mann reckte den Kopf. Irgendwo dahinten, in der Nähe des Turmes musste er sein und Magie wirken.

Wieder spürte er Magie, sie kam diesmal von der Seite, aus einer schmalen, dunklen Gasse. Er hörte eine Frau keifen und eine helle Jungenstimme, die zurückkeifte. Der alte Mann schmunzelte. Ja, er hatte ihn gefunden!

Der Junge stand mit dem Rücken zur Wand. Er hatte die Arme vor der Brust verschränkt und sah wütend nach oben zu einem offenen Fenster. "Beweg' dich, Dreckskerl!", keifte die Stimme von vorhin.

"Ich denke ja nicht dran", murmelte der Junge. Der alte Mann war vor ihm stehen geblieben. "Meinst Du nicht", sprach er mit greisenhaft, kratziger Stimme, "dass man seinen Eltern zu gehorchen hat?" Er hatte nicht gedroht, nur gefragt.

"Is nich meine Mutter, die Alte, nur die Stief."

Der Junge hielt den Kopf gesenkt. "Ich hasse sie", fügte er leise hinzu.

"Und dein Vater?"

"Ich habe keinen Vater. Die Alte sagt immer, ich bin ein Bastard." Jetzt erst sah er seinen Gesprächspartner an. "Und wer bist Du?"

"Oh, nur ein Zauberer."

"Ein Zauberer? Kannst Du mich hier wegzaubern?" Der Junge schniefte noch einmal, dann sah er den alten Mann neugierig an.

"Wie lautet Dein Name?"

"Frederik."

"Nun, Frederik. In diesem Fall kann Dir geholfen werden. Komm mit."

"Aber die Alte! Die versohlt mir den Hintern, wenn ich nicht …"

Der alte Mann bückte sich zu dem Jungen herunter. Er sah ihm in die tiefblauen Augen. "Willst Du hier weg?"

Frederik überlegte. Dann zuckte er mit den Schultern. "Ja", sagte er schlicht. Und doch klangen ein wenig Zweifel und Unsicherheit mit.

"Dann verspreche ich Dir, Frederik, dass es Dir gut gehen wird. Dass es Dir an Nichts fehlen wird. Und niemand wird Dich jemals schlagen oder ungestraft Bastard rufen."

"Und was muss ich dafür tun?"

"Lernen und gehorchen! Mir allein! Du musst

lernen, viel, viel lernen."

"Und Ihr werdet mich nicht schlagen oder treten oder hungern lassen?"

"Nein, wenn Du mir gehorchst."

Frederik dachte nach. Der Alte flößte ihm Vertrauen ein. Mehr, als er es jemals einem anderen gegenüber geben konnte. Was war die Alternative? Bei der Vettel und ihrem brutalen Mann bleiben und sich drangsalieren lassen oder mit dem alten Mann gehen. Was ging er für ein Risiko ein? Der Blick des Alten war offen und seine Stimme klang warm und ehrlich.

"Gut, ich komme mit, Herr."

"Sag Meister zu mir. Und erst wenn Du ausgebildet bist, darfst Du mich Vater nennen." Der Alte richtete sich auf. "Und nun, lass uns gehen." Der alte Mann stieß seinen Stab auf den Boden. Es pfiff leise, dann drehte sich die Welt um Frederik und er schloss erschreckt die Augen. Er hatte das Gefühl sich in die Luft zu erheben und zu fliegen. Und als er die Augen vorsichtig öffnete, sah er die Welt weit unter sich. "Bei den Göttern! Wir fliegen wirklich!"

"Keine Angst, mein Sohn", hörte er die Stimme des Meisters neben sich. "Das wird irgendwann einmal Normalität für Dich. Und noch mehr wirst Du können! Hab keine Angst!" Doch Frederik hatte schon lange keine Angst mehr. Er hatte, so meinte er, Schlimmeres erlebt. Also gab er sich der Situation hin, und sah nach unten, und staunte und dann begann er, es zu genießen.

"Wo fliegen wir hin, Meister?"

"Übers Meer, mein Sohn. Weit über das Meer."

TAICHI

Die kostbare Vase zerbarst in tausend Stücke, die sich malerisch im Raum verteilten. Doch der Wurf besänftigte den Hikoshu-sham immer noch nicht. Im Gegenteil: Er steigerte nur seine Wut.

Taichis Kammerdiener stand hinter der Wand bereit, die Spuren seines Herren unverzüglich zu beseitigen, wenn der *tonoo* aufgehört hatte, mit Gegenständen um sich zu werfen. Er war es gewohnt, dass sein Herr urplötzlich, selbst wegen der geringsten Kleinigkeit, in die Luft ging. Doch diesmal, schätzte er, war es keine Kleinigkeit.

Tomi Taichi atmete tief durch. *Ich muss mich zusammenreißen*, dachte er und spürte die nächste Welle eines Wutanfalls in sich aufsteigen. Er presste seinen Lieblingsschreibpinsel mit der Hand zusammen, bis er brach. Taichi atmete nochmals tief durch. Und warum regte er sich auf? Weil der Frieden des Hikoshu bedroht war! Weil es seine Harmonie störte und er von Giru, seiner derzeitigen Konkubine, herb getrennt wurde.

Dabei begann der Tag wie jeder andere. Der *Hikoshu-sham* wurde sanft von seiner Gespielin geweckt. Sie wurde eher munter als er und ließ es sich nicht nehmen, ihn aus dem Land des süßen Schlafes in die Gegenwart zu führen. Gerade strichen ihre warmen Hände über seinen Schoß und er wollte nach ihr greifen, als es an der Tür leise klopfte. "Tonoo? Seid Ihr wach?" Es war die Stimme seines Kammerdieners Kokasù. Und wenn er sich meldete, bevor Taichi ihn gerufen hatte, dann musste es etwas sein. Etwas Wichtiges! Aber der Herr der Herren war noch nicht so weit. Er befand sich im Übergang vom Schlaf zum Erwachen. "Götter", fluchte er und schob Giru beiseite. "Was will der Kerl mitten in der Nacht? Soll er in der Unterwelt verfaulen." Er drehte sich auf den Bauch, zog die Knie an und erhob sich mühsam von seinem Tami. "Warte, ich komme." Er wickelte sich in einen Morgenkimi und schob die Tür zur Seite. Davor kniete Kokasù mit einer winzigen Schriftrolle in den Fingern. Er hielt sie dem *Hikoshu-sham* entgegen, ohne seine Haltung zu verändern. Taichi riss ihm das Pergament aus der Hand. "Was ist das?", fragt er überflüssigerweise.

"Ein Schreiben Eures Spions, Tonoo."

"Ich habe keine Spione! Ich habe Informanten. Merkst Du Dir das nicht?" Er machte einen großen Schritt über den Kammerdiener hinweg und trabte über den langen Flur zu seinem Arbeitszimmer. Berichte seiner ‚Informanten' las er in diesem Zimmer, und zwar allein. Niemand durfte ihn dabei stören, egal, zu welcher Stunde.

Taichi hockte sich hinter den niedrigen Arbeitstisch. Die Schriftrolle war so klein, dass sie in seine Hand passte. Er untersuchte das Siegel. Es war unversehrt und daneben fand er das winzige Namenszeichen des Spions. Es bestand aus drei Zeichen der alten Sini; *Aka e 'Shu Shima*. Aka von Shushima! Sein bester Mann, direkt im Hause des Fürsten Asamoto! So dicht, dass er sogar wusste, wann der Fürst den Abtritt aufzusuchen pflegte. Das interessierte den *Hikoshu-sham* zwar weniger, sagte aber einiges über das Vertrauensverhältnis des Fürsten zu seinem Diener aus. Und Taichi dachte in einem Nebengedanken, dass es bei ihm wohl auch so ist. Nur wer war der Spion bei ihm? Wie auch immer! Das Schreiben hatte Vorrang, und da es das Siegel des persönlichen Spions trug, wusste jeder seiner Kammerdiener, dass es unverzüglich an ihn weitergegeben werden musste. Sofort, wo auch immer er sich befand, wenn er schlief oder mit einer seiner Damen kopulierte, egal!

Taichi erbrach das Siegel und entrollte das Schreiben. In winziger Schrift standen dort nur drei Sätze: "Yukokoshima wurde überfallen. Familie Hita ausgelöscht. Komme am vierten Tag nach dem dritten Mond." Das war knapp, aber es genügte, dass Taichi das Schreiben mit voller Wucht auf den Tisch knallte, sodass die darauf befindlichen Gegenstände hoch in die Luft flogen, und das Fässchen mit der kostbaren schwarzen Tinte einen Salto mortale machte. Die Tinte verteilte sich in der Luft in viele hundert Tröpfchen, die dann im Raum, vor allem aber auf dem Tisch und Taichis Kimi landeten. Das genügte! Der nächste Gegenstand war die kostbare, mindestens tausend Jahre alte Vase, die durch die offene Tür des Arbeitszimmers flog. Dem folgte das Glas mit dem Rest Rotwein von gestern. Die Flüssigkeit malte eine dunkelrote Spur auf die Dielen, die wie eine herausgerissene Ader aussah. Porzellan- und Glasscherben bildeten einen malerischen Mischmasch mit der Tinte und dem Adergeflecht des Rotweins in der matten Morgensonne.

Kosakù hatte also recht gehabt und weise gehandelt, dass er sofort genügend Abstand zwischen sich und dem *Hikoshu-sham* geschaffen hatte. Nun hörte er ihn nur noch schnaufen, ein Zeichen, dass sich Taichi abregte. "Frühstück, mein Fürst?", fragte er, indem er um die Türecke lugte.

"Nein, jetzt nicht. Komm her!"

Auf den Knien rutschte Kosakù ins Zimmer, immer darauf bedacht, weder in die Scherben zu greifen noch seinen Kimi an den Tintenspritzern oder dem Rotwein zu beschmutzen. Taichi tupfte den Rest seines Schreibpinsels in die Tintentropfen auf seinem Tisch und schrieb einen Brief. Als er fertig war, reichte er ihm Kosakù. "Sorge dafür, dass das Schreiben sofort an Fürst Nyoko Aiki nach Sagoshima gesandt wird. Ich erwarte den Fürsten innerhalb von vier Tagen hier in Tomi. Schicke den schnellsten Drachen, den wir haben."

SABU

Nachdem Yukomi mit seinen Leuten abmarschiert war, brach Sabu mit ihrer kleinen Truppe nach Norden auf. Sie ließen die Straße zur Hafenstadt Fuko links liegen, obwohl es sich darauf leichter und schneller reiten lässt. Sabu wollte einer möglichen Begegnung mit dem auf Somo marschierenden Feinden aus dem Wege gehen. Eilig überquerten sie eine grasbewachsene Ebene. Der Boden war hart, das Gras vertrocknet. Staub wallte auf und fiel, wegen des fehlenden Windes, sehr langsam zu Boden. Noch war es kühl und die Sonne warf lange Schatten.

Sabus Ziel für heute war ein Nebenfluss des Hirotago. Mit ihren Kameraden beugte sie sich über eine Karte, die Kamino mitgenommen hatte.

"Immer geradeaus, nach Osten!", sagte Sabu. Sie zog mit dem Finger eine Linie von ihrem angenommenen Standort zum Ziel. Dort erwartete sie ein Wald, in dem sie sich verstecken konnten.

"Ist noch ein ordentliches Stück zu gehen, Fürstin", brummte Mosaru.

"Was hilft es. Dort sind wir sicher!" Sie nahmen seufzend ihr Gepäck wieder auf.

Es war noch nicht ganz vor Mittag, als sie an die zwanzig Meilen ununterbrochen marschiert waren. Tsuyoshi flog in großer Höhe über der Gruppe und hielt Ausschau nach Feinden. Das Gelände wurde hügelig, hier und da standen einzelne Büsche und kleine Baumgruppen. In der Ferne blauten die Berge des Hikokugebirges mit seinen schneebedeckten Bergspitzen. Dunkle Gewitterwolken zogen dahinter von West nach

Ost, doch über ihnen strahlte der blaue Himmel. Sie machten unter einem einsamen Hutbaum Rast, aßen etwas von ihrer Ration, um nach wenigen Minuten weiterzugehen. Sabu schmerzten die Füße vom Laufen und die Schultern von der Last der Rüstung. Doch an Reiten war nicht zu denken, denn die Pferde trugen schwer an der Verpflegung, den Waffen und der Ausrüstung. Nach zehn Meilen erreichten sie ein Tal zwischen zwei hohen Hügeln. Sie hatten den Rand des Ugowaldes erreicht. Ein Bächlein plätscherte leise zwischen Sträuchern und lieblichen Blumen. Am Waldrand war es kühl und still. Sabu beschloss, hier für die Nacht zu rasten.

Die Soldaten kauten schweigend an ihrer Ration. Sabu sah ihnen zu. Sie verspürte keinen Hunger. Eher fürchtete sie, Blasen an den Fußsohlen zu bekommen. Der ungewohnte Panzer, der auf die Schultern drückte, die ledernen Sandalen und die Waffen waren schwer und unbequem. Dennoch! Sie musste ihren Soldaten ein Beispiel geben und keinesfalls klagen. Sie bat Kamino ihr die Füße mit Salbe einzureiben, und die Schultern zu massieren. Und während der Adjutant erst die Füße und danach die Schulterblätter und den Hals bearbeitete, genoss Sabu die Ruhe.

Sie waren besser vorangekommen, als sie

befürchtet hatte. Dennoch! Auf dem Weg über die Grasebene wurde Sabu den Eindruck nicht los, dass wer hinter ihnen her war. Immer wieder sah sie sich um oder in den Himmel. Doch nichts und niemand verfolgte sie. Sie atmete erst auf, als sie dichter bewachsenes Gelände erreicht hatten.

"Gestattet Ihr eine Frage, Herrin?", fragte Kamino. Die Fürstin schreckte aus ihren Gedanken. "Ich bitte darum, Kamino."

"Warum wollt Ihr persönlich den Kano[4] der Familie holen? Ihr hättet doch nur befehlen brauchen und Hunderte wären losgezogen …" Kamino brach mitten im Satz ab.

Sabu sah lange Kamino an. Sie hatte einfach nur reagiert. Aus Wut und aus dem Bauch heraus. In Wahrheit begab sie sich in eine nicht zu akzeptierende Gefahr; Sie war die Fürstin eines ganzen Landes, sie hatte Bedienstete und Krieger. Ihre Sorge, ihre ganze Aufmerksamkeit galt in erster Linie ihrer Familie und allen, die dazugehörten, allen! Jedem, der in ihrem Land lebte. Kämpfen und Sterben war Aufgabe der Krieger. Zum Dank dafür kamen sie vielleicht als Krieger oder sogar Edle wieder auf die Welt. Sie hätte von Somo aus, im Schutz sicherer und hoher

---

[4] Kano ist die Kurzform für kano-i'iyo, Gefäß der Geister (der Vorfahren)

Burgmauern, herrschen und handeln können. Bis – ja, bis was?!

"Ich bin die letzte der Familie", begann sie langsam, "Niemand sonst ist noch übrig. Es ist meine Pflicht."

"Aber, wenn Ihr bei dieser Aktion sterbt?"

"Wenn ich den kano-i'iyo nicht hole, verliere ich meinen Ursprung, meine Familie. Es ist, wie wenn ich tot wäre. Es gäbe mich nicht mehr, weil ich keine Vorfahren mehr habe, keine Vergangenheit, keine Gegenwart und keine Zukunft."

Jede Familie, auch die geringste, besaß einen kano-i'iyo. Groß oder klein, prächtig verziert oder einfach, vielfach uralt und mit Schriftzeichen versehen, die nur noch die uralten Mönche entziffern konnten. Es war ein Kistchen, eine hohle Stele. Auf jeden Fall ein Gegenstand der Verehrung, der den Namen der Familie aus der alten Welt nannte. In ihm verkörperten sich die Geister der Vorfahren, die den Lebenden Rat gaben und ihr Schicksal beeinflussten. Der Verlust bedeutete auch den Verlust all dessen, was Ehre und Familie waren. Er bedeutete die Vernichtung der Familie, die vollständige Tilgung des Namens. "Wenn ich den Kano nicht wieder in den Händen halte, muss ich Selbstmord begehen. So einfach!"

Kamino sah zu Boden. Er verstand, was Sabu bewegte und ihn bewegte die gleiche Sorge um seine Familie.

Nach einer ruhigen Nacht waren sie wieder auf den Füßen. Sabu hatte tief und traumlos geschlafen. Sie führte es auf die Anstrengungen des vergangenen Tages zurück und dass die kami der Vorfahren mit ihr zufrieden waren. Ansonsten wären sie ihr in Albträumen erschienen.

Sie durchwateten an einer flachen Stelle den Hirotago und verließen den Schutz des dunklen Waldes. Nun übertraten sie die Grenze nach *Shoushima-Sini*, dem Hochland von Sini, das dem südlichen Teil des Landes des Fürsten Hikoku Asamoto gehörte. Weit und breit waren sie allein auf der Flur. Wieder begann ein schöner, klarer Frühlingstag und versprach auch so zu bleiben. In der Ferne, weit im Norden, sahen sie die dunklen Ausläufer des Yahagiwaldes. Wenn sie den durchquert haben, werden sie Hita viel näher sein. Doch noch lag vor ihnen eine anmutige Landschaft mit einzeln stehenden Bäumchen, sanften Hügeln, kleinen, lichten Wäldchen. Winzige Bächlein mäanderten über die Ebene, um sich weiter nordöstlich mit dem Hoko zu vereinen. Den Himmel bevölkerten bunte Vögel und am Boden grasten wollfellige Wiederkäuer, belauert von Tüpfeltigern und den gefräßigen Grauhunden. Unbeirrt marschierte Sabus Trupp auf Wildpfaden und über weite Grasflächen auf die Stadt Sagó zu, wo der Präfekt der Provinz Sagó-Shima, Gotubi Katsuo residierte. Sabu lernte ihn während eines Besuchs des Fürsten Hikoku kennen. Fürst Hikoku Asamoto mitsamt erstem Sohn, Ymomaki waren vor einem Jahr, als Sabu zur Erholung zu Hause weilte, mit einer Hundertschaft Soldaten, Spielleuten, Kurtisanen und etlichen Würdenträgern, darunter auch dem Präfekten von Sagó-Shima, dessen Herrschaftsbereich sie eben betraten, vor der Burg Hita erschienen. Die Hikokus schienen fröhliche Leute, der Sohn war ebenso wohlbeleibt, wie sein Vater. Nach unendlich lang dauernden Zeremonien und drei Tagen voller Feierlichkeiten und künstlerischen Darbietungen bat Asamoto offiziell um die Hand Sabus für seinen Sohn. Der Präfekt war den Feierlichkeiten eher aus dem Weg gegangen. Sie hatte ihn hin und wieder gesehen und kurz mit ihm gesprochen. Er war sympathisch, klug und behandelte Sabu ehrenvoll. Dass aus dem Ansinnen der Hikokus nichts wurde, nahmen diese offenbar nicht übel. Ihr Vater erklärte umständlich den Werbern, dass Sabu der Sonnengöttin versprochen war. Sie lächelten, und verneigten sich vielmals.

Schließlich hatten sie drei angenehme Tage mit Feiern und Gelagen, Gesängen und viel Spaß verbracht. Aber den Versuch war es wert, meinte Asamoto bei seiner Abreise lächelnd und hatte Sabu dabei lüstern angestarrt. Zum Abschied gab er ihr einen schmatzenden, feuchten Kuss auf die Wange und war fröhlich winkend abgezogen. Und Ymomaki hatte sich noch lange nach ihr umgedreht, bis er sie nicht mehr sehen konnte.

Sollte sie die Hikokus um Hilfe bitten? Nein! Auf keinen Fall! Asamotos Bedingung wäre, dass sie Ymomaki heiraten musste. Mindestens! Damit ging das Haus Hita vollständig in die Familie Hikoku ein und wäre ebenso verschwunden, wie wenn Sabu den Kano nicht finden würde. Die Hikokus würden sich Yukokoshima einverleiben, obwohl nach außen hin der alte Status quo erhalten bliebe. Sie würde unter der Fuchtel ihres Gatten so tun, als regierte sie Yukokoshima. Zwölf Familien sollten über Sini herrschen. Keine mehr, keine weniger. So lautete das Gesetz seit zweitausend Jahren! In Wahrheit wären es aber die Hikokus, die dann über zwei Ländern herrschten. Sabu schüttelte den Kopf. Niemals!

Ein leichter Nieselregen begleitete sie bei ihrem Abmarsch. Sabu übernahm wie selbstverständlich die Führung der kleinen

Gruppe. Hinter ihr Yolo, dann Mosaru, der Schweigsame, und Kamino zur Rückendeckung. Irgendwo hoch oben über den Wolken schwebte Tsuyoshi. Sie hielten sich in Sichtweite des Flusses, jedoch so verdeckt, dass sie von eventuell vorbeifahrenden Schiffen auf dem Weg von oder nach Fuko nicht gesehen werden konnten. An einer seichten Stelle überquerten sie den Hirotago ungesehen, erklommen ein niedriges Steilufer und waren wieder in der Heimat. Am südlichen Ufer des Hirotago wuchs ein geschlossener Mischwald aus Birken, Buchen, Eichen und Linden. Das Unterholz war dicht, aber begehbar. In der Zwischenzeit hatte der Regen an Stärke zugenommen. Sabu beschloss, anzuhalten und den Regen abzuwarten. Schnell hatten die Krieger das Zelt aufgestellt, unter dem sie einigermaßen trocken lagern konnten.

"Ab jetzt bewegen wir uns nur noch nachts, solange wir nicht wissen, wer der Feind ist und wo er sich befindet", entschied Sabu. "Ich kenne diese Gegend von früher, als ich mit meinem Vater und meinen Geschwistern auf dem Fluss zu den Inspektionen der Festungen und der Garnisonen nach Fuko und Somo gereist war. Die Straße zwischen Fuko und Hita begleitet mehr als drei Meilen den Hirotago. Morgen stoßen wir auf den Zulauf des Oko in den Hirotago. Dort befindet sich ein Landhaus unserer Familie. Von da sind es noch fünfzig Meilen, bis wir Hita erreichen. Wir müssen von jetzt an sehr vorsichtig sein." Die Soldaten nickten.

"Ich werde die erste Wache übernehmen." Yolo erhob sich seufzend. Der Riese von sieben Fuß Größe ging gebückt nach draußen. Er war ein besonderer Dragun. Nicht nur durch seine Größe fiel er auf, sondern auch durch seine breiten Schultern und die enormen Muskeln, die er gerne zeigte, in dem er auf wichtige Teile der Rüstung einfach verzichtete. Yolo war ein Universalkämpfer und Meister im *ki-doiyii* mit den Lang-, Kurz- und den Doppelschwertern. Er konnte mit Wurfsternen, Würgeseilen und Messern umgehen. Und er war gebildet, wie selten ein Krieger. Masuro, der bereits schlief, war kaum größer als Sabu, etwas über fünf Fuß aber ebenso muskulös wie Yolo. Breitschultrig, stämmig. Er sah aus, als könne ihn nichts umwerfen. Gut, es fehlte ihm an Bildung; alle männlichen Vorfahren von Koromaru Masuro waren Krieger: Sie hatten der Familie Hita treu und ergeben gedient. Auf Bildung der männlichen Dragune legte in Masuros Familie niemand großen Wert. Lesen, Schreiben und Rechnen, das genügte! Anders bei den Dragunas. Die Damen der Familie Koromaru galten als hochgebildet und waren sowohl in den Tempeln Sinis als Tempeldamen als auch an den Fürstenhöfen als Berater- oder Verwalterinnen außerordentlich gefragt. Masuro war wie Yolo ein Universalkämpe und ein begnadeter Drachenreiter.

Sabu hockte mit untergeschlagenen Beinen auf der Zeltplane. Sie begann die Meditation, über die sie sich mit ihrer Leibdrachin mental verband. Das tat sie zu jeder Rast. Als ihre Gefährten sie fragend ansahen, nachdem sie das erste Mal aus der Meditation herausgetreten war, erklärte sie ihnen ihr Tun. Es war ihr wichtig, nicht nur als Fürstin und Führerin der kleinen Gruppe zu gelten, sondern als Teil eines, wenn auch winzigen, Kampfverbandes. Es durfte keine unklaren Verhältnisse auftreten. Nachdem sie ihnen den Zweck ihrer Meditation erklärt hatte, erkannte sie große Ehrfurcht bei ihren Kameraden, denn nur wenige ryuu-ooi hatten solch eine enge Bindung zu ihren Drachen, dass sie eine telepathische Verbindung herstellen konnten.

Sabu versenkte sich in sich selbst. Sie spürte, wie sie ihren Körper verließ und Tsuyoshi erreichte. Jetzt sah sie mit ihren Augen, hörte mit ihren Ohren und roch mit ihrer Nase. Aber sie befahl nicht über Tsuyoshis Geist. Sie waren jetzt verbunden, wie Zwillingsschwestern, nur noch enger. Tsuyoshi bemerkte die Präsenz Sabus.

Eben überflog die Drachin in großer Höhe das Wäldchen, in dem Sabu mit ihrer kleinen Truppe rastete. ‚Herrin?‘

‚Wo bist Du, Tsuyoshi?‘

‚Ich sehe Euch. Und die drei Krieger.‘ Sabu wusste, dass viele Drachen auch im Wärmebereich sehen konnten. Es war eine der Erfolgsstrategien der Drachen für die Jagd. Jetzt sah auch sie sich und ihre Krieger als helle Flecken in der ansonsten dunklen Umgebung. ‚Du musst zum Oko fliegen, Tsuyoshi. Erkunde, ob der Feind auch nach Westen vorgedrungen ist. Bei der Gelegenheit sieh nach, ob er unser Landhaus erreicht hat. Doch sei vorsichtig!‘

‚Stets zu Diensten, Herrin.‘

‚Ich bin nicht Deine Herrin, Tsuyoshi. Ich bin Deine Freundin.‘

‚Ich weiß.‘ Sabu spürte, wie die Drachin lächelte. ‚Ich werde sofort hinfliegen.‘

‚Ja, und teil mir unverzüglich mit, wie es dort steht.‘ Sabu trennte sich von ihrer Drachin, verblieb aber noch in der Meditation. Sie musste ihr Herz erleichtern, die Zweifel und Ängste in den Griff bekommen. Sie wusste nicht, wie es um ihren Heerführer Yukomi stand. Ob sie je ihre Heimat erreichen werden. Und was sie dann zu sehen bekommt.

"Herrin?" Eine Stimme drang zu ihr durch. Es musste etwas Wichtiges sein. Sabu löste sich aus ihrer Haltung. Kamino kniete vor ihr. "Herrin?"

Sabu schüttelte den Kopf. "Ja, Kamino. Was gibt es?"

"Ich hörte Drachenrufe."

"Sicher von Tsuyoshi."

"Nein, das war nicht ihr Ruf. Er war tiefer." Sabus Herz begann zu rasen. Tsuyoshi war in Gefahr! Ganz sicher! Doch schnell beruhigte sie sich wieder. Tsuyoshi war eine einmalige Drachin. Schnell, intelligent, kampferprobt. Wenige könnten ihr widerstehen. "Sind wir entdeckt?"

"Das glaube ich nicht, Herrin. Aber jemand scheint uns zu suchen. Der Feind?"

"Wartet." Wieder versenkte sich Sabu in Meditation.

MARGUR

Es war ein riesiger unterirdischer Saal, in dem, wie Puppen, Krieger in voller Rüstung unbeweglich in Reih und Glied standen. Es roch, nein, es stank nach verwesendem Fleisch. Der Meister schritt unbeeindruckt voran, gemächlich und leicht gebeugt. Offenbar schien ihn dieser Gestank nicht zu stören. Seine Robe bewegte sich und bei jedem Schritt schimmerte sie mal tiefblau oder schwarz. Er trug die Kapuze ins Gesicht gezogen, sodass Frederik, der jetzt Margur genannt wurde, es nicht sehen konnte.

"Das ist unser Heer, mein Sohn", verkündete der Meister mit greisenhafter Stimme. "Mit diesem Heer werden wir Geadir erobern." Der Meister betonte das Wort ‚Geadir' so merkwürdig, als wenn er noch eine offene Rechnung mit diesem ‚Geadir' hatte. Margur nahm sich vor, ihn bei Gelegenheit danach zu fragen. Jetzt aber war er in die Betrachtung der Krieger in ihren Rüstungen vertieft. Er hielt sich den Ärmel seiner Robe vor Mund und Nase. Doch es nutzte nichts! Der Leichengeruch drang sogar durch das feste Gewebe seiner Kleidung. Margur kannte Soldaten. Sie trugen Helme, Halsbergen, Brustharnische, Arm- und Beinschienen. Manche aus Leder, andere aus Bronze oder Eisen. Diese waren von Kopf bis Fuß in schwarzes Leder gehüllt, wobei die Rüstungsteile mit Eisenplatten belegt waren. Ihre Helme hatten alle erdenklichen Formen. Töpfe, hutähnliche oder geschlossene

Helme. Darunter sah Margur Gesichter, die nur aus einem Albtraum stammen konnten. Verschrobene und unregelmäßige Züge trugen diese Soldaten. Ihre Gesichter waren den Dragunen ähnlich, jedoch mit oder ohne Nase, winzigen Augen und breiten Mäulern, in denen er ab und zu spitze Zähne sah. Sie widerten ihn an und er schüttelte sich.

"Diese Krieger sind unser Werkzeug, unsere Schwerter. Sie tragen in sich unseren Hass, unsere Mordlust." Der Meister war ein paar Schritte voraus. Er drehte sich zu Margur um. "Sie werden uns helfen, noch mehr, noch gefährlichere Krieger zu erschaffen. Denn aus jeden gefangenen Dragun forme ich fünf oder zehn Krulls."

"Krulls, Meister?"

"Ein Name, ein Begriff, mehr nicht", antwortete der Zauberer leichthin. "Ich musste sie irgendwie benennen, wie die Gruuls, die den Krulls dienen. Komm, ich zeige Dir meine letzte Kreation." Der Meister ging jetzt schneller, Margur musste sich beeilen. Sie durchquerten den Saal bis an sein Ende an der langen Seite und gelangten durch eine kleine Pforte in einen langen, leeren Gang. Ein unsichtbares Licht ging flackernd an. Sie erreichten eine weitere Tür und betraten einen noch größeren Saal. Wie verloren stand hier eine Gruppe von zwanzig nackten

Kriegern bewegungslos mitten im Raum. Sie waren um mindestens einen Kopf größer, als die Krulls im vorhergehenden Saal und sie waren den Dragunen weitaus ähnlicher. Erst vor kurzem waren sie ‚Draußen' gewesen. Der Meister zeigte ihm seine Opfer, er nannte sie ‚Material'. Und nun verstand Margur; Was der Meister geschaffen hatte, war etwas Besonderes. Diese Krulls (Margur fand den Namen zwar unpassend, aber es kümmerte ihn wenig) sahen aus, wie Dragune. Nicht so zerstört und erschreckend hässlich. Diese hier erschreckten hauptsächlich durch ihre schier sichtbare Kraft. Die Köpfe saßen unmittelbar auf einem unglaublich breiten und muskulösen Oberkörper. Auch die Arme schienen nur aus Muskeln zu bestehen und die Beine setzten das fort, was an Muskeln oberhalb vorhanden war.

"Ich arbeite noch an einer passenden Rüstung", meinte der Meister. Sie gingen zu einer der Säulen, die die riesige Halle abstützten. "Sieh her." Ein Bild rollte auf und begann zu leuchten. Der Meister berührte mit schnellen Fingern eine Platte mit merkwürdigen Schriftzeichen, und sofort erschien das Abbild eines der Dragun-Krieger. Wieder berührte der Meister das Bild. Wie von Geisterhand schwebten Rüstungsteile auf den dargestellten Krull und legten sich auf die jeweiligen Körperstellen. Der Krieger war nunmehr fast vollständig in Eisen gehüllt. "Siehst Du? Mit dieser eisernen Rüstung ist er nahezu unangreifbar. Und hier das Beste, mein Sohn! Ein Helm, geformt wie der Kopf eines Drachen!", verkündete der Meister stolz. Margur war fasziniert. Der Meister bewegte flink die Finger über die Tafel. "Da schau! Das werden die Reittiere meiner Soldaten." Fanatismus flackerte nun in den Augen des Meisters. Warum das alles, dachte Margur und fragte danach.

"Warum, mein Sohn? Frieden und Freiheit ist nicht das, was die Leute da Draußen brauchen. Es ist nicht einmal das, was sie wollen. Was die Leute brauchen ist jemand der ihnen sagt, was sie sollen, ist die Hoffnung auf Ruhe und Ordnung, sind einfache Gesetze, schlichte Regeln. Sie hassen das Anderssein, Andersglauben, Andershandeln, Andersdenken. Ich sage ihnen, wer der Feind ist. Sie stürzen sich auf ihn - und gehorchen mir! Das sind meine Leute! Und hier bin ich! Ich sage ihnen, wen sie hassen sollen. Ich gebe ihren niederen Instinkten die Freiheit; die Freiheit, zu töten, zu vernichten, zu verachten was ihnen fremd ist und was sie nicht begreifen oder verstehen. Ich befreie sie vom Frieden, gebe ihnen den Krieg. Ich bin es, der sie beherrscht, mein Sohn!

Und du wirst tun, was ich wünsche. Ich bin die

finstere Macht hinter Dir. Aber Du wirst es sein, der einstmals über diese Welt herrschen wird!" Margur glaubte zu wachsen und Pläne reiften in ihm.

BRODOR

Das zerstörte Land lag hinter ihnen. Der Geruch von Feuer und verbranntem Fleisch hing noch in der Luft und begleitete den Heerwurm, der unaufhaltsam nach Südwesten unterwegs war. Die Spitze des Heeres hatte den Somo auf halben Wege nach der gleichnamigen Stadt erreicht und rastete. Brodor vernahm den Ruf des Herren, gerade als er sich eine Ration dieses klebrigen, grauen Breies, den ein Witzbold ‚Essen' genannt hatte, holen wollte. Fluchend trat er aus der Reihe hungriger Krieger und machte sich zum Zelt des HERRN auf. Besser, er beeilte sich! Man hatte viel gehört, über die Bestrafungen durch den HERRN. Gerüchte gingen um, bei dem sich die Haare auf Brodors Rücken aufrichteten. Bei lebendigem Leibe häuten, war wohl noch die Harmloseste darunter.

Noch nie war er auch nur in die Nähe des HERRN gekommen. Warum auch? Er war ein unbedeutender Krieger in einer unbedeutenden Kohorte des riesigen Heeres. Er hatte Dragune umgebracht und ein paar Häuser angezündet. Mehr nicht. Unwillkürlich blieb er stehen, als er an den Reihen der Zelte der Krieger vorbei war und nun vor dem Zentrum stand.

Das Lager des Heeres bildete einen Kreis, in dessen Mitte der HERR residierte. Zwischen dem Ring des Heerlagers und dem des HERRN gab es einen weiteren Ring aus toter Erde, Sand, Steinen und Staub. Nicht einmal eine Flechte konnte auf dem vergifteten Boden existieren. Fünfzehn Schritte waren es bis zu den Palisaden, die das Gebiet des HERRN vom Rest des Lagers abgrenzten. Brodor atmete tief ein. Er machte ein paar Schritte und sah genauer hin. Ihm wurde kalt, eiskalt; denn die Palisaden bestanden nicht aus Holz, sondern aus Dragunen, die an den Armen und Beinen in Dreierreihen hintereinander zusammengebunden waren. Warum sie nicht umfielen oder in der warmen Luft verwesten, hinterfragte Brodor lieber nicht. Schaudernd ging er durch die einzige Öffnung im grauenhaften Zaun hindurch und erkannte, dass die Dragune noch lebten. Ihre Augen verfolgten ihn, doch sie konnten sich nicht rühren; es waren lebende Tote, an deren Anblick der HERR sich zu ergötzen und seinen Sieg über die Ureinwohner zu feiern schien. Brodor beeilte sich und stand endlich im Bereich des HERRN, in dem nichts weiter war als ein schwarzes Zelt.

Davor hielten vier Krieger Wache. Ihre Rüstungen waren wie Brodors schwarz, die Helme geschlossen. Aus den Sehschlitzen blitzten gelbe Krokodilsaugen. Die beiden, die innen standen, kreuzten ihre Speere vor der Tür. "Warte!" Brodor blieb stehen und wartete.

Die Zeit verging. Weder Brodor noch die Wachen hatten sich bewegt. Aus dem Zelt klang dumpf eine raue Stimme. Abrupt war Stille. Brodors Herz schlug ihm bis in den Hals. Er hatte sich nichts zuschulden kommen lassen, glaubte er. War nicht feige davongelaufen oder hatte einen Befehl verweigert. Was wollte der HERR von ihm?

"Tritt ein." Die Stimme kam nicht aus dem Zelt, sondern war in seinem Kopf. *Ich bin ein Diener des HERRN, ich bin ein Kämpfer, ein Krieger*, sprach Brodor zu sich selbst. Mit weichen Knien ging er auf die Tür zu. Die beiden Türflügel bestanden aus Eisenholz. Aus einem Rahmen von geschnitzten Knochen reckten sich schreckliche Fratzen dem Eintretenden entgegen. Geräuschlos öffneten sich die Flügel. Brodor trat zögernd ein. Mit einem Puffen entzündeten sich vier Fackeln und erleuchteten einen viereckigen Raum mit diffusem, flackerndem Licht. Brodor fiel auf die Knie. Nur wenige Schritte entfernt saß der HERR auf einem thronähnlichen Sessel! Doch Brodor erkannte keine Einzelheiten. Vor ihm waberte eine schwarze, wolkenähnliche Masse mit Armen und Beinen. Aus dem Kopf, oder dem was es darstellen sollte, blitzten eiskalte, hellblaue Augen. Ein Spalt öffnete sich, und eine metallische Stimme begann zu sprechen: "Brodor. Krieger und Truppführer der dritten Kohorte im zehnten Centurum." Brodor warf sich zu Boden. Staub drang in seine Nase und Angst machte sich breit. Er war zu keinem klaren Gedanken mehr fähig. Der Staub reizte seine Nasenschleimhäute, krampfhaft unterdrückte er einen Niesreiz.

"Erhebe Dich", kratzte die Stimme. Brodor stand zitternd auf, nahm Haltung an und wartete auf das Urteil. Tod, wegen - irgendwas? Wie oft wurde ein Kämpfer des HERRN wegen einer Nichtigkeit grausam hingerichtet! Jedenfalls sprach man im Lager davon. Was musste er befürchten?

Das wolkige Etwas nahm Konturen an. Lag es an seinen Augen? Jedenfalls sah er jetzt einen alten Menschen in einer schwarzen, schweren Robe, der ihn aus seinen eiskalten Augen musterte. Der Mensch hatte ein hageres Gesicht mit blasser Haut, eine lange Nase und schmale Lippen. Ein schütterer, weißer Bart, der aus dem spitzen Kinn spross, wuchs dem HERRN bis auf die Brust. Aus den Ärmeln der Robe ragten lange Hände mit dünnen Fingern hervor, und lagen entspannt auf den spitzen Knien. All das nahm Brodor nur nebenbei wahr. Fasziniert sah er auf den HERRN herab, der viel kleiner war, als er erwartet hatte. *Das also ist der HERR?* Eine Aura umgab den HERRN, leuchtete sanft und erhellte mit seinem blauen Leuchten den Raum hinter ihm. Irgendwie entspannte sich Brodor. Es schien wohl doch nicht um sein Leben zu gehen.

"Doch", sagte der HERR, ohne die Lippen zu bewegen. "Für einen Krieger geht es immer um das Leben." Brodor staunte. Konnte der HERR Gedanken lesen? Der HERR nickte. Also doch!

"Zur Sache, Brodor." Jetzt war die Stimme des HERRN überall. Er bewegte sanft die rechte Hand. Eine Karte von SINI erschien an der Zeltwand. Auf magische Weise vergrößerte sich ein Ausschnitt davon und zeigte jetzt die nähere Umgebung von Hoko im Norden bis Kuta im Süden. Brodor wandte sich zur Karte und machte unwillkürlich einen Schritt.

"Tritt nur näher heran", erklang die Stimme des HERRN, "Sieh es Dir genau an. Präge es Dir ein."

Ein roter Punkt leuchtete an der Stelle auf, an der das Heer lagerte, und wanderte dann nach oben. "Siehst Du die Schriftzeichen?"

Brodor nickte mit trockenem Mund.

"Sie bedeuten ‚Fuko'. Es ist eine große Hafenstadt und wichtig für uns."

Wenn Brodor es richtig erkannte, befanden sie sich auf halben Weg zwischen Hita und Somo. Die beiden wichtigsten Städte ihres Marsches, von denen sein Centurio gesprochen hatte. "Noch hundertzwanzig Meilen in Eilmärschen bis zu diesem Fuko, schätze ich", meinte Brodor, ohne nachzudenken. Ihm taten bei dem Gedanken an den bisher zurückgelegten Weg die Füße weh. Er legte den Kopf schief und rechnete: "Drei Tage. Es werden einige zurückbleiben." Warum zeigt der Meister mir die Karte? Soll ich etwa …?

"Korrekt. Du übernimmst sofort das vierte Centurum und marschierst nach Fuko." Der rote Punkt bewegte sich in Richtung Fuko. "Währenddessen wird der Hauptteil des Heeres weiter auf Somo vordringen. Ich habe die entsprechenden Befehle erlassen." Brodor starrte noch immer auf die Karte. "Ich habe Dich beobachtet. Du bist klug und weißt, was Du tun musst. Und Du kannst Leute führen. Deswegen habe ich Dich ausgewählt!" Der Zauberer schwebte um Brodor herum. "Töte jeden, der zurückbleibt. Nimm die Stadt und die Festung ein. Zerstöre die Stadt! Die Burg und Festung lass stehen. Verstärke die Mauern, um Angriffe aus dem Norden und Süden abzuwehren. Halte die Stellung, warte neue Befehle ab."

Brodor verneigte sich tief. "Ich diene nur Euch, dem HERRN."

Wieder bewegte der HERR eine Hand. Die Projektion der Karte löste sich von der Wand, rollte sich zusammen und schwebte auf Brodor zu. "Nimm dies. Und", ein flacher Gegenstand, kaum größer als Brodors Handfläche kam angeschwebt, "mit diesem Ding, ich nenne es Romoror, ‚Der mit Dir reden kann', kannst du mich jederzeit erreichen."

"Was soll ich mit den meharrh tun, Herr?"

"Nimm jeden gefangen, der überlebt hat. Die Starken trennst Du von den Schwachen. Wir brauchen Sklaven! Die Schwachen hole ich mir bei Gelegenheit. Und nun, geh."

Wieder verneigte sich Brodor bis zum Boden.

Endlich wieder Draußen, atmete er tief ein. Alles hatte er erwartet, nur das nicht. Ein Dragun-Sklave trat an ihn heran, kniete nieder und übergab ihm den dunkelroten Mantel eines Centurio, die Rangabzeichen und ein sauber geschmiedetes Langschwert in einer dunkelroten Scheide; Zeichen seiner neuen Würde. Brodor gab dem Sklaven sein altes Schwert, legte das neue um und hüllte sich in seinen Mantel. Stolz aufgerichtet marschierte er in Richtung Lager, begleitet von den Blicken der lebenden Toten des Palisadenzaunes. Sie waren Brodor unangenehm und kribbelten unter der Haut. Doch er machte sich keine weiteren Gedanken über das schreckliche Schicksal der zu einem Zaun zusammengebundenen Dragune. Es waren nur, *meharrh*, die Unwürdigen. Mit sich zufrieden ging er zurück ins Lager.

KEN'ICHI

Kasumi Ken'ichis Ende der Erziehung im *Tempel des seligen Drachen* brachte ihm nicht die erwartete Freude. "Raus aus dem Bett!" Ken verdrehte innerlich die Augen. *Takeru! Ausgerechnet! Er holt mich ab? Morgens, noch vor Sonnenaufgang!* "Pack Deine Sachen zusammen. Und mit etwas mehr Eile, mein Sohn!", knurrte der Heerführer der Familie, "Waschen kannst Du Dich, wenn wir im Lager sind."

Verschlafen rollte sich Ken von der Schlafmatte, erhob sich schwerfällig und zog die Novizenrobe über, schnallte brummend die Sandalen an die Füße, während Takeru draußen unruhig auf und ab ging. *Im Lager? Welches Lager? Ich dachte, es geht nach Hause?* Er wickelte die wenigen Habseligkeiten in ein Tuch und trat aus der Zelle, die er sich mit weiteren sieben jungen Dragunen teilen musste und die ihn gespannt oder neugierig hinterhersahen. Ohne sich zu verabschieden, verließ er den Tempel, froh, wenigstens wieder frei zu sein.

"Nun macht schon, Ken!" Heerführer Takeru gebrauchte nicht den ganzen Namen Ken'ichis, was eine grobe Herablassung war. Und als Ken'ichi ihn mit einem bösen Blick musterte: "Du brauchst Dich nicht aufzuplustern, Sohn. Solange Du *meinem* Befehl unterstehst, nenne ich Dich Ken. Verstanden?" Ken war stehen geblieben. "Was ist?", knurrte der Heerführer. "Es ist der Befehl Deines Vaters." Takeru zuckte mit den Schultern. Was blieb Ken'ichi übrig?

"Aufgesessen!"

Ergeben stieg er auf den Reitdrachen, den ein Krieger für ihn bereithielt. Er sah sich um. Immerhin begleitete ihn eine Eskorte von sechs Kampfdrachen, den des Heerführers eingeschlossen. Also reiste er wenigstens standesgemäß. Erst in der Luft merkte er, dass nicht er es war, der begleitet wurde, sondern der Heerführer. Er ‚durfte‘ dem Zug begleiten.

Sie flogen nicht nach *Kasumi*, sondern mitten in die Steppe von *Yutako*, was ‚Fruchtbares Land‘ heißt. Jedenfalls war es einmal fruchtbares Land gewesen, inzwischen war es eine trockene, staubige Steppe mit gelbem Gras und schütteren Sträuchern. Soviel wusste Ken wenigstens, auch wenn er viel Zeit im Tempel "verplempert" hatte. Ken sah in der Ferne ein Feldlager, wie in Sini üblich; innerhalb eines vier- oder fünfeckigen Palisadenzaunes standen die Zelte der Krieger. An den Ecken beherrschten Türme das Vorfeld. Innerhalb des Lagers waren die Wege quadratisch angelegt. Dazwischen je vier Zelte für die vier Gruppen einer Abteilung. Vier Abteilungen zu vier Zelten waren eine Kompanie, die sich in ein Centurum zu tausend Mann eingliederte. Das hatte er als Späher gelernt. Von den Feuerstellen stieg Rauch auf. In der Mitte des Lagers stand das Zelt des Heerführers. Größer als die anderen aber dennoch schlicht grau. Und davor ein Platz, auf dem sich eben die Krieger zum Empfang ihres Heerführers versammelten.

Sind wir im Krieg?, fragte sich Ken und hoffte, seinen hohen Vater anzutreffen. Doch dann erkannte er, dass die Flagge Kasumis, das Blatt auf goldenem Grund fehlte. Irgendwie war er beruhigt und enttäuscht zugleich. *Nein, sie bereiten sich auf etwas vor. Da benötigen sie nicht meinen hohen Vater.*

Sie landeten. Der Heerführer sprang von seinem Drachen. "Kommt, Ken. Beeilt Euch." Urplötzlich war der Heerführer zur Anrede in der dritten Person übergegangen. Erstaunt hob Ken'ichi eine Augenwulst. Froh, den unruhigen Flug mit seinem widerspenstigen Drachen hinter sich zu haben, sprang er ebenfalls zu Boden und lief der Gruppe hinterher. Die Wachen am Tor salutierten und schlugen die Speere gegen ihre Brust. Doch der Gruß galt lediglich dem Heerführer, Ken in seiner grauen Robe übersahen sie einfach.

Mit großen Schritten marschierte Takeru die Straße zum Appellplatz, in seinem Windschatten stolperte Ken hinterher. Er hörte die spöttischen Bemerkungen und spürte die Blicke der Krieger. Er war in seiner Novizenkluft völlig falsch hier! *Wie peinlich!* Sie erreichten die Mitte des Lagers. Die Soldaten standen in einem offenen Carré. Als Takeru den Platz betrat, schlugen alle, wie ein Mann die Fäuste gegen die Brust. "Kasumi!" Sie fielen auf die Knie und verneigten sich, indem sie den Kopf auf den Boden drückten.

"Einen Schritt zurück, Ken", zischte der Heerführer. Takeru sah schweigend auf die Krieger. Dann holte er tief Luft: "Erhebt euch!" Er wartete bis alle wieder in Reih und Glied standen. „Soldaten! Jemand hat unseren Nachbarn Yukokoshima überfallen. Hita ist zerstört, die Familie ausgelöscht." Die Soldaten hörten mit unbewegten Gesichtern die Worte. Ken'ichi konnte spüren, was sie dachten: Krieg! "Bald marschieren auch wir nach Yukokoshima!"

"Kasumi! Kasumi! Kasumi!", riefen die Soldaten und schwenkten ihre Schwerter. Takeru drehte sich um und ging zu seinem Zelt: "Kommt, Ken'ichi!"

Das Zelt Takerus war militärisch bescheiden ausgestattet. Ein langer Klapptisch für die Karten, ein Klappsessel für den Heerführer und ein paar Truhen markierten den Arbeitsbereich. Ein Vorhang trennte ihn vom privaten Bereich ab, der auch nicht umfangreicher war; ein Bett, eine Truhe und ein Ständer für die Rüstung. Dazu ein quadratisches Tischchen aus Edelholz und ein Klappstuhl, das war alles. Der Heerführer ging sofort zum Kartentisch, stützte beide Arme auf und sah sich die Karte intensiv an. "Kommt her, Ken." Zögernd trat Ken'ichi näher.

"Herr?" Nach und nach trafen die Hauptleute und Unterführer im Zelt ein. Ohne große

Umstände traten sie an den Kartentisch und warteten ab, was Takeru zu befehlen habe.

"Was seht Ihr, Ken?"

Ken betrachtete die Karte genau. Er erkannte das Land seiner Familie und die Lage der Hauptstadt und Burg Tsubaka-asu. Das Lager befand sich drei, vier Tagesmärsche, etwa neunzig Meilen südlich davon entfernt. In Norden grenzte Yukokoshima an Kasumi.

"Das wird ein harter Marsch bis zur Grenze."

"Herr, es heißt, ein harter Marsch bis zu Grenze, Herr."

"Verstehe, Herr."

Takeru sah Ken zweifelnd an. "Ist das alles?"

"Nein. Weiß man denn, wie die Grenze befestigt ist und was uns auf der anderen Seite erwartet?" Er zögerte eine Sekunde. "Herr."

»Hm.« Dann nickte Takeru. "Richtig. Wissen wir auch nicht", sagt er trocken. "Es herrschte zu lange Frieden. Was ist zu tun?"

"Wir müssen nachsehen, wie es dort drüben aussieht, bevor wir die Grenze überschreiten."

"Sehr richtig!" Takeru überhörte geflissentlich, dass Ken ihn nicht Herr genannt hatte. "Nun denn. Ich befehle: Die Truppe macht sich abmarschbereit. Morgen, eine Stunde nach Sonnenaufgang marschieren wir zur Grenze und sammeln uns an der Quelle des *Suko*. Dort vereinen wir uns mit den Truppen unseres Fürsten Kasumi Yomotabe. Von unterwegs ziehen wir noch mehr Truppenteile heran. Ihr könnt wegtreten. Der Hauptmann der Späher bleibt hier. Ken, du bleibst ebenfalls!"

Man hatte ihn in eine Rüstung gesteckt, ein billiges Ding aus gehärtetem Leder mit dünnen Bronzeblechen, einen ledernen Helm mit tiefen Scharten auf den Kopf gestülpt, und ein Schwert in die Hand gedrückt. Takeru hatte ihm befohlen, zu den Spähern zu gehen.

"Ich heiße Makiko-Binabe. Nenn mich einfach Maki", sagte der Truppführer der Späher. "Und du?"

"Ken", murmelte Ken'ichi.

"Einfach. Kann man sich gut merken, Ken."

Auf dem Weg zu den Spähern durchquerten sie das gesamte Lager. "Sonst lagern wir nicht so weit weg", erklärte Maki, "Im Kriege steht unser Zelt immer in der Nähe des Fürsten."

Ken schwieg. Der Befehl zum Aufbruch war schon durchgegeben. Die Krieger machten sich fertig. Sie verpackten ihre Habseligkeiten in wasserfeste Beutel, schärften ihre Waffen und reparierten die Rüstungen, wenn es notwendig schien. Dabei lachten, schwatzten, stritten und fluchten sie. Eine Gruppe hatte ein kriegerisches

Lied angestimmt. *Sie scheinen sich zu freuen*, stellte Ken fest und spürte, wie auch sein Herzschlag sich erhöhte. Ein Offizier rief einen Befehl und sie mussten beiseite springen, weil ein Melder eilig an ihnen vorbeiritt.

Maki hatte ihm das Zelt zugewiesen, in dem schon sieben Krieger wohnten. "Dort ist Platz für Dich." In einer Ecke des Zeltes lag die Matte, eine grobe Decke war am Fußende aufgerollt, ein gewachster Leinensack für die Wäsche und kleinen Dinge des Soldatenlebens hing an einer Zeltstange daneben. "Wenn Du fertig bist, meldest Du Dich bei mir."

Die Späher waren geblieben. Wie Takeru befohlen hatte, wurde Ken zum Späher ausgebildet. "Wenn Du schon so schlau bist, Ken, dann wirst Du auch derjenige sein, der nach Yukokoshima geht und es auskundschaftet!"

Im Kloster hatte Ken lernen müssen, sich zurückzuhalten und nicht auf seine hohe Geburt zu bestehen. In den ersten Tagen seinen Aufenthaltes lehrten ihn das seine Meister, die Mönche, und Mitbewohner auf eine mehr oder weniger drastische Art und Weise. Und auch Maki war ein strenger Lehrer. Eine Woche und zwei Tage lang jagte er sie bei jedem Wetter, tagsüber und besonders gerne bei Nacht, durch die

Landschaft, bis sie es geschafft hatten, unsichtbar zu bleiben. Ken hatte gelernt, geräuschlos durch dichtes Unterholz zu schleichen, im Grasboden zu verschwinden, mit den Bäumen zu verschmelzen und lautlos, aber effektiv zu töten. Er konnte meilenweit laufen, ohne müde zu werden, und in der wenigen Freizeit lernten sie, das Schwert zu gebrauchen. Auch das musste sein. Und wenn sie fix und fertig, nur noch schlafen wollten, scheuchte Maki sie auf und jagte sie in den Wald. Und war erst zufrieden, wenn er keinen seiner Späher finden konnte. Dann ertönte eine Pfeife. Und es war besser, sofort anzutreten, denn Maki kannte keine Gnade für Verspätung.

Dann packten sie ihre Sachen, legten die Zelte und Ausrüstungen den Pferden auf den Rücken, und marschierten dem Heer hinterher. Während ihres Marsches liefen sie fünfundzwanzig bis dreißig Meilen am Tag, meistens durch Wälder und fast unwegsamen Gesträuchs. Ruhten ein wenig, aßen etwas von ihrer Ration und übten danach wieder das Anschleichen, Töten oder Gefangennehmen. Und Beobachten! Selbst die kleinste Kleinigkeit! Und sie durften nichts aufschreiben, mussten sich alles merken! Erst danach und wenn sie dann kaum noch einen Fuß vor den anderen setzen konnten, durften sie vier, fünf Stunden schlafen.

Am letzten Tag ihres Marsches traten sie aus einem schütteren Wald oberhalb eines riesigen Lagers voller Zelte und Pferchen für Pferde. Die Drachen lagerten an einer anderen Stelle, jedoch dicht beim Heerführer. Krieger standen in Gruppen vor ihren Truppführern oder übten sich im Waffenhandwerk. Ken staunte! Noch nie hatte er eine so große Ansammlung von Kriegern gesehen. Und nicht nur das! Mächtige Kriegsmaschinen standen bereit, an denen gehandwerkelt wurde. Und wieder Lager für Krieger und ruiyii-oiyii mit ihren prächtigen Zelten und Pferchen für Drachen. Gleich in der Nähe lagerten mindestens hundert, wenn nicht noch mehr. Ein unbeschreiblicher Lärm drang zu ihnen empor. *Das also ist eine Armee?* Er kannte aus seiner Jugendzeit nur die Garde seines Vaters, fünfhundert Mann mit schicken Rüstungen, Waffen und Helmen, an denen die bunten Federn der Hido-ko steckten. Sie konnten exakt exerzieren und ihre Waffen präsentieren. Und – hoffentlich – die Familie beschützen. Doch was er hier sah, verschlug ihm die Sprache.

"Gehen wir", befahl Maki, "Wir müssen uns beim Heerführer anmelden."

"Du sollst Dich sofort zu Takeru begeben, Ken! Was hast Du angerichtet?" Maki sah Ken nachdenklich an. Doch Ken grinste nur. Er hatte verstanden, was Takeru bezweckt hatte: Aus ihm so schnell wie möglich, einen Krieger zu machen. Warum nicht als *ryuu-ooi* war ihm noch nicht klar, obwohl er von seiner Stellung her, allemal ein Drachenreiter hätte sein müssen! Er hob die Schultern. Das wird ihm sein Vater erklären! Also marschierte er durch das Lager zum Zelt des Heerführers. Er glaubte alle Augen auf sich gerichtet, wie er mit stolz geschwellter Brust an den Kriegern vorbeimarschierte. Man erkannte ihn jetzt an, als Späher. An seiner Rüstung, den schönen Schwertern und den Dienstabzeichen. Der Dienst als Späher war im Heer hoch angesehen, gaben doch viele ihr Leben, bevor die regulären Soldaten in den Kampf zogen.

Er sah die Flagge seiner Familie im Wind flattern. Sein Herz schlug schneller. Ob sein Vater wenigstens mit ihm zufrieden war?

Jedenfalls versperrte ihm die Wache erst einmal den Zugang. "Ich bin Kasumi Ken'ichi", sagte er zu den grinsenden Wächtern. "Der Heerführer hat mich zu sich befohlen!"

"Und wir sind beide die Tenni von Sini. Du bleibst, wo Du bist!"

"Dann geht wenigstens hinein und fragt." Ken war noch ganz friedlich. In seinem Aufzug, mit der verschrammten Rüstung und den Schwertern auf dem Rücken, hätte er sich auch nicht geglaubt. Doch als die Wachen keine Anstalten machten, zu reagieren, kochte Ken über. Ohne lange nachzudenken, schob er die beiden Wächter zur Seite und trat durch die Zelttür. "Heerführer-oiyii!"

Die Wächter wollten ihn festhalten, doch von drinnen ertönte der Befehl: "Lasst ihn herein!"

Unwillig schüttelte Ken die Hände der Wächter von den Schultern und trat ins Zelt. "Mein Heerführer! Späher Kasumi Ken'ichi meldet sich zur Stelle." Im Zelt befanden sich zwei Dragune; Takeru und sein Vater, der Fürst. Auch das hatte Ken gelernt: Sich erst bei seinem unmittelbaren Vorgesetzten zu melden und zu warten.

"Tretet näher, Ken'ichi", forderte Takeru Ken freundlich auf. Dann drehte er sich zu Yomotabe um. "Herr, ich habe die Ehre Euch Ken'ichi, Euren Sohn, und wie ich hörte, hervorragenden Späher, vorzustellen." Automatisch nahm Ken Haltung an und rührte sich nicht mehr. Sein Blick hing an seinem Vater. Noch deutlich hatte er dessen Worte im Ohr: "Ich schicke dich in den *Tempel des seligen Drachen*, damit Du endlich die Flausen aus dem Kopf bekommst, Schwächling!" Dem war eine schlimme Diskussion vorausgegangen, in dem Ken wütend auf seinen

Vater losgegangen und letztlich mit blutenden Zähnen und einer mächtigen Beule am Hinterkopf - nach mehr als sieben Klaftern Flug im hohen Bogen durch die Luft - auf dem Boden des langen Versammlungssaales gelandet war. Die Höflinge saßen wie üblich mit unbewegten Gesichtern dabei, und nur Takeru hatte laut geknurrt: "Übergebt ihm mir, Fürst." Und Yomotabe hatte genickt. Ken schlich sich beschämt aus dem Raum. Er hörte noch Takeru rufen: "In einer Stunde bist Du bei mir, Ken!" Und der Ton, in dem er es gesagt hatte, ließ keinen Zweifel zu, was passieren wird, wenn er dem Befehl nicht nachkäme. Die folgenden vier Jahre im "Tempel des seligen Drachen", unter der Fuchtel der gestrengen Mönche waren genug gewesen! Und nun stand er im Zelt des Heerführers seinem Vater gegenüber, der ihn scharf musterte.

Ken'ichi war in dieser kurzen Zeit groß geworden, die Schultern breiter, die Muskeln an den Armen und Beinen sprengten fast die Rüstung. Stolz aufgerichtet sah er seinen Vater an, wartete.

Yomotabe nickte mit unbeweglichem Gesicht. Dann zogen sich seine Lefzen nach hinten und ein breites Lächeln erschien. "Komm her, mein Sohn." Er breitete die Arme aus und schloss Ken'ichi darin ein. Dann hielt er ihn an den

Schultern von sich. Stolz sagte er: "Ein echter Drac bist Du geworden. Es wird Zeit, aus Dir einen *ryuu-ooi* zu machen." Er wandte sich zur Karte. "Doch zuvor hast Du noch einiges zu erledigen. Sieh her."

HOBOKE

Die Sonne stand noch keine halbe Stunde am Himmel, als Hoboke und Komo aufbrachen. Eine knappe Stunde Schlaf, tief und fest, konnte er noch finden, denn er hatte doch eine der Sklavinnen "probiert". Es war die, die ihm beim Imbiss in Mikiris Halle zugelächelt hatte. Diese war es auch, die ihn zu seinem Zimmer geführt und die Schlafmatte vorbereitet hatte. Schweigend griff er sich das Weibchen und zog sie zu seiner Lagerstatt. Sie folgte ohne Widerstreben und setzte sich auf seinen Schoß. Und wieder hatte er dieses stechende Gefühl im Schritt. "Hast Du einen Namen?"

"Man ruft mich Taiki, Herr."

"Du treibst es auch mit Dracs?" Er schluckte.

Es sollte strenger klingen, als es war.

"Wir sind uns ähnlicher, als Ihr glaubt, Herr. Nur legen wir keine Eier." Sie sprach mit leiser sanfter Stimme und öffnete den Gürtel an seinem Kimi, während Hoboke versuchte, ihren Lendenschurz zu öffnen. Taiki stand schweigend auf und legte ihn ab. Für Hoboke geschah dies alles in Zeitlupe und er spürte, wie seine Abneigung abnahm. Im Gegenteil! Die Lust, dieses saru-Weibchen zu nehmen, wurde immer größer. *Seltsam*, dachte Hoboke, *sie sehen äußerlich nicht anders aus als unsere Dragunas. Nur die glatte, weiße, weiche Haut und diese weichen, runden Brüste, die sich so wundervoll in den Händen anfühlen und natürlich die flachen Gesichter. Ach, was soll's!* "Komm", hatte er geflüstert und Taiki wusste, was sie tun musste. Diesen Abend und die Nacht wird er nie vergessen! Taiki war vor Sonnenaufgang aus dem Zimmer geschlichen. Er hatte hinterhergesehen und gewünscht, dass er mit seiner Abreise doch ein, zwei Tage gewartet hätte.

Mikiri war zum Abschied herausgekommen und hatte süffisant gegrinst. "Ich hoffe, Ihr habt gut geschlafen, Hoboke-oiyii." Er legte die Hand auf Hobokes Schulter. "Nun, habe ich Euch zuviel versprochen?", flüsterte er. Und Hoboke konnte nur den Kopf schütteln. "Dann", sprach der Herr lauter, "ich wünsche Euch Erfolg. Und denkt daran, ich brauche Eure Nachrichten. Lasst Euch nicht umbringen."

Bis zur Landesgrenze waren es vierzig Meilen und noch einmal achtzig bis Hita. Hoboke durfte sich aus Mikiris Stall zwei Pferde aussuchen. Lange ging er hin und her, bis er je ein kräftiges Tier fand, das seinen Ansprüchen genügt. Sie waren aufgesessen und durch die Straßen, die noch in frühmorgendlicher Stille lagen, geritten. An den Toren öffneten ihnen die Wachen unwirsch die Türen und ließen sie aus der Stadt heraus. Die leisen Verwünschungen ob der morgendlichen Störung hörten sie nicht mehr.

Hoboke wandte sein Pferd nach Norden. Er wusste, dass es eine direkte Straße nach Hita gab. Doch wollte Hoboke nicht, dass irgendwer erfährt, wohin ihre Reise ging. Deshalb umrundeten sie die halbe Stadt, bis sie außer Sicht von den Wachen auf den Türmen waren. Komo brummte leise eine Melodie.

"Was wolltest Du in Kogo?" Die Frage kam so plötzlich, dass Komo fast vom Pferd gefallen wäre.

"Eigentlich nur ein Gasthaus aufsuchen. Aber die Wachen schienen etwas dagegen zu haben."

"Das verstehe ich nicht."

"Ich auch nicht. Möglich, sie hielten mich für einen anderen. Angeblich sollte ich einem Typen ähnlich sein, der jemanden viel Geld schuldet. Erst als Du aufgetaucht warst, hat sich alles geklärt."

"Gasthaus? Meintest Du nicht eher ein Haus der Weidenruten?" Hoboke lachte, als er Komos blau gestreiften Kopf sah. "Musst Dich nicht schämen." An einer Weggabelung bogen sie auf die Straße nach Hita ein. Rechts und links neben der gut ausgebauten Straße lagen Felder und Weiden. Alleebäume an den Seiten spendeten dem Reisenden Schatten. Hoboke liebte dieses Land. Es war schlicht, nicht reich, aber schön. Auch die Rüstung, die ihm Mikiri geschenkt hatte, war schlicht und stand in keinem Verhältnis zum Wert der geschenkten Schwerter.

"Nun ja", gab Komo zu, "Das war eigentlich auch vorgesehen, aber für später. Ursprünglich hatte ich die Absicht auf ein Spielchen - " Er sah zu Hoboke. "Und Du?"

Hoboke winkte ab und grinste breit. Dann lachten sie laut, denn sie hatten wohl dasselbe vorgehabt.

Am Abend erreichten sie eine Herberge kurz vor dem Shigeru-Wald. "Lass uns hier übernachten. Ich habe Hunger und einen mächtigen Durst."

Sie hielten bei einem Gasthaus an. Ein Kiesweg führte sie durch einen entzückenden *Garten der Ruhe und Einkehr,* der jedes größere Haus in Sini umgab. Sie waren etwas Besonderes und sollten die Gäste vor dem Betreten entspannen und zu Harmonie und Ausgeglichenheit führen. Die Gärtner, die solche Gärten anlegten, standen hoch im Ansehen.

Die Herberge war, wie alle Gasthäuser in Sini, von einer Veranda umgeben, sauber und gepflegt, der Gastraum wegen der frühen Abendstunde noch leer. Niedrige Tischchen standen in der Nähe der Wände, die mit ländlichen Szenen aus der Umgebung bemalt waren. Kissen lagen bereit, dass die Gäste auch bequem zu sitzen hatten. Weitere Schiebetüren führten zu intimen Räumen und verschwiegenen Nebengelassen. Eine der Schiebetüren öffnete sich. Sofort stürzte der Wirt auf Hoboke und dem Ritter zu. Er verneigte sich tief. "Willkommen, Ihr Herren Drac-oiyii. Willkommen im ,Gasthaus des silbernen Drachen'."

Die beiden Reisenden verneigten sich ebenfalls, dass gebot die Höflichkeit. "Wir brauchen eine Übernachtungsmöglichkeit und etwas zu essen."

"Dann seid Ihr hier richtig, ihr Herren. Ich werde sofort veranlassen, dass zwei Zimmer

vorbereitet werden und das Essen kommt sofort."
Er verneigte sich nochmals tief vor den Rittern.
"Wir haben heute Streifensau in Himbeer-Weinsud."

"Das ist genau das Richtige, Herr Wirt-oiyii. Wir danken Euch. Und, wenn Ihr Euch um unsere Pferde kümmern könntet?"

Das Essen war exquisit, die Zimmer, die sie danach aufsuchten, ebenso. Bevor sie jedoch auf ihre Zimmer gingen, fragte der Wirt, ob er ihnen noch "Joseyji"[5] schicken sollte, denn er meinte, dass sie eine weite Reise hinter sich gehabt hätten und Entspannung bräuchten. Hoboke war zwar müde, aber gegen eine kleine Unterhaltung vor der Nachtruhe hatte er nicht viel einzuwenden. Er nickte und der Wirt verschwand lautlos, sich die Hände reibend.

Hoboke legte seine Rüstung und die Unterkleidung ab. Aus der Satteltasche zog er einen Kimi hervor, ein weiteres Geschenk Fürst Mikiris, der ihn vollständig, sogar mit Geld, ausrüsten musste, da Hoboke nach seinem Rauswurf aus dem Kloster nur noch die

---

[5] Damen der Weidenruten – Unterhalterinnen, die – nur freiwillig – mit Ihren ,Kunden' kopulierten. Sie waren in allen Künsten sehr gebildet. Natürlich gab es auch Prostituierte unter den Damen den Weidenruten, diese fanden die Dragune nur in den billigen Bordellen.

Mönchskutte geblieben war. Er machte es sich auf der Matte bequem und wartete auf die Joseyji. Wenig später erkannte er auf der Papierbespannung der Schiebetür den Schatten einer Draguna. Wie es die Tradition forderte, klopfte es leise.

"Bitte!"

Die Tür wurde beiseitegeschoben und auf den Knien rutschte eine junge, zierliche Draguna herein. Sie trug einen weißen beinahe durchsichtigen Seidenkimi mit einem aufgemalten dezentem Blumenmuster, gehalten von einem silbernen Gürtel. In der Hand hielt sie eine Ogi-Giita, die viersaitige Laute, wie sie in den vornehmen Häusern gespielt wurde. Sie verneigte sich tief vor Hoboke. "Ist es erlaubt, Herr?"

"Tretet ein, Dame, wenn es beliebt."

Die junge Dame rutschte auf den Knien in den Raum. Wieder verneigte sie sich tief vor Hoboke.

"Nennt Ihr mir Euern Namen?"

"Kyo'shi."

"Ein schöner Name. Kyo'shi! Er bedeutet, die Reine." Die Dame, die gerade einmal zwölf Jahre alt sein konnte, verneigte sich lächelnd. "Danke, mein Herr." Ihre Stimme war weich und sanft, ihre Schuppenhaut orange mit feinen hellgelben Streifen, was sie als Angehörige eines Volkes aus dem Süden auswies. *Sie ist eine ausgesprochene Schönheit! Ohne jeden Zweifel.*

"Darf ich dem Herrn ein Lied vorsingen? Es ist das neueste aus dem Hause Kishi-shima, von der Feder der Dame Harada." Und ohne die Zustimmung Hobokes abzuwarten, begann sie mit feiner Stimme zu singen:

Über den Spitzen der Asoki-Bäume
Versinkt die Sonne,
Die strahlende Schwester
Drei bleicher Brüder.
Mein Ritter reitet in die
Dunkelheit der morgigen Schlacht.
Mein Herz ist schwer.

Die Schlacht beginnt,
Mein Ritter kämpft
Hell blitzt sein Schwert,
Die Feinde fallen ...

Es war ein Lied von acht Strophen Länge voller Herz, Schmerz und Sehnsucht. Am Ende starb der Held, nicht ohne vorher ein Gedicht zu verfassen – mitten auf dem Schlachtfeld! Geduldig hörte Hoboke zu und bewunderte die junge Draguna. Sie war wunderschön und tief versunken im Vortrag des Liedes. Die Ogi-Giita klang süß und mild zu dem martialischen Lied. Er konnte sich des Eindrucks nicht erwehren, dass ihr Besuch bei einem Dragun das erste Mal war. Ein leichtes Zittern lag in ihrer Stimme, sie atmete tief ein und aus und ihre Augen sahen niemals Hoboke an. *Es kann aber auch gespielt sein*, dachte Hoboke, *schließlich sind Joseyjis bestens ausgebildete Unterhalterinnen.* Am Ende des Vortrages verneigte sie sich wieder tief und wartete.

Hoboke spendete artig Applaus. "Ich danke Euch für dieses schöne Lied, Dame Kyo'shi." Die Draguna sah ihn erst jetzt das erste Mal direkt an. "Ich meine es wirklich so, Kyo'shi", sagte Hoboke lächelnd. *Sie ist ein entzückendes Persönchen*, dachte er und war gespannt, wie es weitergehen wird. Sie erhob sich, trat hinter ihn. Hoboke schien es, als schwebe sie um ihn herum. Ein Duft von Blüten und süßem Holz umwehte sie.

"Darf ich Euch den Kimi abnehmen?" Hoboke konnte nur noch nicken, denn sein Mund war trocken wie Papier.

Mit sanften, aber kräftigen Händen massierte sie Hobokes Schulter und den Hals. "Legt Euch ruhig hin, Herr", flüsterte Kyo'shi und legte ebenfalls ihren Kimi ab.

"Du musst es nicht tun, Kyo'shi."

Sie schwebte leicht wie eine Feder neben

Hoboke. "Pst, Herr. Entspannt Euch."

Hoboke wachte durch ein unbestimmtes Gefühl der Bedrohung auf. Er tastete mit der linken Hand nach seinen Schwertern. Irgendwas ging da draußen vor. Er sprang auf, schnappte sich seinen Kimi, streifte ihn eilig über und schlang den Gürtel um seine Hüfte. Und bevor er seine Schwerter in den Gürtel stecken konnte, flog die Tür mit einem furchtbaren Krachen ins Zimmer. Und mit der Tür Komo, dem zwei Schwarzgekleidete folgten. Während der eine mit Komo in ein Handgemenge geriet, stürzte sich der andere auf Kyo'shi, wahrscheinlich in der Annahme, sie sei Hoboke und erstach sie mit seinem Kurzschwert. Aber da war Hoboke bereits zur Stelle. Mit einer blitzschnellen Bewegung schwang er sein Langschwert. Der Kopf des Attentäters rollte noch ein Stück durch den Raum und blieb grinsend in der Ecke liegen. Doch das sah Hoboke nicht mehr. Noch eine schnelle Bewegung mit seinem Langschwert spaltete dem zweiten Angreifer den Kopf bis zur Schulter. Komo plumpste auf den Rücken. "Verdammt!"

"Waren das alle?"

"Keine Ahnung. Der Wirt ist tot, meine Joseyji und noch einer von denen – was sind das für welche?"

Hoboke riss einen der Attentäter den Ärmel bis zum Ellenbogen hoch. "*Najano-ko*! Die ‚Bruderschaft des dunklen Pfades‘." Hoboke Stimme klang dumpf.

"Was wollen die von uns?"

"Vielleicht wollen die nichts von uns? Erinnerst Du Dich an diesen seltsamen Kuttenträger?"

"Ja, er schläft drei Türen weiter."

"Dann nichts wie hin."

Als sie das Zimmer erreichten, erkannten sie, dass sie zu spät gekommen waren. Der Kuttenträger, ein sehr alter Dragun, lag erstochen auf seiner Matte. Seinem Begleiter hatte man den Kopf abgeschlagen. Offenbar gehörte er zur Gilde der Zauberer, denn in der Ecke des Zimmers stand ein langer Stab mit einem Edelstein am oberen Ende.

Hoboke lauschte. Es war im wahrsten Wortsinne totenstill. "Ich denke, wir machen, dass wir wegkommen, bevor die Leute des Präfekten hier einschlagen. Wir haben nicht die Zeit denen wochenlang Rede und Antwort zu stehen." Komo nickte zustimmend. "Lauf, Komo, hol Deine Satteltaschen."

"Ich bringe Deine gleich mit. Halte Du hier Wache."

Sie verließen das Haus, liefen querfeldein

durch den Garten. Auch hier lagen Leichen von Hausangestellten. Atemlos sagte Komo: "Die wollten keine Zeugen." Durch einen kreisrunden Durchgang in der Ginsterhecke erreichten sie den Wirtschaftshof und wandten sich zum Stall. Drinnen standen ihre Pferde in den Boxen. Als Hoboke und Komo eintraten, hoben die Pferde ihre Köpfe und schnaubten laut.

"Pass auf!", konnte Komo noch rufen. Aus einem leeren Stall sprangen drei najano-ko auf sie zu. Hoboke duckte sich instinktiv. Er hörte zwei Wurfsterne vorbeischwirren und hinter sich ins Holz einschlagen. Schaudernd richteten sich seine Kopfschuppen auf. Das war knapp, dachte er.

Aber die Attentäter sind keine Schwertkämpfer! Jedenfalls nicht so ausdauernde und trainierte, wie Hoboke und Komo. Sowie die beiden Ritter in die Nahdistance kamen, war für die Assassinen die Chance zu überleben gleich null. Und so dauerte es ein paar Augenblicke, bis die Mörder erschlagen am Boden lagen.

Die Ritter sattelten ihre Pferde und führten sie aus dem Stall. Sie verließen schnellen Schrittes das Anwesen. Schweigend saßen sie auf, und wandten sich der Straße nach Norden zu. Sie wussten, dass sie so schnell wie möglich im Wald verschwinden mussten und gingen in einen schnellen Trab über.

FROLI

Froli summte ein Lied. Im Rhythmus der Melodie grub er mit der Hacke das Unkraut aus der Furche. Es duftete frisch nach Erde, Feuchtigkeit und Humus. Gestern hatte es geregnet und der Boden war immer noch feucht und dunkel. Ein Zeichen! Das wird in diesem Jahr eine gute Ernte. Die Arbeit ging ihm leicht von der Hand und Froli genoss es, in der frühen Sonne über das Feld zu gehen. Neben und hinter ihm arbeitete, das Liedchen im Takt der Arbeit mitsummend, seine Familie.

Froli richtete sich auf, um einen Moment den Rücken geradezubiegen. Vor ihm lag die fruchtbare Ebene des Sommertals, im Hintergrund die Mondberge des Mondgebirges, die so hießen, weil hinter ihnen die drei Monde aufgingen. Blau lagen die Berge in der Ferne, davor das Hügelland, über das der Wanderer auf die Straße nach Somo oder Fuko gelangte. Froli liebte den Ausblick auf das sanfte Hügelland und den Bergen dahinter. Als Mitglied der Kaste der freien Dragune war er Bauer und Krieger zugleich. Sie durften Sklaven für die Feld- und Hofarbeit halten (was Froli ablehnte) und mussten jederzeit als Krieger zur Verfügung stehen. Junge freie Dragune wurden im Alter von zehn Jahren für drei Jahre zur Garnison geschickt, um dort das Kriegshandwerk zu erlernen. Dragunas im gleichen Alter kamen in die Tempel der Umgebung. Sie lernten dort Lesen, Schreiben und einfache Mathematik, denn sie waren, wenn sie verheiratet wurden, die Verwalterin des Hauses, Hofes und der Familie.

Eben wollte Froli sich wieder seiner Arbeit zuwenden, als er etwas Schwarzes über den Hügeln der Vorberge auftauchen sah. Ein Gewitter? Doch dann, er kniff die Augen zusammen und sah genauer hin: Auf breiter Front wälzten sich Reiter und Krieger zu Fuss über die Hügel, genau auf das Tal zu. Und schon bebte der Boden und aus der Ferne hörte man dumpfes Trommeln und Geschrei. Froli beschirmte die Augen mit der freien Hand. Ein kalter Schauer lief ihm über den Rücken. Das roch nach Ungemach! Einen winzigen Moment stand er noch unbeweglich. Dann drehte er sich zu seiner Familie um. "Lauft!", rief er ihnen zu, "Zum Dorf, schnell!" Er ließ die Hacke fallen und rannte los. "Schnell, schnell!" trieb er seine Leute an.

Unterwegs rief er den anderen Familien, die

ebenfalls das gute Wetter nutzend auf den Feldern arbeiteten, zu: "Alarm, Alarm! Soldaten, Reiter! Lauft!"

Doch die Reiter des Heerzuges waren schnell, unerwartet schnell. Sie kamen über die Felder und Beete geritten und machten die Dörfler nieder, die zu lange gezögert hatten. Froli rannte um sein Leben, seine Familie hatte er aus den Augen verloren. Keuchend und nach Luft hechelnd langte er im Dorf an. Mit letzter Kraft rief er den Leuten, die vor ihren Häusern standen, Alarm zu. Und zu spät erkannten sie, was da auf sie zukam. Schon jagten die Reiter in breiter Front durch den Ort; Gewaltige schwarze Pferde, schwer gepanzert in schwarzem Leder und Eisen, wie ihre Reiter in schwarzen eisernen Rüstungen. Sie schwangen riesige ebenso schwarze Schwerter und töteten jeden, der nicht schnell genug war. Sie ritten im Galopp die Hütten der Dörfler nieder. Feuer wurde geworfen. Widerstand war zwecklos, denn kein Dragun, mit Schwert, Speer, Sense oder Mistgabel bewaffnet, konnte gegen die Gewalt der schwarzen Krieger etwas ausrichten! Froli lief nach links in Richtung des Wolfswaldes. Noch nie hatte sich ein Dorfbewohner gewagt, in den verfluchten Wald zu gehen! Jetzt jedoch hoffte er, dort Schutz zu finden. Und hoffte, dass seine Leute irgendwie dem Schlachten entgangen waren, so wie er, der jetzt den Saum des Waldes erreicht hatte. Er lief noch ein paar Schritte in den Wald hinein, drehte sich um und sah zurück.

Die Reiter umkreisten das Dorf auf der Suche nach Überlebenden. Offenbar hatte niemand seine Flucht bemerkt. Tränen rannen Froli aus den Augen und am liebsten hätte er geschrien. Unbeschreibliche Angst und tiefe Trauer um seine Familie erfassten ihn und schüttelte ihn durch. Er biss sich auf die Lippen, ballte die Fäuste und schwieg.

Immer noch umkreisten die Reiter das Dorf, während sich der Heerwurm darüber wälzte und alles niedertrat und ermordete, was noch Anzeichen von Leben aufwies. Immer noch dröhnten die Trommeln, erschütterte der schwere Schritt der Soldaten den Boden. Sie hinterließen eine meilenbreite Schneise verbrannten Bodens und totaler Zerstörung. Nur die Vögel konnten entkommen, flogen kreischend auf, sich gegenseitig warnend. Und gern hätte Froli auch Flügel gehabt, doch er musste sich auf seine schnellen Füße verlassen.

Die Reiter waren brennend und mordend weitergestürmt. Den Rest besorgte das Fußvolk, das im Gleichschritt vorbeistampfte. Froli floh tiefer in den Wald, das Grauen noch vor Augen. Zuletzt sah Froli, der sich noch einmal umdrehte, einen hochbeinigen Wagen, auf dem jemand in einer schwarzen Robe stand und aus dessen Fingern Blitze schlugen, die den kläglichen Rest des zerstörten Landes in grauschwarze Asche verwandelten. Ein irres Lachen war zu hören und verlor sich in den Weiten der verbrannten Welt. Jetzt rannte Froli nur noch umso schneller.

MARGUR

Der Wagen rumpelte hinter dem Heerzug her, gezogen von schwarzen Gäulen mit gewaltigen Köpfen und Schultern. Margur stand breitbeinig darauf und ließ aus seinen Fingerspitzen grellblaue Blitze fahren, die auch den letzten lebenden Käfer vernichteten und ihn zu Asche zermalmten. Er lachte schrill, er konnte nicht anders. So viel Macht! Er dachte an die Pferdeäpfel, die er damals den Jungen hinterhergeworfen hatte, bevor ihn der Meister aus seiner armseligen Welt zu sich geholt hatte. Das hier war mehr, als er jemals geglaubt hatte! Ja, als er je überhaupt hatte denken können!

All die Wut, den Zorn und seinen Hass auf

Alles legte er in die Kraft, die ihn erfüllte. Er sog die Energie an, fühlte, wie sie sich in ihm sammelte. Er bündelte sie und transportierte das Ergebnis seines Zaubers in die Hände. Es kribbelte und brannte, dann ließ er sie frei! Und lachte über die Dragune, die vor ihm flohen, und kreischte vor Wonne, wenn sie von seinen Blitzen getroffen, zu Asche zerstoben. Manchmal, für einen kurzen Moment sah er die Angst in den Augen der Opfer. Und es war gut so!

"Was tust Du, Sohn?", spürte er den Meister fragen. Und Margur antwortete: "Ich mache Furcht, Meister."

"Das ist gut, aber es genügt. Kehre heim, mein Sohn."

"Ja, Meister."

Nur widerwillig trennte er sich von seiner Aufgabe. Er schnippte mit den Fingern. Wagen und Margur verschwanden. Zurück blieb das Heer auf dem Marsch nach Fuko. Und eine Wolke aus Asche, die noch lange in der Luft schwebte.

Auf der Vulkaninsel stand seit Urzeiten ein Haus. Ein schlichtes, einfaches Steinhaus, das aus der Zeit stammte, als die alten Sinis hier noch gelebt hatten. Dann war der Vulkan, der viele Tausend Jahre geruht hatte, ausgebrochen und hatte die Sinis von hier vertrieben. Nur dieses

Haus, das im Schatten eines Höhenzuges und in Nähe der Westküste gestanden hatte, blieb verschont. Und obwohl der Vulkan immer wieder ausbrach und wuchs und wuchs, war das Haus davon nicht betroffen. Nicht einmal die giftigen Dämpfe, die bei jeder der wütenden Explosionen über die Insel strichen, erreichten es. Eine Zeit lang benutzten noch die letzten Sini-Zauberer die Hütte als Unterschlupf. Sie versteckten sich hier, wenn sie von ihren Landsleuten wegen ihrer Kunst gejagt wurden. Der Zauber, der die Hütte seitdem umgab, schützte sie und wirkte bis heute fort.

Margur saß auf einer steinernen Bank neben dem Eingang. Er blickte über das Westmeer, das heute ruhig und still vor ihm lag, und sinnierte darüber, was wohl hinter dem Horizont wäre. Das Ende der Welt oder noch mehr Wasser oder Land? Vielleicht lebten dort Dämonen, die Stürme brachten und mächtige Fluten, die sich auf die Vulkaninsel stürzten, wie wenn sie sie versenken wollten? Manchmal sah er einen Drachen vorbeifliegen. In gehörigem Abstand, denn den Dragunen war die Insel nicht nur heilig, sondern äußerst geheimnisvoll. Und der Zauber um die Hütte tat sein Übriges dazu.

Wieder sah er einen Drachen über das Westmeer fliegen. Weit entfernt in Richtung

Süden. Wie wäre es, wenn er ein wenig Magie zusammenziehen und die Drachen …

"Wage es nicht, Sohn. Verrate nicht unsere Gegenwart."

"Ja, Meister." Margur war gehörig zusammengefahren. Was der Meister alles wusste! Er kam sich vor, wie aus Glas, diesem seltsamen Stoff aus einer fernen Welt; durchsichtig, hart und zugleich spröde.

"Wo bleibst Du? Ich erwarte Dich im Palast. "

Margur erhob sich, reckte die inzwischen breiter gewordenen Schultern, denn der Meister ließ ihn Waffenübungen machen, und spannte die Muskeln an Armen und Beinen an. Dann atmete er tief aus und ging ins Haus.

Es war mitnichten nur eine einfache Fischerhütte. Das Haus war in Wirklichkeit eine uralte geheime Pforte in eine andere Welt außerhalb des Einflusses der "Wächter der Sphäre". An der sonst leeren Wand war eine Tafel befestigt, die aufleuchtete, wenn sie die Hütte betraten. Auf ihrer Oberfläche reihten sich Symbole und Zeichen. Margur wählte ein bestimmtes Zeichen. Es war der Durchgang zu Margorokks Palast irgendwo in den Weiten des Universums. Schon oft hatte er sich gefragt, was es denn mit dem ‚Universum' und dem Palast auf sich hatte. Doch jedes Mal, wenn er die Frage stellte, geriet etwas dazwischen oder der Meister tat, als hätte er die Frage nicht gehört. Margur verschob es auf die nächste Gelegenheit und trat in einen Durchgang, der sich in der Wand aufgetan hatte. Im Inneren des Durchganges flimmerte grauer Nebel. Noch ein paar Schritte - es sog und zog an ihm, dann war er in einer vollkommen anderen Welt.

Margur blinzelte. Zwei grellrote Sonnen an einem dunkelblauen Himmel beschienen diesen Planeten. Es waren sterbende Sterne, die sich wütend umkreisten, gegenseitig Energie und Materie absaugten und von einer violetten Spirale glühend heißer Gase umgeben waren. Weiterhin umkreiste sie innerhalb einer Woche ein Mond, so nah, dass niemand direkt an den Ufern der Meere leben konnte. Die Gezeiten bewirkten mächtige Fluten, die sich meilenweit über das Vorland ergossen und bei Ebbe einen toten, schlammigen Grund hinterließen. Die Oberfläche des Mondes war zerschrunden und hatte viele Krater und Risse, aus denen flüssiges Magma auf die Oberfläche drang. Und wenn die Sonnen nicht vorher explodieren, so wird der Mond auf den Planeten stürzen und alles vernichten. Vielleicht den ganzen Planeten in glühenden Staub verwandeln. Doch noch existierte diese Welt, und bis auf die Lebewesen im Wasser, war sie unbewohnt. Ein Tag dauerte achtzehn Stunden, die Nächte waren kühl, hier, weit weg vom Äquator, doch die Tage waren heiß und quälend feucht.

Auf einer Anhöhe strahlte der Palast. Weiß, mit einem grünen Dach, Türmchen und Erkern, erhob er sich über die große Insel, auf der er erbaut worden war, die die Form eines Langschiffes mitten im Ozean hatte. Die Gezeiten konnten ihm nichts anhaben, denn er lag weit über dem Meeresspiegel und der höchsten Tide, und die regelmäßigen gewaltigen Stürme aus dem Westen trafen auf die hohen Berge hinter ihm und wurden dort gestoppt.

Es war nur ein kurzer Weg aus schneeweißem Kalksplit bis zum Eingang. Margur setzte sich in Bewegung und stand bald vor einem zweiflügeligem Tor mit geheimnisvollen Intarsien auf dem Rahmen und den Türblättern; in sich verschlungenen Schriftzeichen und die Abbildung von dämonenähnlichen Wesen. Die Schriftzeichen, so hatte der Meister begeistert erzählt, stammten von einem mächtigen Volk, dass diesen Palast und unglaubliche große Städte gebaut hatte und vor tausenden von Jahren mit gewaltigen Schiffen diesen Planeten verlassen hatte. Sie sollen so riesig gewesen sein, dass mehr als hunderttausend Bewohner darauf Platz zum

Leben gefunden hatten. Diese Schiffe, konnten auf magische Weise fliegen. Sie stiegen in den Himmel und verschwanden auf Nimmerwiedersehen. Die Schriften auf dem Türblatt und dem Rahmen sollen gewaltige Beschwörungen der Geister darstellen.

Margur hob die Schultern. *Schnee von gestern.* Das Tor öffnete sich. Er trat in eine große Halle aus rotem Marmor. Gewaltige Säulen stützten die riesige Kuppel, die sich in einer Höhe von fünfzig Fuß über die Halle wölbte. An den Seiten waren Türen und Durchgänge zu vielfältigen Palastteilen und unbekannten Räumen, die von Dämonenfratzen über den Türstürzen bewacht wurden. Margur hatte sich an den Anblick der verbogenen, grässlichen Figuren gewöhnt und ignorierte sie. Gleich gegenüber war ein offener Durchgang zu einem langen Gang, an dessen Ende das rote Licht der sterbenden Sonnen auf dem schneeweißen Boden glänzte. Dort, in dem ehemaligen großen Festsaal erwartete ihn sein Meister zu einer weiteren Lektion.

Einen langen Schatten warf der Meister auf den schwarz glänzenden Basaltboden des Saales. Die roten Sonnen standen tief, es war die Lieblingsstunde des Meisters.

"Meister? Da bin ich."

"Komm zu mir, Sohn."

Margur brauchte fünfzehn Schritte. Er verneigte sich leicht. Der Meister drehte ihm immer noch den Rücken zu und sah nach draußen.

"Was siehst Du?"

"Meister?"

"Tritt ans Fenster, und sage, was Du siehst."

Margur tat wie geheißen. Was er sah, war eine sterbende Welt. Vielleicht noch eine Millionen Umdrehungen um die roten Sonnen mit der Gasnebelspirale, dann wird es dunkel werden. Das Meer wogte leise, in der Ferne stieg drohend eine finstere Wolkenwand auf. Ein Unwetter kündete sich an, wie es hier alle drei, vier Tage stattfand.

"Diese Welt stirbt, Meister."

Margorokk atmete auf. Er hatte befürchtet, eine Beschreibung zu hören. "Richtig, mein Sohn." Er sah zu Margur herunter und legte seine kalte Greisenhand auf den Kopf des Jungen. "Und was schließt Du daraus?"

Der ‚Junge' zuckte mit den Schultern. "Ich weiß nicht, Meister."

"Nun, das ist doch ganz einfach."

Margur dachte angestrengt nach. Sicher, irgendwann brauchten sie eine neue Heimat, ein neues Zuhause. Aber diese hier hielt noch etliche Hunderttausend Umdrehungen. Oder? Es war eine magieträchtige Welt. Ein Gedanke genügte, eine winzige Handbewegung und die Magie, diese seltsame, unsichtbare Materie formte sich zu dem Erwünschten. Nicht, wie in Geadir, wo es Anstrengung kostete, Magie zu ballen. Wo man Sprüche sang (Margur zweifelte, dass das notwendig sei, aber der Meister war anderer Ansicht). Er selbst schaffte es, nur mit dem geringst nötigen Willen, Magie zu weben, auch wenn er regelmäßig Kopfschmerzen davon bekam und danach oftmals schlapp war.

Margur war, als wenn der Mond näher gerückt wäre. Er ging eben auf. Gegen das Sonnenlicht war er fast schwarz. Doch deutlich erkannte Margur tiefe Krater, Risse und Brüche in der Mondoberfläche, die rot glühten. Flüssige Lava breitete sich aus Spalten und Vulkanen aus. Und ihm war, als wenn der Mond die Atmosphäre, die den Planeten umgab, ansaugte. War das denn möglich?

"Diese Welt stirbt schneller. Der Mond wird auf sie stürzen."

"So ist es."

Und Margur fragte sich, warum der Meister dabei so zufrieden aussah.

SABU

Tsuyoshi war zurückgekehrt. Sie wartet in einem kleinen Wäldchen, gleich hinter der Furt und konnte Sabu beruhigen. Alles um das Landhaus herum schien ruhig, berichtete sie, die Bewohner gingen ihren Aufgaben nach. Offenbar hatten sie noch nichts von dem Überfall auf Hita erfahren. Von einem anderen Drachen hatte sie weder etwas gehört noch gesehen. Und weg war sie.

Mosaru grinste breit, sodass alle seiner schneeweißen Zähne zu sehen waren. "Verzeiht, Herrin", sagte er, immer noch grinsend. Kamino gab ihm einen gutmütigen Klaps auf den Hinterkopf und Sabu lachte. Sie mochte Mosaru. Er kannte den Charakter der Drachen. Auch wenn sie mit den Dragunen zusammenlebten, waren es ungebundene Lebewesen. Sie waren keine Sklaven, sie dienten freiwillig. Nun, die meisten von ihnen. Mosaru sprach mit den Drachen und sie verstanden ihn.

Sabu hoffte, dass Yukomi Somo rechtzeitig und unbeschadet erreicht hatte. Das festzustellen hatte jedoch noch Zeit. Sie musste Hita ungesehen erreichen und den kano retten! Um aber Hita zu erreichen, war es ratsam, das Sommerhaus zu umgehen, auch wenn sie sich nach einer Rast unter einem Dach sehnten. Niemand sollte von Sabus Mission wissen.

"Gut. Machen wir uns fertig. Die Pferde werden wir freilassen. Sie erhöhen zwar unsere Marschgeschwindigkeit, wir fallen aber zu sehr damit auf. Packt das Notwendigste zusammen. Es ist dunkel genug, um loszugehen." Sie studierte die Karte, die Kamino ihr aufgerollt vorhielt. "Es können nicht mehr viele Meilen sein. Wir haben früher das Landhaus in einem Tag erreicht – mit den Drachen."

Im Schein des blauen Mondes kamen sie gut durch den lichten Wald. Kamino ging vor. Er orientierte sich an den Sternen, das Unterholz knackte leise unter ihren Füßen. Sie umgingen die Stämme uralter Eisenbäume, durchquerten leise murmelnde Bäche. Nachtvögel knarrten, fiepten und heulten und stille Räuber umschlichen sie, doch sie griffen nicht an. Ab und zu hielt Kamino an, um zu lauschen. Doch bis auf die Geräusche der nächtlichen Natur hörten sie nichts, was eine Gefahr darstellen konnte.

Nach einer Stunde überquerten sie eine Lichtung, schlichen von Strauch zu Strauch.

"Wartet", flüsterte Kamino, bevor sie wieder in den Wald eintauchen wollten. Er zog sein Kurzschwert und schlich auf Zehenspitzen weiter, während die Gefährten gespannt lauschten und in der Dunkelheit versuchten etwas zu erkennen. Dann hörten sie Geräusche eines Kampfes. Das dumpfe Klatschen von Schlägen gegen nackte Haut und ein helles Aufstöhnen - Stille. Sabu schlug das Herz bis in den Hals. Sie bereitete sich innerlich auf einen Kampf vor. Leise zog sie ihr Schwert, mit dem sie gerade erst begonnen hatte, zu lernen. Sie würde ihr Leben verteidigen, wie auch immer. Yolo war hinter sie getreten, sie spürte seinen Atem im Nacken. Wo Mosaru sich befand, wusste sie nicht.

"Alles in Ordnung." Kaminos Stimme hallte über die Fläche. "Ich habe ihn."

Sie trafen am Waldrand mit Kamino zusammen. Er war leicht zu finden, denn sein Gefangener zappelte und stöhnte. "Halt still, oder ich schlage dir den Kopf ab", fluchte Kamino. Das Bündel unter seinem Arm ließ sich schlaff herunterhängen. Dennoch brummte und knurrte es weiter.

"Was ist das?" Angewidert sah Mosaru auf das Bündel. Trotz des Dämmerlichts erkannten sie ein grauhäutiges Wesen, das an einen saru erinnerte. In Sini gab es keine vierbeinigen Tiere, ausgenommen Pferde. Doch die stammten aus Higashima, dem verbotenen Land.

Als vor zweihundert Jahren, zur Zeit der Zwischenkaiserin Isamo II., Dragune über das Meer aus dem Osten kamen, brachten sie Pferde mit. Es waren die ehemaligen Diener des schwarzen Magiers, der Higashima verheert hatte. Sie waren vor dem Zorn der Geadiri und dem des Zauberers geflohen, aus dessen Dienst sie desertiert waren. Ihr Anführer, Duron der Schreckliche, hatte mit den *Wächtern der Sphäre* und der Kaiserin Isamo II. vereinbart, im *Fünf-Finger-Land* eine neue Heimat zu finden. Sie kannten das Geheimnis ihrer Züchtung. Aber immer noch lebten sie abgeschottet im Fünf-Finger-Land. Sie konnten oder wollten sich nicht in die Kultur der Sinis einordnen, weshalb man mit ihnen nichts zu tun haben wollte. Man nannte sie die Unsterblichen, die Dreihundertjährigen, manche sagten auch, die Ehrlosen. Sabu hatte von ihnen gehört, denn die Hitas besaßen eine erfolgreiche Pferdezucht. Sie seufzte in Erinnerung, denn ihr hoher Vater und ihr Bruder waren regelrecht vernarrt in diese Tiere. Aber *ihre* Lieblingstiere waren die Drachen! Sie bewunderte ihre wunderbaren vielfältigen Erscheinungen, ihre Kraft und ihren Stolz. Und dass sie fliegen konnten! Dazu waren Pferde nicht in der Lage, obwohl sie ohnedies schneller waren als das schnellste *rikoma*, ein Rind, dass man auch reiten konnte. *Wenn dies aber kein Pferd oder kein saru ist, was ist es dann*, fragte sich Sabu.

Kamino hatte das Wesen gefesselt und geknebelt. Dennoch zappelte es heftig und stöhnte und murmelte in den Knebel.

"Sieht aus wie ein saru." Mosaru betrachtete den Gefangenen mit schräg gelegtem Kopf.

"Was ist? Bist du jetzt still?" Kaminos Schwert drückte an die Kehle des Gefangenen. Der sah Kamino an und nickte. Kaum war er seinen Knebel los, rief das Wesen: "Bin saru nicht, bin *Gruul*. Habe verlauf mich! Der HERR wird euch töten alle." Dabei kauerte er sich zusammen und hielt die gefesselten Hände über dem Kopf. "Okko auch. Ohje!"

Die Gefährten sahen sich an. "Der HERR? Wer ist der Herr?", fragte Yolo.

"Großer HERR, mächtiger HERR", grunzte Okko, "Okko morám. Okko angrii. On romór, on romór!" (Okko hat Hunger, Okko Angst. Er ruft, er ruft).

"Was schwatzt der Kerl? Ich schneide ihm gleich die Kehle durch!" Mosaru hielt den Dolch in der Hand, doch Sabu hielt ihn zurück. "Knebelt ihn wieder. Wir sehen uns das Ding genauer an, wenn es etwas heller geworden ist." Der kleine

Graue tat Sabu mit einem Mal leid.

"Wozu mit dem Ding abschleppen?", räsonierte Yolo. Er sah den Gruul an, seufzte und winkte ab. "Wer weiß, wozu es gut ist."

"Gehen wir weiter, die Zeit läuft unerbittlich ab." Sabu ging vorweg, hinter ihr Yolo, dann Mosaru und am Ende Kamino, der den Gruul an einen Strick hinter sich herzog, wie einen *inou*[6]. Der Wald war dichter geworden. Sie benutzten hauptsächlich Wildpfade und trotz aller Bemühungen, knackten abgebrochene Äste unter ihren Sohlen und raschelten Blätter und Sträucher.

Vor ihnen öffnete sich eine Lichtung. In der Mitte stand ein Haus im Stile der Sini; quadratisch aus fein gearbeitetem Fachwerk, das Dach flach und an den Ecken leicht aufwärts geschwungen. Statt der Dachziegel, wuchs Moos und Kraut darauf. Die Wände bestanden aus glatt gearbeiteten weiß gestrichenen Brettern, die Fensterscheiben waren aus kostbarem Glas und Schiebetüren mit dünnen Tierhäuten oder feinem Papier bespannt. Eine Veranda umgab das ganze Haus, das einen sauberen und gepflegten Eindruck machte. Den kleinen Garten mit Kräutern und Blumen schützte ein Zaun aus dünnen Staketen vor den Tieren des Waldes. Aus

---

[6] Siehe Erklärungen, Begriffe

dem Abzugsloch im Dach stieg dünner Rauch. Rundherum wuchs kurz gemähter Rasen. Die Gefährten standen staunend am Rand des Waldes. Nie hatten sie erwartet, dass hier, mitten im Wald, jemand leben würde.

"Ich sehe nach", erbot sich Kamino. Er warf Yolo den Strick zu, mit dem er den *Gruul* hinter sich hergezogen hatte, zog sein Schwert aus der Scheide und ging auf leisen Sohlen zur Zaunpforte.

"Ich habe Euch erwartet", klang eine Stimme. "Tretet näher. Euch wird hier nichts Böses widerfahren." Die Stimme lachte, doch lag keine Häme darin. "Kommt nur herein."

Kamino sah seine Gefährten an und hob die Schultern. Einige Sekunden zögerte Sabu, dann machte sie mit dem Kinn eine Bewegung zum Haus. "Gehen wir!" Unterwegs lockerte sie ihre Schwerter und schritt tapfer vorwärts. Die Stimme klang nicht, als wenn eine Gefahr von dem Sprecher ausginge. Tief atmete sie durch, ging an Kamino vorbei, straffte sich und zog die Schultern zurück. Wer auch immer hinter der Stimme steckte, er sollte sehen, dass sie die Anführerin des Trupps war.

Die Schiebetür öffnete sich. Abrupt blieb Sabu stehen. Ein saru! Ein Sklave! "Was, bei allen Göttern …", rief sie. Der saru, in einen grauen

Mantel gehüllt, verneigte sich. Doch nicht so tief, wie es ihr gebührte. Eher so, wie wenn ein Herrscher einen anderen Herrscher begrüßt. "Fürstin Hita Sabu. Seid gegrüßt." Der Graue machte eine einladende Geste zum Haus. "Tretet ein, Fürstin. Und auch Eure Begleiter sind willkommen."

Sabu stand immer noch wie vom Donner gerührt. Ein Sklave wagte es …! Sie wollte ihr Langschwert ziehen, doch es ging nicht. Ihr Arm war schwer wie Blei, ihre Hand wollte sich nicht bewegen.

"Fürstin?", fragte der Mann.

In Sekundenbruchteilen gingen Sabu Tausende Gedanken durch den Kopf. Die Erziehung im Kloster der Sonnenstadt half ihr, die Fassung wiederzugewinnen. Sie entspannte sich, und sofort lösten sich die Fesseln, die ihren Arm festgehalten hatten. *Was uns auch immer hierhergeführt hat*, dachte Sabu, *Es kann nur der Wille der Götter sein.* Sie machte einen Schritt, dann den nächsten und den nächsten und dann ging sie stracks und stolz auf das Haus zu. *Es muss eine Erklärung geben. Und die finde ich nur in dem Haus.*

"Korrekt, Fürstin." Der Robenträger neigte grüßend den Kopf, als sie an ihm vorbeigingen.

Sie betraten einen großen, hellen Raum. Sabu

kam er größer vor als das Haus, doch sie schüttelte den Kopf. Es könnte auch eine optische Täuschung sein. Am Ende der Halle erhob sich ein niedriges Podest. Sitzkissen lagen aus und die Rückwand schmückte ein Banner der Familie Hita. Ihr Gastgeber wies mit der Hand auf das Podest. *Immerhin besitzt dieser saru Stil und kennt sich in den Gepflogenheiten der Sini aus*, dachte Sabu.

"Seid meine hoch geschätzte Gastfreundin, Fürstin von Hita." Er sah den *Gruul* an, den Yolo hinter sich hergezogen hatte. "Erlöst den Ärmsten von seinen Fesseln." Und als Yolo aufbegehren wollte, sagte er mit harter Stimme: "Er wird nicht fliehen." Und dann: "Nicht wahr, mein Freund?"

Der *Gruul* nickte. "Nicht fliehen. Okko bleiben."

"So ist es."

Inzwischen hatten Sabu, Kamino und Mosaru auf den Sitzkissen Platz genommen. Der Gruul hockte zusammengekauert in einer Ecke und murmelte leise vor sich hin. Yolo setzte sich zu der Gruppe und beobachtete immer noch misstrauisch den *Gruul.*

Der Graue stand vor dem Podest. Er hatte die Hände in die Ärmel seiner Robe gesteckt. Soweit Sabu erkennen konnte, war der Graue schon älter, vielleicht uralt. Sein hageres Gesicht umrahmten graue Haare, die im Nacken zu einem Zopf zusammengebunden waren. Graue Augen sahen auf die Besucher. Der schmale Mund und das energische Kinn deuteten auf einen starken Willen hin. Trotz seines hohen Alters hatte der saru breite Schultern. Unter dem Mantel erkannte man kräftige Arme und Beine. Wäre er nicht einen Kopf kleiner, hätte man ihn in einer Rüstung für einen kräftigen Krieger halten können.

Sabu unterbrach die Stille, die sich auf den Raum gelegt hatte. Sie hob das Kinn an und fixierte ihren Gastgeber. "Nun, wollt Ihr Euch mir nicht erklären?"

"Gleich, Fürstin, gleich. Erlaubt, dass ich Euch zuerst mein tiefempfundenes Mitgefühl über den Verlust Eurer Familie mitteile." Er verneigte sich tief, wie es in Sini üblich war bei einem solchen Anlass. „Es ist ein großes Glück und ein Wink des Schicksals, dass Ihr überlebt hattet." Der Graue machte eine einladende Geste. „Gestattet, Euch und Euren Gefährten einen Imbiss anzubieten. Ihr müsst hungrig und durstig sein, nach dem langen Marsch durch den Wald." Und wahrhaftig. Jetzt spürte Sabu, dass sie fast am Verhungern war. Unwillkürlich knurrte ihr der Magen. "Ich danke Euch. Nennt mir – bitte – vorher Euren Namen."

"Man ruft mich Baldur, Sohn des Erzmagiers Baldir und der Erzmagierin Nele Zaubermund, von der Insel der Magier aus Geadir, welches ihr Higashima nennt." Er nickte leicht. Gleichzeitig schnippte er mit den Fingern der rechten Hand. Ein flacher Tisch schwebte in den Raum, bedeckt mit Speisen, bei deren Anblick den Dragunen das Wasser im Mund zusammenlief.

Sabu und ihre Weggenossen waren schockiert. Ein Zauberer! Offiziell waren Zauberei und Magie in Sini verpönt. Aber wie es so ist, an den Höfen der großen Familien und auch bei den Daimios, gab es Magier. Doch waren die, wie man hörte, nicht zu vergleichen, mit denen von der *Insel der Magier in Higashima*. Gegenüber denen, auf dem großen Kontinent im Osten, waren die sinischen Magier höchsten Zauberer der niederen Künste – so sprach man darüber. Auch am Hofe Hita. Die hiesigen galten als weise Dragune, als Berater und strategische Ratgeber, wenn sie auch manchem unheimlich waren. Sie waren neben den weisen Dragunas, den *mayoo*, auch als Heiler in den Städten tätig. Und alle stammten sie aus dem Kloster des Hikomi-Tempels, dass seit Tomi Kameko, dem achtunddreißigsten Hikoshu-sham, magiebegabte Jungdragune sammelte und zu Zauberern ausbildete.

"Esst, ruht Euch aus, werte Gäste", sprach Baldur. Er ließ sich im Schneidersitz nieder. "Und während Ihr euch erholt, erzähle ich euch, warum ich hier bin." Baldur rückte sich zurecht, und nachdem er einen Schluck Wasser getrunken hatte, begann er: "Vor mehr als zweitausend Jahren kamen die ersten Dragune mit ihren Drachen nach Sini. Seitdem gibt es die zwölf Familien und die Herrschaft des Hikoshu-sham." Sabu nickte. Sie kannte die Geschichte Sinis genau. Sie wusste, dass die Dragune die Kultur der Ureinwohner, der Alten Sini, die sich selbst "Das Volk" nannten, übernommen hatten. Das war klug, denn die Dragune aus Higashima besaßen wenig Kultur. Sie waren wild und bekämpften sich gegenseitig. Fast hätten sie sich und die Geadiri ausgelöscht, wenn – ja, wenn nicht die *Wächter der Sphäre*[7] eingegriffen hätten.

"Ich kenne unsere Geschichte, Zauberer." Sabu winkte ab.

Baldur lächelte. "Der Krieg untereinander und", hier machte er eine Handbewegung, "gegen die Menschen. Jetzt haben wir das Problem hier."

---

[7] Man weiß nicht, ob es diese *Wächter der Sphäre* je gegeben hatte. Jedoch in der Geschichte Sinis spielen sie die Rolle der ‚Vertreiber' aus der Urheimat Higashima (Geadir). Der Sage nach handelt es sich um mächtige Magier aus verschiedenen Welten, die in der Sphäre leben und von der aus man zu jeder beliebigen belebten Welt des Universums gelangen kann. Diese Wächter haben die Aufgabe, das Universum vor dem Eindringen böser Dämonen oder Geister aus den anderen Dimensionen zu verhindern.

"Problem? Welches Problem? Und wieso hier? Wir sind weit entfernt von den Menschen und Higashima! Was meint Ihr, Baldur?"

"Vor vierhundert Jahren vertrieben die Geadiri, die ihr Higashi-imani oder Higashimati nennt, erstmals einen schwarzen Zauberer. Er war nach den Schlachten der Dragune gegen die Menschen oder umgekehrt – wie soll ich sagen? – übrig geblieben. Das war vor zweitausend Jahren. Durch den Fehler eines geringen Magiers wurde der Schwarze wiedererweckt. Kurz, sie hatten gehofft, dass sie ihn vernichtet hatten, doch das war ein Irrtum. Nach zweihundert Jahren tauchte er unter einem anderen Namen wieder auf. Er nannte sich Margorokk. Wieder entbrannte ein blutiger Kampf, wieder wurde der Zauberer gebannt, jedoch, er ist wieder aufgetaucht. Diesmal hier, bei euch!"

Es herrschte atemlose Stille im Raum. Sabu räusperte sich. "Dann ist also – er der FEIND?"

Baldur nickte. "Ja." Es entstand eine Pause, in der niemand sich regte. "Er will sich Sini unterwerfen. Eure Heimat soll als Sprungbrett für die Invasion in Higashima dienen. Dabei sollen die Dragune und eure Drachen gezwungen werden, die nötigen Bedingungen zu schaffen – als Sklaven! – und die Vorhut zu bilden, wenn Geadir überfallen werden soll." Baldur machte eine Pause. "Doch Ihr, Fürstin, seid auserwählt, dem Magier zu widerstehen." Baldur stand auf. "Es ist der Wille der Götter, dass *Ihr* ihn vernichtet", sagte er bestimmt. "Erlaubt, dass ich Euch Eure Helfer vorstelle." Er bewegte die linke Hand. Die Tür zu einem Nebenraum öffnete sich, und herein traten – ein Elb und ein Mensch.

"Was, bei allen guten Göttern soll ich mit *sarus*?" Sabu erschrak. "Verzeiht, Zauberer. Ich meinte …"

"Schon gut. Wir kennen euer Problem mit den Higashi-imani." Er trat hinter die beiden und schob sie weiter in den Raum.

Indem Yolo sich vorneigte, fragte er: "Glaubt Ihr etwa, Zauberer Baldur, dass wir nicht allein in der Lage sind, das Problem zu lösen?"

"Oh, Ihr seid stark, mutig und ein großer Krieger, Yolo-oiyii. Doch dort, wo ihr hingeht, für das Abenteuer, das Euch erwartet, genügen nicht nur Weisheit, Schläue, Kraft und die Beherrschung eurer Waffen, sondern mehr." Baldur legte die Hände auf die Schultern des Elben und des Menschen. "Diese beiden sind Zauberer wie ich. Sie werden euch begleiten und helfen. Immer dann, wenn Magie mit im Spiele ist." Er sah in die Runde und sagte, wie nebenher, dass es besser wäre, sich schlafen zu legen, denn ihnen wird Schweres bevorstehen. Sabu hatte deutlich die Handbewegung gesehen; und tatsächlich, Kamino, Yolo und Mosaru gähnten, nickten Sabu und dem Magier zu und verschwanden in einem Nebenraum. Nur Sabu blieb mit Baldur im Zimmer und der Gruul, der in der Ecke am Kamin hockte und leise vor sich hin schmatzte und jammerte.

"Ihr habt meine Begleiter aus dem Raum geschickt, warum?"

Baldur schwieg lange mit gesenktem Kopf, dann sah er sie an und nippte an seinem Weinglas. "Fürstin. Auf Euch lastet ein schweres Los."

"Seit meiner Flucht aus der Sonnenstadt, Zauberer!" bemerkte Sabu trocken, „Es gibt so viel zu tun. Aber was meint Ihr?"

Baldur ließ sich nicht beeindrucken. Er begann, in einem Lederbeutel zu suchen. "Ah, hier ist es!" Er stellte eine kleine Schatulle auf den Tisch, legte daneben eine Phiole aus grünem Glas. Die Schatulle war handgroß. Intarsien aus verschlungenen Pflanzen und Rahmen wie Ranken schmückten das Kleinod. Die Phiole leuchtete leise im Licht der Kerzen. Sabu hatte das Gefühl, als würde ein großes Selbstvertrauen über sie kommen. Sie spürte Stärke und Kraft.

"So ist es", sagte Baldur, "Diese Schatulle nährt Euch, sie gibt Euch Kraft, solange Ihr sie bei Euch tragt. Die Phiole gibt Euch innere Ruhe und

Zuversicht. Ihr zieht in einen Krieg, den Ihr gewinnen müsst." Dann holte er einen in Leder eingewickelten länglichen Gegenstand hervor. Sabu staunte, denn der Lederbeutel war wesentlich kleiner als der Gegenstand, den Baldur daraus hervorzog. Aber sie wusste ja, dass sie es mit einem Zauberer zu tun hatte! Der Magier nahm den langen Gegenstand in die Hand. Umständlich wickelte er ihn aus, und hervor kamen zwei Schwerter in schwarzen Scheiden, um die sich goldene Drachen wanden. Baldur nahm sie in beide Hände und reichte sie Sabu. "Nehmt, Fürstin. Es ist ein Teil dessen, was wir Euch geben dürfen." Vorsichtig nahm Sabu die Schwerter entgegen. Die Scheiden waren aus schwarzem, gehärtetem Leder, die Griffe rautenförmig mit weißem und schwarzem Leder umwickelt. Vorsichtig zog Sabu das Langschwert ein Stück aus der Scheide und hielt es ins Licht. Sie hörte einen leisen Klang, wie wenn das Schwert zu ihr sprechen würde. Sabus Herz hüpfte. Sie hielt etwas ganz Besonderes in den Händen! Auf der Klinge war ein Drache eingearbeitet und in alt-sinischen Runen war die Losung des Schwertes eingraviert: ‚Gib acht auf Dein Herz'. Mehr nicht. Aber Sabu verstand. Nicht wilde Wut, nicht grausame Härte sollte ihre Hand leiten, sondern Liebe, Weisheit und

Achtung vor dem Leben. Nur die Not gebot, das Schwert auch zu benutzen. Andächtig schob sie es zurück. "Ich weiß nicht, was ich sagen soll, Baldur."

"Nehmt es, und handelt, wie Euer Herz es euch befiehlt. Es sind sehr kostbare Schwerter. Sie stammen noch aus der alten Sini-Welt. Ein berühmter Schmied hat diese Kunstwerke erschaffen und es dem vorletzten Kaiser der Sini geschenkt. Auf verschlungenen Wegen ist es in unsere Hände geraten und nun sollt Ihr es tragen."

"Ich danke Euch." Sabu verneigte sich tief vor Baldur. Wieder betrachtete Sabu die Schwerter. Es waren ein Katami und ein Katimi – ein Lang- und ein Kurzschwert, wie es die Alten Sini getragen hatten.

Sie legte die Schwerter vorsichtig auf ihren Schoß. "Ihr hattet mich erwartet. Wie kommt das? Und warum erhalte ich solch kostbare Geschenke von Euch, und von welchem Los sprecht Ihr? Was wisst Ihr, wer schickt Euch?"

"Viele Fragen auf einmal, Fürstin. Ihr sollt Antwort erhalten, soweit ich in der Lage bin, Euch Antwort zu geben oder geben zu dürfen."

Baldur machte eine bedeutungsvolle Pause. "Ich muss weiter ausholen, Fürstin. Mein Vater, Baldur der Graue, der größte Magier Geadirs, rief mich zu sich. Das war nicht einfach, denn er lebt seit vierhundert Jahren in der ‚Sphäre der Welten', die nur über Portale, von dem sich zwei in Geadir und ein weiteres hier in Sini befinden, zu erreichen ist." Er hob die Hand, weil er spürte, dass Sabu weitere Fragen hatte. "Ich kann nur so viel sagen: Die Sphäre der Welten verbindet alle bekannten Welten des Universums und soll sie vor Gefahren aus anderen Dimensionen beschützen", erklärte er. Als Sabu ihn weiter fragend ansah, winkte er ab. "Eine lange Geschichte. Wenn wir – Ihr - diese Sache hoffentlich erfolgreich – abgeschlossen habt, werde ich Euch alles erzählen, was ich darüber weiß." Sabu begriff, dass Baldur in Sorge war. Also wartete sie und schwieg.

"Die Wächter wussten von dem Schwarzen Magier. Und befragten das Orakel von Monmontna. Dabei nannte die Priesterin auch Euren Namen. Nachdem sie nun wussten, an wen sie sich zu wenden hatten, beauftragte mein Vater mich, Euch zu finden und Euch, neben den drei Artefakten, folgenden Auftrag der Götter zu übermitteln: Vernichtet den FEIND."

"Warum ich?"

"So verkündete es das Orakel", Baldur hob die Schultern, "von Monmontna. Erst verkündete es, dass Sini vom FEIND bedroht wird, und beantwortete die Frage, wie er denn zu besiegen sei: ‚*Nicht durch das Schwert, geführt von einem Mann, nicht durch ein Heer, geführt von einem Helden, nicht durch Magie, gewebt von einem Zauberer. Geht in das eroberte Land und sucht die Letzte von Hita.*‘ Nun ja, Ihr passt genau zum ersten Teil der Verkündigung; ‚*Nicht durch das Schwert, geführt von einem Mann*‘. Euch zu finden war ein ganz schöner Brocken, und wir verzweifelten schier daran. Zwei Jahre ist es her. Doch dann fanden wir Euch. Zum Glück für alle wusste der Schwarze nicht, dass Ihr Euch in der Sonnenstadt aufhieltet."

„Meint Ihr, dass der Zauberer es auf mich abgesehen hatte?"

„Das ist nicht bekannt. Aber die Erwähnung Eures Namens und die spätere Zerstörung Hitas, lässt darauf schließen."

Sabu schwieg lange. "Ihr habt mich beobachtet?"

"Nicht direkt, teure Sabu. Erst nachdem Euch Euer Heerführer aus der Sonnenstadt holte. Wir hatten erst befürchtet, dass Ihr der allgemeinen Vernichtung anheimgefallen wart."

Eine Vorstellung, die Sabu durchaus nicht beruhigte und bewirkte, dass ihr die Schuppen am Rücken aufstiegen. Tief atmete sie ein und erhob sich. "Ich danke Euch für die offenen Worte, Magier. Ich bin müde und werde das, was Ihr gesagt habt, bedenken. Vieles ist unklar und liegt im Dunkeln und manches an dem, was Ihr sagtet, ist merkwürdig. Doch, wie heißt es? Der Morgen ist klüger als der Abend."

Baldur erhob sich ebenfalls und verneigte sich schweigend.

BRODOR

Brodor, stand vor den Truppen, hüllte sich in seinen dunkelroten Umhang und sah nachdenklich auf die unordentlichen Reihen seiner Krieger. Nur die Kompanieführer des Centurums und einige Unterführer waren Eigeschlüpfte. Der Rest der Krieger bestand aus Erdlingen. Dummen, geschlechtslosen aber gefährlich brutalen Kämpfern, die aus der Erde schlüpften. So wurde es erzählt. Ob etwas daran war, wusste Brodor nicht, aber er vermutet, dass es so war. Wie sonst sollten er und seine Brüder sich von diesen – Wesen – abheben? Sie gehorchten seinen Befehlen, weil der HERR (Brodor sah zum Himmel) sie so erschaffen hatte.

Er bekam einen Stoß in den Rücken. *Auch so ein Ding,* dachte Brodor. Das Pferd, das ihm zugewiesen war (es stand ihm als Centurio auch zu), war alles andere als gehorsam. Es bewegte sich nach seinem eigenen Willen und nur in Ausnahmefällen ordnete es sich ihm unter. Der Eigensinn des Tieres, einer Schöpfung des HERRN, hatte zu spöttischen Bemerkungen seiner Unterführer geführt. Doch Brodor ficht das nicht an. Er hatte die Zauberpferde, wie er sie nannte, im Kampf gesehen, und wollte sich nicht vorstellen, als Fußkämpfer einem solchen Wesen gegenübertreten zu müssen.

Drei Tage in Eilmärschen hatten aus seinen Kämpfern schlappe Lappen gemacht. *Erdlinge eben, ha!* Seine Brüder, alles Eigeschlüpfte, sahen da anders aus! Sie waren durchaus in der Lage, noch eine Nacht durchzumarschieren! Und die Reiterei ebenfalls.

"Rast", befahl er kurz und sah, wie die Soldaten aufatmeten.

Drei Tage und zwei Nächte hatten genügt, um hinter seinem Heer einen eine Meile breiten und hundert Meilen langen Streifen des Todes und der Vernichtung zu hinterlassen. Seinem Heer folgte ein Wagen, streng verschlossen und gezogen von vier Gäulen wie Brodors. Sie schnaubten und wieherten und trampelten alles nieder, was unter ihre Hufe kam. Einen Kutscher gab es nicht.

Dieser Wagen machte ihm Angst, nicht nur ihm allein. Ob es der HERR war oder ein Geist war egal, Brodor hinterfragte nicht des HERRN Beschlüsse. Einmal, des Nachts, sah Brodor einen Schemen aus dem Wagen schweben, aus dessen Händen Blitze fuhren und das Land hinter seinem Heer verbrannte und verheerte. Ein andermal rollte der Wagen am Ende seines Heerzuges und der Schemen darauf verbrannte die Erde mit Feuer und Blitzen. Brodor fragte nicht, wer oder was das war. Lieber nicht! Alles verläuft so, wie der HERR es beschlossen hat - und gut! Er schüttelte sich.

Brodor ging zu seinem Zelt. Die *Gruuls* hatten es in der Zwischenzeit aufgerichtet und eingeräumt. In Gedanken verneigte sich Brodor – sicherheitshalber – tief und ehrfürchtig vor dem Herrn. Gut, dass es die *Gruuls* gab! Seine Satteltaschen waren wohlgefüllt mit Beute und auch die Kiste, die unter seinem Feldbett stand. Er legte sich darauf und streckte die Beine aus. Für heute war Ruhe befohlen und auch für morgen wird er seinen Soldaten eine Pause gönnen. Es war nicht mehr weit bis Fuko. Brodor wollte mit einer ausgeruhten Truppe vor den Mauern auftauchen, die in der Lage war, notfalls dem Feind in einer offenen Feldschlacht zu widerstehen.

Er wartete auf die Späher, die er nach Fuko vorausgeschickt hatte. Sie sollten erkunden, wie der Feind sich befestigt hatte, und auf wie viel Dragune sie stoßen werden. Vom HERRN wusste er, dass Fuko stark befestigt war, und es etwa zweieinhalb bis dreitausend Einwohner hatte. Die Garnison selbst verfügte über vierhundert Krieger nebst einigen *ruui-oiyii* und einhundert Seeleuten, die der Marineinfanterie zugehörten. Der Fürst von Fuko galt als fähiger Befehlshaber. Aber Brodor wollte mehr über den aktuellen Zustand der Befestigungen und der Verteidiger wissen. Strategie und Taktik, so seine Ansicht, waren wichtige Bestandteile der Truppenführung – und stutzte. Woher er das nun wieder wusste?

Brodors derzeitige Verluste bestanden überwiegend aus Unfällen. Der Feind war nicht auf sie vorbereitet gewesen und sie hatten bis hierher leichtes Spiel gehabt - bisher. Unterwegs trafen sie auf schwachen Widerstand und auch nur auf ein paar unwichtige Dörfer. Nirgendwo hatte er Befestigungen gesehen. Doch Fuko war eben eine befestigte Stadt mit Bewohnern, die auch als Soldaten dienten oder aktiv in der Verteidigung eingesetzt wurden. Das hatte er bei Hita erfahren, wenn auch nur kurz. Am schlimmsten, sagte man, waren die Drachen, die im Tiefflug angeflogen kamen, mit ihren Klauen nach den Kriegern griffen und in der Luft zerrissen. Von diesen am gefährlichsten waren die Feuerspeier, deren brennender Speichel nicht vom Körper zu entfernen war und schreckliche Verbrennungen hervorrief. Er hatte zwar keinen einzigen Drachen gesehen, aber in Heer sprach man davon. Es war besser, wenn seine Leute vorbereitet sind.

Die Zelttür wurde geöffnet. "Heerführer?"

Brodor schrak auf. Er war wohl eingenickt. "Ja?"

"Die Späher, Herr", rief die Wache ins Zelt.

"Rein mit ihnen!"

,Die' Späher war maßlos übertrieben! Es war nur einer der das Zelt betrat. Einer von sechsen!

"Wo sind die anderen?"

Der Späher kniete auf dem Boden und drückte den Kopf auf die Erde. "Sie sind tot."

Was soll man machen? Krieger waren entbehrlich. Brodor war froh, dass überhaupt einer zurückgekehrt war. Er schloss daraus, dass die Fukoer sie erwarteten. "Berichte!"

"Die Stadt ist schwer befestigt. Der Feind hat vor der Steinmauer einen Wall aus losen Steinen errichtet, die wohl das Überqueren verlangsamen sollen. Dahinter gibt es einen Wassergraben. Darauf folgt freies Feld, das durch Bogenschützen von den Mauern lückenlos bestrichen werden kann. Vielleicht hat er auch Fallen angelegt."

"Vielleicht?"

Der Späher hob die Schultern. "Wenn wir die offene Fläche überwunden haben, stehen wir vor einer acht Klafter[8] hohen beinahe senkrechten Mauer aus glattem Felsgestein. Im Hafen liegen drei Kriegsgaleeren sowie viele kleine Schiffe und Boote." *Das wird schwer,* dachte Brodor. "Überall sieht man Bewaffnete", sprach der Späher weiter, "Es sind wohl alle Bewohner zur Verteidigung befohlen worden."

"Weißt du, was mit den anderen Spähern ist?"

"Sie wurden gefangen. Ihre Kadaver hängen von der Mauer."

Nicht mehr lange. Es waren Erdgeborene, die bald zu Staub zerfallen werden. Gleichgültig sagte er: "Wir werden sie rächen." Der Späher nickte müde. *Wenn ich eine Idee habe, wie wir die Stadt schnell und effizient einnehmen.* "Danke, du kannst dich zurückziehen."

Fuko war schneller gefallen, als Brodor es erwartet hatte. Sein Plan war aufgegangen. Die Dragune besaßen einfach keine Kampferfahrung und traten sich gegenseitig auf die Füße! Sicher, sie übten und übten, wie jeder Krieger. Aber im Frieden! Die Raffinessen des Krieges aber

---

[8] Ca. 15,00 Meter hoch

kannten sie nicht. Auf den wirklichen Krieg waren sie nicht vorbereitet. Und schon gar nicht auf seine Krulls!

Brodor ließ noch vor Sonnenaufgang zweihundert Mann das Haupttor im Osten stürmen. Die Vorposten waren schnell niedergemacht, der steinerne Wall ebenso schnell überwunden – er erwies sich niedriger als gedacht - und der Wassergraben war flach und nur teilweise gefüllt. *Da kann man mal sehen! Angst kennt große Augen*, dachte Brodor als er davon hörte. Er dachte darüber nach, den Späher auspeitschen zu lassen. Doch dann verwarf er den Plan. Er brauchte ihn vielleicht noch.

Gedeckt hinter ihren eisernen Schilden kamen die Truppen nahezu verlustlos über das freie Feld und bekämpften zum Schein das Haupttor. Sie schlugen den Rammbock gegen das mächtige Tor. Doch mehr als laut anzuklopfen, war nicht zu erreichen. Das Tor gab nicht im Mindesten nach. Brodor ließ unterdessen die Stadt mit Steinen und brennenden Bomben beschießen. Die Leute auf der Mauer amüsierten sich köstlich, warfen Steine auf die Angreifer, gossen kochendes Wasser und Öl durch die Speiluken und Pechnasen und verhöhnten die, die scheinbar sinnlos gegen das Tor anrannten. Immer mehr sammelten sich auf der Mauer am Haupttor. Manche nur aus

Neugierde, denn sie wollten persönlich den Feind sehen, andere um zu helfen. Doch sie standen den Kämpfern im Weg und bewirkten eine große Verwirrung. Darauf hatte Brodor gewettet. Sein Plan ging auf, denn in der Dunkelheit war die Hauptmacht seines Centurum zum Ufer geschlichen und hatte versteckt hinter Baumgruppen und Felsen gewartet. Wie er erwartete, war der Bereich um den Hafen schlecht bewacht, denn die Sinis rechneten mit einem Frontalangriff auf die Mauern. Die Vorhut, die sich schon im Finstern an die Mauern herangeschlichen hatte, stürmte über die niedrige Mauer des offenen Hafens, öffnete das Südtor und das ganze Heer samt Reiterei strömte in die Stadt. Leider konnten die Schiffe, die im Hafen gelegen hatten, fliehen. Brodor ärgerte sich und ließ die Truppführer der Zehnerschaften, die die Schiffe besetzen oder versenken sollten, auspeitschen. Jedoch nicht so heftig, dass sie anschließend nicht weiterkämpfen konnten.

Die Vernichtung war vollkommen! Fuko bestand aus leichten Holzhäusern, und bevor Brodors Leute richtig plündern und schänden konnten, stand alles in hellen Flammen. Übrig geblieben war die innere Burg[9], deren starke Mauern und der dreistöckige Basaltsockel des Burgturmes verhinderten, dass die Flammen auf den hölzernen Aufbau übergriffen. Wer rechtzeitig flüchten konnte, fand hinter ihren hohen Mauern - vorläufigen - Schutz. Die Kampfdrachen, die Brodors Heer kurz das Leben schwer gemacht hatten, waren plötzlich verschwunden. Wohin? Keiner hatte eine Ahnung. Und er hatte extra gegen die Drachen spezielle Bögen und Pfeile herstellen lassen.

Der Centurio stand auf den Resten des einzigen Steinhauses von Fuko. Es war das Haus des Präfekten mit einem hohen Turm an der Seite. Von hier oben sah er die Burg, die trotzig aus dem Aschehaufen Fuko herausragte. Er sah die stark besetzten Mauern, Wurfgeräte und die Rauchwolken von Feuern, die das Pech, das über

---

[9] Die Burgen in Sini bestanden meist aus vier Teilen: die äußere Burg, ein durch eine quadratische Mauer gebildetes Areal mit den Kasernen, Werkstätten, Ställen und Lagern sowie einem Gartenareal. Die innere Burg war ebenfalls von einer quadratischen Mauer umgeben. In ihrem Inneren stand der Burgturm, ein auf einen Steinsockel sitzendes Gebäude aus Holz/Fachwerk mit dem Wohnungen der Fürsten bzw. Daimios mit ihren Familien. Im inneren Areal war der stille oder verbotene Garten, weiter Gartenanlagen, die Wohnhäuser der Beamte, der Dienerschaft, weitere Werkstätten und Lager. Alle Bauten in Grundriss, Anordnung, Stand und Höhe unterwarfen sich den Bestimmungen der hohen Harmonie, Chen-Fudi genannt.

die Angreifer gegossen werden sollte, flüssig hielten.

Damals, beim Angriff auf die Burg Hita war es anders gewesen. Der HERR brachte sie unerwartet des Nachts mitten in die Stadt und die Burg. Fünfzig Centurum, fünfzigtausend Kämpfer, zu Fuß und beritten, stürzten sich auf die ahnungslos schlafenden Bewohner. Es war ein Kinderspiel, und niemand hatte eine Chance. Seltsamerweise begannen Brodors Erinnerungen auch erst mit dem Angriff auf Hita. Er befand sich damals mehr am Rande des Geschehens und scheuchte ein paar Bauern auf. Sosehr er sich auch anstrengte, er hatte keine Ahnung über die Zeit davor. Keine!

Aber Brodor war Krull. Was interessierten ihn Erinnerungen? Nur das Jetzt und Heute und die Beute waren wichtig. Und die Burg versprach viel Beute. Jedoch mit seinen verbliebenen achthundert Mann, davon zweihundert Berittenen wird es nicht einfach werden, die Burg zu erobern. Er seufzte.

Dann zuckte er mit den Schultern. Zuerst hatte er sich um die Gefangenen zu kümmern. Das Weitere war für morgen geplant. Brodor stieg die Treppe hinunter und trat aus dem angesengten Tor. Auf dem Marktplatz warteten die Gefangenen. Es waren nicht mehr viele. Die meisten Einwohner waren getötet worden. Man hatte die Leichen und Schwerverwundeten einfach in die brennenden Häuser geworfen. Die ‚toten' Krulls zerfielen sowieso nach kurzer Zeit zu Staub.

Man hatte die Gefangenen nach Krullart mit Stricken um den Hals und mit den Händen auf dem Rücken zusammengebunden. Getrennt nach männlichen und weiblichen Schlangenwesen, erwarteten sie mit gesenkten Köpfen ihr Schicksal.

Zum ersten Mal konnte sich der Centurio seine Opfer in aller Ruhe ansehen. Er legte die Hände auf den Rücken und begann links, wo die Weibchen mit ihren Jungen standen. Alle Dragunas waren schlank, schmalschulterig und zwei Köpfe kleiner als er. Wie er gehört hatte – vielleicht war es auch nur ein Gerücht – stammten sie von Schlangen ab. Jedenfalls sahen sie aus wie Schlangen auf zwei Beinen. Nur ihr vielzahniges spitzes Gebiss und die violette Zunge unterschied sie von ihren zischelnden Artgenossen. Vielleicht waren sie auch Bastarde der Drachen? Die Jungen standen dazwischen, an ihre Mütter gefesselt und jammerten leise. Was einmal Kleidung gewesen war, waren nur noch zerrissene Lumpen, manche waren gänzlich nackt. Doch das war gleichgültig. Ob Lumpen oder nicht, sie brauchten sie sowieso nicht mehr. Ihr Schicksal war besiegelt: Aus ihnen wurden Krulls. Der HERR legte keinen Wert auf schwache Dragune, das hatte er deutlich zu verstehen gegeben. Er brauchte kräftige Sklaven!

"Führt sie weg", befahl Brodor und wandte sich den Männchen zu. Er verschloss seine Ohren vor dem Lärm, der jetzt aufklang, als die Weibchen und ihre Zucht abgeführt wurden. Aus der Gürteltasche klaubte er die flache Schachtel, die ihm der HERR gegeben hatte. Seit sie abmarschiert waren, war sie gut verstaut darin gewesen. Er drehte sie nachdenklich in den Händen. Ah, da war ein Vorsprung. Er drückte mit dem Daumen darauf. Es knackte. "Herr?", fragte er vorsichtig. Brodor hörte leises Rauschen. Eben wollte er sie wieder zurückstecken, als des HERRN Stimme erklang. Blechern, wie aus einem Topf, schallte es: "Brodor?!"

Brodor zuckte zusammen. Der HERR!

"Nun, was gibt es? Habt ihr Fuko eingenommen?"

Der Centurio hielt die Schachtel dicht vor dem Mund. "Ja, HERR (Er verneigte sich dabei). Nur die Burg noch nicht." Krulls konnten nicht lügen. Ein anderer hätte vielleicht geflunkert, behauptet, er stände kurz davor, die Burg zu erobern, Brodor nicht!

"So?" Brodor lief ein Schauer über den

Rücken. War der HERR unzufrieden? "Und, weiter?"

"Die Gefangenen, was soll ich mit ihnen machen?"

"Wie viele sind es?"

"An die zweihundert Weibchen und dreihundert Männchen."

"Sperr die Gesunden ein. In ein paar Tagen bin ich bei euch und hole sie ab."

"Bis dahin ist auch die Burg unser, HERR."

"Gut. Mach weiter so." Es knackte.

"Ja HERR." Brodor atmete auf. Der HERR war zufrieden! Welch eine Freude! Ein angenehmer Schauer lief ihm über den Rücken. Unwillkürlich verbeugte er sich. Als er bemerkte, dass ihn die anderen Krulls beobachteten, richtete er sich auf, straffte sich. "Herkommen", befahl er einem, der nahe bei ihm stand. "Schnapp dir ein paar Leute und bring die Gefangenen weg. Baut ein Lager, getrennt nach Weibern und Männern. Die Kinder könnt ihr fressen. Und wehe es gelingt jemandem, aus dem Lager auszubrechen! Du bürgst mit deinem Leben. Los!" Er hatte sich um die Eroberung der Burg zu kümmern.

Zwei Tage später fiel die Burg Fuko. Die Verteidiger mussten einzeln niedergemetzelt werden, denn niemand ergab sich den Eroberern.

Die letzten zwei stürzten sich in ihre Schwerter. Der kostbaren Rüstung nach zu urteilen waren es hohe Offiziere gewesen, oder der Fürst selbst. Brodor betrachtete lange die Leichen der Krieger und deren Schwerter. Er drehte seines in der Hand, zuckte mit den Schultern. Was soll er mit solchen eleganten Dingern, wenn seines auch den Zweck erfüllte? Er schwang es um das Handgelenk, dass es zischte und klang. Dann marschierte er mit einer kleinen Leibgarde auf das zerstörte Tor des Burgturmes zu. Überall lagen die verstümmelten Leichen der Dragune und die Reste der eigenen Leute. Durch die schmale Gasse, die schon geräumt war, watete er über dunkelblaue und schwarze Blutlachen und betrat die Burg. Das steinerne Erdgeschoss ging über drei Stockwerke. Die Treppe war glitschig von Blut. Im nächsten Stockwerk waren seine Krulls dabei, Leichen durch die Schießscharten nach draußen zu werfen oder nach Beute zu suchen.

Brodor betrat zum ersten Mal eine sinische Burg. Er sah sich aufmerksam um. Das Innere hatte gar nichts mit dem Aussehen einer Burg zu tun, wie er glaubte, sie zu kennen. Die, die er kannte, waren aus geschlagenem Felsgestein, grau, kalt, dunkel, mächtig und sicher. Und gleichzeitig fragte er sich erstaunt, wieso er in der Lage war, diese Burg mit einer anderen zu vergleichen. Seine Erinnerung setzte doch erst mit dem Überfall auf Hita ein? Seltsam, sehr seltsam! Er verschob die Klärung auf später. Jetzt hatte er keine Zeit dazu.

Die Wände waren glatt verputzt und weiß gekalkt. Wandmalereien, Landschaften vor allen Dingen, aber auch Dragune bei allerlei Beschäftigungen – waren darauf abgebildet. Soweit er erkennen konnte, wohnten die Dragune auch in der Burg. Er sah Truhen, Wandschränke, Sitz- und Schlafgelegenheiten. Waffen lagen auf dem Boden. Er bückte sich, um ein besonders schönes Schwert aufzuheben. Plötzlich ergriff etwas seine Hand. Brodor erschrak, sprang zurück. Es war ein Dragun, schwer verletzt. In einem ersten Impuls wollte Brodor ihn töten. Doch dann rief er zwei Krulls heran. "Nehmt den da und bringt ihn zu meinem Zelt." Als ihn die Krulls fragend ansahen, sagte er: "Ich will ihn befragen. Macht schon!" *Dummes Erdgeborenenvolk, Dreckschlüpfer*, dachte er. Ja, er wird ihn befragen! Er wollte wissen, mit wem er es zu tun hatte. Wollte den Feind kennenlernen, seine Stärken und Schwächen. Was er jetzt wusste, war: Es waren tapfere Gegner, die nicht so schnell aufgaben, wenn sie nicht überrascht wurden. Und die Zeit der Überraschungen war vorbei.

Er nahm das Schwert auf. Es war leicht gebogen, schmal und scharf. Der Griff war mit kostbarem Leder überzogen. Brodor sah sich suchend um. Ah, die Scheide steckte noch im Gürtel des Gefangenen. "Moment." Er nahm die Scheide, steckte das Schwert hinein. Sein eigenes gab er einem der herumstehenden Krulls. "Da. Kannst Du behalten." Er hatte es sich anders überlegt. Das neue Schwert war leichter, und wie er gesehen hatte, sehr viel schärfer! Dann wandte er sich ab, stieg weiter nach oben.

Vom vierten Stockwerk an bestand die Burg aus Holz. Durch große Fenster blickte er auf Fuko. Vom obersten Stockwerk, dem Siebten, hatte er einen Überblick über die gesamte Stadt, den Hafen und weit ins Land. Die Stadt brannte noch an einigen Stellen. Seine Krulls waren inzwischen dabei, die Straßen ganz freizumachen und die Befestigungen zu reparieren. Die Sklaven, die den Dragunen gedient und den Überfall überlebt hatten, dienten jetzt ihnen. Er hörte das Gebrüll der Krulls und das Geschrei der *sarus,* wenn sie ausgepeitscht wurden, weil sie zu langsam waren. Letztlich erwartete sie das gleiche Schicksal wie die gefangenen Dragune. Sie werden ausgewählt, als Sklaven weiter zu dienen und zu sterben oder als Krulls in irgendeiner Schlacht getötet zu werden. Die Frage ist, wer länger überlebt.

Er zog die Karte, die ihm der HERR gegeben hatte, aus der Tasche und rollte sie auf. Fuko lag an der Mündung des *Hirotago*, in einer Schleife des Flusses, die mehr als die Hälfte der Stadtbefestigung umringte. Brodor sah von der Karte auf. Es war gerade Niedrigwasser, deshalb war der Fluss oder Graben, um die Burg so leicht zu durchqueren gewesen. Rundherum sah er die Ebene von Fuko mit den gepflegten Feldern und Weiden. Rauchwolken markierten die zerstörten Dörfer. Er zog die Karte zu Rate und verglich sie mit der Landschaft vor ihm. Im Osten sah er einen dunklen Wald. Dahinter lag *Sago* in *Shoushima*. Nach Westen, über die Meerenge von *Somo*, schimmerte blau im Dunst die Vulkaninsel. Im Norden erhob sich das Hikokugebirge mit seinen schnee- und eisbedeckten Gipfeln. Davor, doch weit entfernt in Shoushima, kreisten Drachen. Sehr wahrscheinlich beobachteten sie Fuko. *Geduld,* dachte Brodor, *euch kriegen wir auch noch.* Und war sich gar nicht mehr so sicher.

KEN'ICHI

Es war kalt. Die Späher froren und bliesen sich verstohlen in die Krallen. In wenigen Minuten ging die Sonne auf, doch bis dahin war es stockdunkel. Alle Monde waren vor einer Stunde untergegangen. Ken'ichi hoffte, dass die wenigen Wolken, die noch über den sternenübersäten Himmel zogen, bald abgezogen sein werden.

Wie ein Blitz leuchtete es auf, als die Sonne über dem Horizont stieg. "Macht euch bereit." Ken hatte sich nicht umgedreht. Er wusste, dass ihm seine Leute, ohne mit der Wimper zu zucken, folgten. "Jetzt!"

Gebückt überquerten sie ein schmales Feld, schlichen um eine Baumgruppe am Feldrain, um dann die Straße, die ins Dorf führte, blitzschnell zu überqueren. Auf der anderen Seite ließen sie sich in den Graben fallen und lauschten. Nichts war zu hören. Die Dorfbewohner schliefen und die Grenzgarnison war zu weit entfernt. In der Ferne schrie ein *inou*. "Weiter", flüsterte Ken'ichi. Gebückt lief er durch den Graben, bog nach fünfzehn Schritten links ab. Ein Hohlweg verbarg ihn vor unerwünschten Blicken, bis er den nahen Waldrand erreichte. Ken wartete auf seine Leute.

Um nicht erkannt zu werden, trugen alle Kleidung, wie sie in Yukokoshima üblich war. Man liebte hier farbige Kimis mit einfachen Mustern und breite Gürtel dazu. Ihr Ziel war der Ort Koyu mit der gleichnamigen Burg, in dem eine große Grenzgarnison lag. Ken hatte sich für diesen Ort entschieden, weil die Spione seines Vaters der Meinung waren, dass Fürst Moyo, der Befehlshaber der Garnison, seine Soldaten schlecht führte. Und wie es schien, hatten sie recht. Nirgends waren Posten zu sehen. Mehr werden sie erfahren, wenn sie die Grenzfestung erreichen, um dort den täglichen Dienst zu beobachten.

Sie schlichen am Waldrand weiter. Rechts waren Felder und Weiden, links der dunkle Wald, der sie vor fremden Blicken deckte. Nach einer halben Meile hörte der Wald auf und machte einem weiten, freien Feld Platz. In zweihundert Schritten Entfernung lag die Grenzfestung. Geduckt blieben sie am Waldrand stehen. "Was seht ihr?", fragte Ken'ichi.

"Die Türme scheinen unbesetzt", flüsterte Toogo, und Saboke ergänzte: "Die Mauern auch."

"Was ich gesagt habe." Ken warf sich stolz in die Brust. "Die schlafen tief und fest, während irgendjemand Hita überfallen hat! Unglaublich!"

"Und wenn alles doch nur ein Gerücht war? Hier ist es still wie im tiefsten Frieden."

"Wir werden sehen." Ken'ichi dachte nach. "Wir beobachten die Garnison zwei Tage lang. Sollte sich mein Eindruck bestätigen, ziehen wir weiter nach Hita. Es ist nicht mehr weit."

"Es sind knapp einhundertdreißig Meilen, Herr!"

"Wir besorgen uns Pferde. Irgendwoher", Ken grinste, "Aber unauffällig!"

Als Handelsreisender in Stoffen, der mit seinen Dienern unterwegs war, nahmen Ken und seine Männer Quartier in einer Herberge in der Nähe der Garnison. Am Morgen hatten sie in einem Dorf Pferde gekauft, nicht teure, aber leistungsfähige. Der Bauer hatte nicht gefragt, sie nur nachdenklich angesehen.

Ihre Zimmer lagen im ersten Stock des Hauses und gestatteten einen ungestörten Blick in das Innere der Grenzgarnison. Tagsüber waren Ken oder einer seiner Männer im Ort oder der Umgebung unterwegs und taten so, als wollten sie Tuche und Stoffe verkaufen, während einer von ihnen durch die Vorhänge den Garnisonsbetrieb beobachtete.

Und Ken hatte recht. Die Soldaten und

Offiziere nahmen ihren Dienst nicht so genau. Ab und zu zogen Patrouillen aus, um an der Grenze nach unerlaubten Übergängen zu sehen und kamen relativ schnell wieder zurück. Im Grunde suchten sie nach Händlern oder Handwerkern, die gerne die Zölle und Wegeabgaben sparen wollten. Vom frühen Abend an bis in die späten Morgenstunden herrschte aber angenehme Ruhe. Tagsüber unterbrachen gelegentlich Exerzier- und Waffenübungen die Stille, dies ohne viel Lärm zu verursachen.

Am Abend des zweiten Tages saßen Ken und seine Männer in der Gaststube bei einem Becher einheimischen Bieres. Ken'ichi grinste seine Leute zufrieden an. "Was ich euch gesagt habe", flüsterte er und zeigte dabei auf ein Stück Stoff. Es sollte erscheinen, als sprächen sie über ihr Geschäft und wünschten keine fremden Ohren. "Der Fürst nimmt seine Aufgabe nicht sehr ernst. Und wie sagt man? Wie der Herr, so das Geschirr. Wir können eine große Truppe bis dicht an die Grenze führen." Ken unterbrach sich, weil das Essen serviert wurde. Sie schwiegen, solange der Wirt in ihrer Nähe war. "Ehe der Feind es bemerkt und sich formieren kann, sind wir etliche Meilen in Yukokoshima eingedrungen." Seine Kameraden nickten. "Morgen reiten wir nach Hita weiter. Jedenfalls so nah wie möglich heran. Ich muss mit eigenen Augen sehen, was dort vor sich geht." Sie aßen auf und jeder ging früh auf sein Zimmer, weil sie gleich nach Sonnenaufgang aufbrechen wollten.

Mitten in der Nacht schreckte Ken'ichi hoch. Vor der Herberge herrschte Aufregung. Laute Stimmen, Geschrei, Befehle und das typische Klappern und Rasseln von Waffen und Rüstungen waren zu hören. Ken sprang zum Fenster und sah durch den Spalt zwischen den Vorhängen nach draußen. Auf der Straße liefen Soldaten hin und her, und auf den Mauern und Türmen der Garnison brannten Fackeln. Offiziere und Truppführer versuchten, den aufgeregten Soldatenhaufen zu ordnen. Ken'ichi amüsierte das Wirrwarr. Gleichzeitig war er beunruhigt, denn er kannte den Grund der Aufregung nicht. Schnell warf er sich den Kimi über, versteckte einen Dolch mit vergifteter Spitze darunter und lief nach unten. Der Wirt sah ihn die Treppe herablaufen. "Herr, bleibt hier. Draußen ist es zu gefährlich!"

"Was ist denn los?"

"Ich weiß es nicht. Mit einem Mal war Lärm in der Garnison. Die Alarmglocken wurden geschlagen."

Ken'ichi ging zu Wirtshaustür. Er lauschte kurz, dann öffnete er sie. Vor der Herberge liefen

Offiziere hin und her und trieben ihre Soldaten zusammen. Als wieder einer an Ken vorbeilief, hielt er ihn am Arm fest. "Was ist passiert, bei den Göttern?", fragte er den Dragun mit gespielter Angst.

"Hita ist in Gefahr! Der Fürst hat Mobilmachung befohlen. Wir haben Befehl, die Grenze zu schützen." Und rannte weiter. Das genügte Ken. Er drehte sich um und lief zu seinen Leuten, die ihn oben auf der Balustrade erwarteten.

"Planänderung." Er zog sie in sein Zimmer. "Du, Toogo, begibst Dich sofort zurück. Die Grenzen sollen geschlossen werden. Melde dies dem Fürsten. Was auch immer er befiehlt, bleibe bei ihm. Melde ihm weiterhin, dass ich mit Saboke nach Hita weiterziehe. Wir müssen herausbekommen, was wirklich los ist."

"Wann soll ich …"

"Sofort Toogo-oiyii. Mögen die Götter mit Dir sein." Er wandte sich an Saboke. "Und wir nutzen die Verwirrung, um sogleich nach Hita zu reiten. Mach Du die Pferde fertig, ich zahle unsere Unterkunft." Und weil ihn Saboke nachdenklich ansah, ergänzte er noch: "Wir wollen doch nicht auffallen. Dumm wäre es, wenn wir die Zeche prellten." Saboke verstand und lief in den Stall.

Vor der Tür der Herberge verabschiedeten sich

die Spione. Toogo war bald im Gewimmel der Soldaten verschwunden. Ken sah ihm noch eine Sekunde hinterher. Er hoffte, dass Toogo unangefochten den Weg zurückfinden wird, denn die Meldung über die Vorgänge in Yukokoshima musste den Fürsten so schnell wie möglich erreichen.

"Lass uns reiten, Saboke, unauffällig." Und ohne große Eile, doch aufmerksam beobachtend, ritten sie durch den Ort und waren bald auf der Straße nach Hita. Hier drückten sie den Pferden die Hacken in die Seite und nahmen Galopp auf.

Vor Skibetsu hielten sie an einer Herberge an. Die Pferde brauchten dringend eine Pause. Im Vorhof empfing sie ein saru und nahm die Tiere entgegen. "Und pass auf, saru, dass sie sich nicht überfuttern!" Der saru verbeugte sich. "Das wird nicht geschehen, Herr." Knurrend nahm Ken'ichi die Antwort entgegen und dachte, dass in seinem Land die sarus nicht so frech wären.

Der Gastraum war gut gefüllt. Bauern, Handwerker und drei Soldaten nahmen ihr Mittagsmahl ein. In einer Ecke saßen vier Schwestern des roten Gottes und steckten flüsternd die Köpfe zusammen. Sie fanden in der Nähe einen freien Tisch und nahmen auf den Kissen Platz. Unaufgefordert stellte eine junge Draguna Brot und Wasser auf den Tisch und bot ihnen ein Abendessen an. Es sollte heißes gekochtes Getreide geben mit kleingeschnittenem Fleisch in einer scharfen Sauce. Dazu einen Wein aus der Gegend. Sehr vollmundig und weich. Ken nickte zu dem Angebot an Essen und Getränken. Und bevor sie sich abwendete, fragte Ken sie: "Wir hörten, dass Hita überfallen wurde." Er sah Erschrecken in den Augen des Weibchens und setzte noch schnell hinzu: "Schlecht fürs Geschäft, wisst Ihr!"

"Ich habe nichts davon gehört, Herr. Vielleicht weiß der Wirt-oiyii mehr. Ich werde ihn zu Euch schicken." Sie verschwand geräuschlos.

"Hm", machte Saboke, "Seltsam. Wir sind sechs Stunden geritten und hier ist nichts los?"

"Bis Hita sind es zwei, drei Tage strammen Rittes. Vielleicht dauert es in Yukokoshima so lange, bis sich eine Nachricht verbreitet. Denkt nur an Koyu, Saboke. Was für ein Wirrwarr."

"Und die Soldaten am Nachbartisch scheinen auch noch nichts zu wissen."

"Ja, unser Nachrichtendienst ist ganz sicher schneller." Saboke lachte leise.

"Die Herren haben nach mir gerufen?"

"Ja, Wirt-oiyii. Wir sind auf dem Weg nach Norden, nach Hita." Der Wirt sah sie verständnislos an. "Nun, es ist so, wir handeln mit kostbaren Stoffen und Dingen, die den Weibchen wichtig sind. Und möchten nicht unbedingt in eine Auseinandersetzung geraten. Ihr versteht?"

Der Wirt sah sich kurz um, dann hockte er sich zu Ken und Saboke. Er beugte sich über den Tisch und sprach mit verschwörerischer Stimme: "Also, Ihr wisst es nicht von mir." Die beiden Gefährten nickten verstehend. "Ich hörte, dass in Somo Truppen zusammengezogen werden. Aus allen Ecken des Landes."

"Das ist nicht gut."

"Wenn Ihr Problemen aus dem Weg gehen wollt, und unbedingt nach Hita müsst, dann geht über die Grenze nach Minoru. Soviel ich hörte, herrscht dort Ruhe."

"Danke, Herr Wirt-oiyii. Wir werden darüber nachdenken." Der Wirt verschwand, um gleich darauf mit Essen und Getränken wieder aufzutauchen. Beim Anrichten flüsterte er: "Es geht nicht. Die Grenzen werden bewacht." Und verschwand.

Ken seufzte. Er rollte eine kleine Karte aus. Sie beugten ihre Köpfe über das Blatt. "Sieh her, Saboke. Es bleibt uns nichts anderes, als die Straße nach *Wakana* zu nehmen. Halten wir uns so weit wie möglich in Grenznähe. Wir schleichen in der Nacht an *Kusu-Gi* vorbei. Dahinter wächst ein dichter Wald, in dem wir verschwinden können. Wir reiten immer am Waldrand entlang.

Dann erreichen wir den Somo. Wir setzen über, um danach auf dem kürzesten Weg nach Hita zu reiten. Hoffen wir, dass wir Glück haben und nicht in Yukokoshimas Heer gepresst werden."

Ken und Saboke hatten tatsächlich Glück. Niemand beachtete sie, nicht einmal die plötzlich überall auftauchenden Streifen, die sie lediglich nach dem Woher und Wohin fragten und sie höflich und mit guten Ratschlägen versehen weiterreiten ließen. Der Umweg am Rand des Waldes von Jokimi hatte sie zwei volle Tage gekostet. Jetzt standen sie am südlichen Ufer des Somo, der hier flach war, aber mit hoher Geschwindigkeit vorbeiströmte.

"Das glaubt mir keiner! Seit Tagen reiten wir nach Norden. Und außer den Streifen und gelegentlich einem Heerhaufen auf dem Marsch nach Somo, ist alles ruhig!", rief Saboke, "Vielleicht ist doch alles nur ein Gerücht?"

"Das glaube ich nicht, Saboke. Sieh dort, über dem Fluss. Irgendetwas ist anders."

"Ich sehe nichts, als nur eine weite, dunkle Ebene. Gut geeignet für einen schnellen Ritt. Und wenn wir Glück haben, finden wir eine Herberge. Nach zwei Tagen im Wald brauche ich dringend ein weiches Bett und ein warmes duftendes Bad."

"Dann nehmen wir die Furt dort drüben. Und

fall nicht vom Pferd, sonst hast Du das Bad jetzt schon."

Die Sonne stand nahe bei halb auf Mittag, da hatten sie den Uferstreifen erklommen und standen vor einer einzigen, meilenweit schwarzen Wüstenei, die vom Nord bis Süd zu reichen schien. Staubteufel zogen flirrend über die Ebene. Es roch nach Brand. "Was, bei allen Dämonen der Unterwelt, ist hier passiert?"

SABU

Der Himmel hatte sich verdüstert. Selbst hier, im tiefen Wald, spürte sie die Kälte des Bösen, das vor ihnen lag. Die Luft schmeckte bitter, die Geräusche klangen dumpfer. Es war still, kein Vogel zwitscherte, kein Insekt flog vorbei. Die Gefährten liefen schweigend hintereinander her. Geführt von Sabu, mussten sie sich beeilen, denn Etwas drängte die Fürstin, schneller zu gehen. Es war ein Gefühl der Angst vor dem, was sie sehen wird, wenn sie den Wald verließen - und vor der unbestimmten Bedrohung. Gleichzeitig ging ihr das Gespräch mit Baldur nicht aus dem Kopf.

Dass es nicht mehr weit war, spürte sie mit jeder Faser ihres Körpers. Sabus Herz klopfte heftiger. Der Himmel wurde dunkler. Kein Wind ging, die Bäume rauschten nicht beruhigend, sondern standen schweigend still, als warteten sie auf etwas. Und in Sabus Kopf kreiste ein Satz, sich ständig wiederholend: *Warum ich? Warum ich?* Und noch eine Frage: *Wer sind meine Helfer? Wie und woran soll ich sie erkennen? Oder melden sie sich bei mir: Hier, da bin ich. Der große Held! Ah, nein, kein Held!* Sie wiederholte im Stillen die Worte des Orakels: *‚Nicht durch das Schwert, geführt von einem Mann, nicht durch ein Heer, geführt von einem Helden, nicht durch Magie, gewebt von einem Zauberer.'*

Der Wald endete, wie abgeschnitten und sie betraten eine weite Ebene. Wie vom Donner gerührt blieben die Gefährten stehen. Sie hätten es besser wissen sollen, aber sie hatten es nie so richtig geglaubt. Vor ihnen sollten Felder liegen, anmutige Wäldchen wachsen. Gärten, Dörfer, Weiden! Aber alles, was sie sahen, war eine schwarze Ebene, die sich in alle Richtungen auszudehnen schien! Sabu ging auf die Knie und berührte mit den Fingerspitzen den Boden. Doch es war kein Sand, auch kein Gras, nicht Moos oder

Flechte. Es war Asche! Asche, die sie in die Hand nahm und auf Augenhöhe hob. Sie öffnete die Hand. Schwarze Asche rieselte langsam heraus und schwebte in der windstillen, stinkenden Luft zu Boden. Und da rannen Tränen aus Sabus Augen. So hatte sie es sich nicht vorgestellt. "Tot", flüsterte sie, "tot." Und wo die Tränen zu Boden tropften, wölkte Aschestaub auf. Und in die Stille hinein flüsterte die Fürstin: "Es gibt nur eine Lösung: Der Feind muss sterben. Und ja, *ich* werde ihn vernichten!"

Die Gefährten sahen ihre Fürstin knien und fragten sich, ob sie verzagen und einfach umkehren wird und den Ort fliehen. Denn es war ein Unort, eine schwarzgraue Wüstenei ohne jegliches Leben. Doch Sabu, die letzte Überlebende der Familie Hita, Erbe des kano-i'iyo der Hita-igoki und Fürstin des Landes Yukokoshima, erhob sich. Lange sah sie jeden ihrer Begleiter an: "Gehen wir." Kraft strahlte sie aus und es erschien allen, als sei eine Aura um Sabu. Da strafften sich ihre Soldaten und der junge Zauberer und der Elb aus dem fernen Geadir. Und Sabu tat den ersten Schritt. Kälte war jetzt in ihr. Und ihr Herz schlug kräftig. Ihr Verstand arbeitete und die Frage, ‚Warum ich?", beantwortete das, was sie sah: Die Wüste, die einst ein Teil ihres Lebens, ihre Heimat gewesen war, musste sie zurückerobern. Das war es! Die Dragune ihres Landes erwarteten von ihr, dass sie handelte, denn sie war die Fürstin! Und noch etwas: *Auch wenn es heißt, wer Rache üben will, grabe zwei Gräber - Gut, wenn das die Konsequenz ist, ich werde den Zauberer vernichten, was danach auch immer geschehen möge!* Das dachte sie, und das sagte sie laut zu ihren Begleitern.

"Vorwärts!"

Seit Stunden stapfte die kleine Gruppe unverzagt durch die Wüstenei. Nach zwei und einer halben Wegstunde erhoben sich aus der grauschwarzen Ebene niedrige Hügel. Sabu versuchte, die Bilder, die sie in Erinnerung hatte, mit dem, was sie sah, in Übereinstimmung zu bringen. Und sie glaubte, wenn sie genau weiter nach Osten ginge, dass sie dann auf Hita treffen werde. Sie sah in den Himmel. Unterhalb der schmierigen Wolken, durch die sich die Sonne quälte, kreiste Tsuyoshi und glänzte golden vor den grauen Wolken. Sabu wusste, dass ihre Lieblingsdrachin verwirrt war. Sie kannte sich nicht mehr aus und folgte nur noch der Spur ihrer Herrin. Es wird nichts nutzen, sie auf Erkundung zu schicken.

"Fürstin?" Lubomir hatte angehalten. "Erlaubt,

dass ich den Weg erkunde?"

"Glaubt Ihr, dass Ihr mehr sehen werdet als meine Drachin?", fragte Sabu. Und eher klang in ihrer Stimme Trauer als Sarkasmus.

"Vielleicht. Ich kann eine Methode benutzen, mit der ich sozusagen, durch die Asche in den Boden sehen kann. Es bleibt immer etwas zurück: Fundamente, Marken, Wege. Beschreibt mir, wie Hita ausgesehen hatte."

Sabu dachte nach. Sie klammerte sich an jede Hoffnung. Was blieb ihr auch übrig. Hita war eine der wenigen Städte, die nicht natürlich gewachsen war, sondern die ihre Vorfahren nach einem großen Brand, der Hita fast vollständig vernichtete, neu konstruiert hatten. Die Straßen waren schnurgerade und rechtwinklig angelegt, die Häuser mit ihren Gärten bildeten regelmäßige Recht- oder Vierecke, je nach Stellung, Wohlstand und Gewerbe der Bewohner. Und so begann sie, dem jungen Zauberer ihre Heimatstadt zu beschreiben. Dabei fiel ihr ein, dass von der Burg aus, die den Mittelpunkt der Stadt darstellte, nach Süden und Norden und Osten und Westen je eine besonders breite Straße führte. Es waren die Prachtstraßen von Hita, gesäumt von prächtigen Villen, Tempeln, Gast- und Kaufhäusern, Blumenbeeten und hohen schattenspendenden Bäumen. In der Mitte waren Beete oder

Grünstreifen mit Rasen und niedrigem Gesträuch gepflanzt. Die südliche Straße teilte sich, weil sie den ‚Garten des Friedens und der himmlischen Ruhe' umging. Es waren Märkte für den Handel und kunstvolle Plätze zur Erholung und Körperertüchtigung angelegt. All dies erzählte sie Lubomir so bildhaft, dass vor ihren geistigen Augen die Stadt wiedererstand. Und sie sprach von den mächtigen Toren und den Gärten. Von den Bäumen, die an allen Straßenrändern wuchsen, den regelmäßigen Feldern, und den fetten Weiden. Und dann fiel ihr ein, dass außerhalb der Stadtmauern die Werkstätten der Schmiede und der anderen ‚schmutzigen' Gewerke lagen. Im Osten! Denn der Wind kam meist aus dem Westen und blies die üblen Gerüche der Gerber und Färber und den Rauch der Metallwerkstätten ins freie Land. Und da war noch etwas, fiel ihr ein: eine unterirdische Wasserleitung und Kanalisation. "Vielleicht hilft es, und sie sind nicht zerstört?"

Lubomir dankte der Herrin. Er bewegte die Hände leicht und erhob sich über dem Boden und stieg, bis er in hundert Schritten Höhe nach Osten schwebte.

Tsuyoshi schoss herab, als wenn sie fürchtete, dass Ihrer Herrin etwas geschehen war. Als sie sah, dass es der junge Zauberer war, der über die aschfarbene Ebene schwebte, fing sie sich geschickt ab und segelte neugierig neben ihm her. Lubomir wurde immer kleiner und kleiner und auch Tsuyoshi, die immer in seiner Nähe blieb und ihn umkreiste, als müsse sie ihn beschützen. Und als sie nur noch als winzige Punkte gegen den finsteren Himmel zu sehen waren, sagte Sabu: "Folgen wir ihnen."

Seit drei Tagen, nachdem sie Baldir verlassen hatten, waren sie auf den Beinen, hatten kaum Rast gemacht und wenig gegessen und getrunken. Doch fühlten sie sich frisch und kräftig. Das lag an der Schatulle, die Baldur Sabu gegeben hatte. Nur Lubomir und Naeg wussten davon, denn sie spürten die Magie der Artefakte. Und Sabu trug tapfer an der Last der Verantwortung.

Seit sie den Wald hinter sich gelassen hatten, marschierte sie vorweg. Immer stracks nach Osten. Hinter der Gruppe wölkte die Asche auf, schwebte in der stinkenden Luft und senkte sich langsam, wie widerwillig, zu Boden. Sie banden sich Tücher vor Mund und Nase, um nicht die giftigen Dämpfe, die der Asche immer noch entströmten, einatmen zu müssen. Nichts ließ darauf schließen, dass sie über Felder, Wiesen und Weiden gingen. Sie bemerkten nicht, dass sie Straßen, Wege und Bachläufe kreuzten, durch

Dörfer gingen und an Werkstätten vorbei, denn das waren sie nicht mehr, nur noch Asche, Asche und Asche. Eingeebnet und verbrannt, was früher Leben war oder ein Gebäude, Felder, Bäume, Sträucher, Blumen. Nivelliert zu einer öden Fläche, meilenweit und meilenbreit. Nur die Bodenwellen und Hügelchen hatte der FEIND nicht glattschmelzen können.

In der Ferne schwebte Lubomir und Tsuyoshi über einem Punkt und warteten. Und während sie liefen und liefen, und der Stelle näherkamen, wo der junge Magier und die Drachin sie erwarteten, dachte Sabu daran, dass sie sich Pferde oder Drachen beschaffen mussten, denn sie hatten noch viele Meilen bis Somo zurückzulegen. Es war zu spät, zu bedauern, dass sie vor einiger Zeit ihre Reittiere laufengelassen hatten.

Lubomir erwartete sie auf einem Hügel, der höher lag als die Umgebung. Er hatte die Asche beseitigt und es zeigte sich blanker, toter Boden; Sand und hier und da ein Stück Fels. Sabu blieb vor dem Magier stehen, seufzte tief. "Nun, was machen wir hier?"

"Das ist Burg Hita", sagte Lubomir trocken.

Sabu, Kamino, Yolo und Mosaru sahen sich um: eine schwarzgraue Fläche mit einigen Erhebungen. Und sie schien keinen Anfang und kein Ende zu haben. Wohin sie auch sahen, sahen sie dieses traurige Bild. "Erzählt mir keine Märchen", zischte Sabu wütend. "Hier sollten eine steinerne Mauer und Häuser aus Holz und Stein sein. Und eine stolze Burg. Mächtig und wehrhaft!"

"Wir stehen hier auf den Fundamenten der Burg, Herrin. Wenn Ihr genau hinschaut, erkennt Ihr die Umrisse der Mauern. Und dort die Anlagen der Gärten."

Wahrhaftig! Aus dem grauschwarzen Einerlei zeichneten sich weniger grauschwarze Merkmale ab. Sie sah eine gerade Linie, die sich von Nord nach Süd knapp eine Viertel Meile unterhalb des Hügels hinzog und dann nach Westen scharf abbog. In der Mitte ein niedriger Hügel. „Das wird das große Südtor gewesen sein." Und ihre Gefährten schärften ebenso ihre Augen und erkannten immer mehr.

"Der Teich der Glückseligkeit", sagte Yolo. Er wies auf eine sanfte Vertiefung hin. Und Kamino ergänzte: "Dann müsste dort der verbotene Garten gewesen sein. Als junger Rekrut musste ich oft Wache davor stehen."

Der *Verbotene Garten* entstand unter Herrschaft Hita Gusis vor mehr als sechshundert Jahren, als die Gartenbaukunst in höchster Blüte stand. Er war so schön angelegt, mit

Rasenflächen, Wegen, Bachläufen und Teichen, dass Gusi damals fand, dass er nur der Familie Hita zugänglich sein solle. Ausserdem lag er an der Stelle, an der sich auch der kano-i'iyo in einem besonderen Areal befand. Den Namen behielt der Garten auch weiterhin, nachdem Sabus Großvater entschied, ihn der Stadt zu schenken und für die Öffentlichkeit freizugeben. Nur das Areal mit dem *Kano* blieb verbotenes Terrain.

"Folgt mir", befahl Sabu. "Wenn Du recht hast, finden wir dort den kano-i'iyo meiner Familie. Holen wir ihn uns!"

Mosaru richtete sich auf. "Aber Herrin, es ist uns verboten, den Garten zu betreten!"

"Unsinn! Seht Ihr einen Garten? Ich sehe nur Asche. Aber ich spüre", Sabu schlug sich auf die Brust, "ich spüre den Kano. Die Ahnen warten! Ich brauche eure Hilfe."

Schnell lief Sabu den Hügel hinab, Staub wölkte wieder auf, doch der kümmerte sie nicht. Sabus Herz schlug so heftig, dass sie glaubte, es würde ihre Brust sprengen. Der Kano! Mit allen Sinnen hoffte sie, dass er noch da war, dass er der Aufmerksamkeit des FEINDES entgangen war.

Sie blieb stehen, orientierte sich und schätzte die Entfernung zwischen dem Hügel, der einmal eine stolze Burg gewesen war und ihrem Standort ab.

Der verbotene Garten war ein von einer Hecke umgebenes Rechteck gewesen, in dessen Zentrum ein Teich geglänzt hatte. Der Kano stand am westlichen Ende des Gartens mit Blick zur Burg. Das Familienheiligtum war eingeschlossen gewesen von einer dichten Hecke aus heiligen Yomeni-Sträuchern. Sabu bückte sich, schob mit den Händen die Asche und den darunter liegenden Sand beiseite. Es brauchte eine Weile, dann ragte aus dem toten Untergrund ein Stein hervor, auf dessen leicht verwitterter Oberfläche bruchstückhaft die uralten Schriftzeichen eingeschlagen waren: ‚Hita von Yukokoshima‘. Sabu sank auf die Knie und legte erleichtert die Hände zusammen. Dankbar betete sie zu den Göttern und den guten *kami* der Familie, vor allem dankte sie *nyoki-daiki*!

Sie erinnerte sich genau an den Tag, an dem sich ihre Familie vor dem kano-i'iyo versammelte, um Sabu den geehrten Vorfahren vorzustellen. Und obwohl sie noch sehr klein und jung gewesen war, sah sie wieder vor ihren Augen den Garten, umstanden von Büschen, das klare Wasser des Teiches mit den bunten Fischen und die Morgensonne des dritten Monats, die genau über der niedrigen Stele mit den Runen des Namens der Familie stand. Die richtige Zeit, um Sabu den Ahnen vorzustellen. Besonders faszinierte sie die kleine Statue des schwebenden Bogo (sie glaubte damals fest daran, dass der Bogo schweben würde, obwohl es nur eine geschickte optische Täuschung war.), die direkt hinter der Stele stand. Sie war schon sehr alt, verwittert und mit Moos bewachsen. Lange noch stellte sie sich die hohen Geister der Vorfahren so vor, wie den Bogo. Gutmütig lächelnd, vollständig in sich ruhend und mit untergeschlagenen Beinen. Vater nahm sie bei den Schultern und schob sie einen Schritt vor. "Das ist Hita Sabu, vierte Tochter", hatte er gesagt, und sie damit den Altvorderen vorgestellt. "Nehmt sie in Schutz, helft ihr und lehrt sie, eine Herrscherin zu werden." Und Sabu, eben vier Jahre alt geworden, verneigte sich ernsthaft und tief vor dem Kano der Ahnen und ganz besonders vor dem Bogo. Dann legte sie die Hände zusammen und sprach die Formel, die sie gelernt hatte: "Gesegnet seid ihr in Ewigkeit. Ich bitte um euren Schutz und Rat und eure Führung in allem, was ich tue und was ich tun werde." Sabu schüttelte den Kopf, um wieder in die Gegenwart zurückzufinden. "… und lehrt sie, eine Herrscherin zu werden." Der Wunsch, den ihr Vater, sicher unter anderen Vorzeichen, geäußert hatte, bekam nun einen Sinn. Als wenn die *kami* ihm die Worte in den Mund gelegt hatten. Auch jetzt verspürte sie die Magie, die von diesem Ort, der heute ganz anders aussah als damals, ausging.

"Seht doch, Fürstin!", rief Kamino und zeigte auf die grauen Wolken über ihnen. Sabu musste blinzeln, denn Freudentränen und Tränen der Trauer schwammen in ihren Augen. Direkt über ihnen rissen die Wolken auf und etwas Sonne schien durch den Riss in der ansonsten grauen Masse. "Danke, danke nyoki-daiki!", rief Sabu, "Danke Baldur."

Sofort begann sie, den kano-i'iyo mit dem Kurzschwert auszugraben. "Helft mir", rief sie atemlos. Und Yolo und Mosaru zogen ihre Kurzschwerter und halfen Sabu.

Mehr als eine Stunde benötigten sie, bis der Stein, der zwei Ellen tief in den Boden reichte, freigelegt war. Als Sabu hilfesuchend zu dem jungen Magier aufsah, schüttelte der den Kopf. "Keine Magie, Fürstin. Sie würde Eure Vorfahren stören und irritieren. Wer weiß, was der FEIND mit ihnen angerichtet hatte." Und erschrak. "Verzeiht, Herrin, ich wollte Euch keine Angst machen." Er holte aus seinem Beutel ein Seil, das sie um den Stein schlangen, um ihn damit herauszuziehen. "Vorsicht! Achtet darauf, nicht zu viel Erde in die Grube fallen zu lassen."

Erschöpft ließen sie sich neben dem Stein auf

den Boden sinken. "Uff! Wer hätte gedacht, dass ein kano so schwer sein kann!", Mosaru wischte sich den Schweiß von der Stirn, doch Sabu winkte ab. "Wir sind noch nicht fertig. Haltet mich fest." Sie trat an den Rand der Grube, legte sich auf den Bauch. Unten, mit etwas Sand bedeckt, fand sich ein Artefakt. Gold leuchtete es zwischen den Sandkörnern und eine seltsame Stimmung machte sich bei den Gefährten breit. Dort unten in der Grube befand sich die Seele der Familie Hita, die kami aller Vorfahren aus Sabus Familie, aufbewahrt in einem Behälter aus purem Gold. Nun auch Behälter der Geister ihrer Mutter, ihrer Stiefmutter, ihres Vaters, ihrer Geschwister und all derer, die sie geliebt hatte und Teil des Hauses Hita gewesen waren. Sabu weinte und ließ den Tränen freien Lauf. Sie tropften auf das Artefakt. Es gab ein Geräusch, als fielen Wassertropfen auf ein Kupferblech. Sabu langte nach unten, schob sich immer weiter vor, gehalten von Kamino, bis sie mit den Händen an das Artefakt heranreichte. Sie zog es aus dem Boden, drückte es fest an ihre Brust. Sie verspürte Wärme, Geborgenheit und Sicherheit. Ihre Vorfahren mussten sehr zufrieden mit ihr sein. Ein Glücksgefühl durchströmte sie. "Zieht mich heraus."

Oben, am Rand der Grube blieb sie sitzen, hielt den kano-yoki weiterhin krampfhaft an ihre Brust gedrückt. Jetzt spürte sie es: Glück! Andächtig zogen sich ihre Helfer bis an den Rand des ehemaligen verbotenen Gartens zurück und warteten auf weitere Befehle.

"Geht!", befahl Kamino den Soldaten, "Baut auf dem Hügel der Burg ein Zelt ..." Er stutzte. Dort, wo vor Kurzem noch ein leerer Hügel gewesen war, erhob sich die Burg Hita. Kamino schüttelte ungläubig den Kopf. Dann begriff er: der Magier! Er sah nach oben, zu den Wolken. Aus dem Riss war ein wirbelndes Wolkengebräu geworden. Gut und Böse kämpften miteinander, aber Kamino glaubte zu sehen, dass das Gute gewinnen wird. "Seht nur, Herrin!", rief er.

Sabu erhob sich aus dem Gebet, und ein Sonnenstrahl traf sie. Und Kamino schien es, als ob die Sonnengöttin selbst in voller Rüstung dort stand. Denn die Sonnenstrahlen übergossen sie mit einem Licht, als wäre Sabus Rüstung aus purem Gold, und um sie herum ein goldener Glanz, der die Augen blendete. Da hob Sabu das Artefakt in die Höhe, reckte es mit beiden Händen der Sonne entgegen. "Bei den Geistern meiner Ahnen und bei allen guten Göttern schwöre ich hier und jetzt, nicht nachzulassen, den FEIND zu verfolgen. Und ich schwöre, dass ich ihn vernichten werde, wo auch immer er ist oder sich verstecken möge!" Da knieten Kamino, Mosaru und Yolo nieder und riefen: "Wir schwören es!" Und Naeg stand dabei. Sein Gesicht war ohne Regung. "Ich schwöre, bei den ewigen Gefilden." Tsuyoshi, die dem Geschehen aufmerksam gefolgt war, schlurfte heran. Sie erhob sich auf die Hinterbeine, holte tief Luft, und stieß einen ohrenbetäubenden Schrei aus, dem eine Flammensäule aus brennendem Speichel folgte, die in die Höhe schoss, heiß und mächtig wie der Ausbruch eines Vulkans.

Die Krieger hoben den kano an, legten ihn sich auf die Schulter und gingen zurück zum Hügel, auf dem jetzt wieder eine Burg stand. Sabu mit dem Gehäuse ihrer Ahnen am Herzen folgte ihnen und Naeg und Tsuyoshi. Lubomir erwartete sie vor dem Tor. Er neigte den Kopf. "Hoffentlich genügt es Euch für eine Wohnung auf Zeit, Herrin. Ich habe aus allem, was noch zu finden war, die Burg wiederaufgebaut. Nun fehlt nur noch ein Herz, das darin schlägt."

"Ich danke Euch, Lubomir. Ihr seid ein großer Zauberer."

"Meine Taten sind nur gering zu dem, was Ihr noch schaffen werdet."

"Was wisst Ihr?"

"Nichts. Doch ich ahne großes Tun, Fürstin Sabu von Yukokoshima aus der Familie Hita."

Beinahe war es so, wie sie es gekannt hatte. Lubomir war es gelungen, die Burg ihrer Vorfahren außen, wie innen wieder so zu errichten, wie sie einmal ausgesehen hatte. Hier und dort waren weiße Stellen geblieben - sie markierten auf immer verlorene Werte. Die Wandmalereien hatten solche Stellen und die Türen, die in Sini immer geschmückt waren. Und Einrichtungsgegenstände fehlten oder waren nur zum Teil vorhanden. Doch es war nicht so viel, dass es nicht klugen Handwerkern gelingen wird, sie zu reparieren oder wiederherzustellen.

Yolo erwies sich als ausgezeichneter Koch. Aus dem, was sie mitgebracht und Lubomir ergänzt hatte, zauberte er ein Festmahl, das sie am Abend zu sich nahmen. Sie saßen in der großen Halle, an der Stirnwand hing die Flagge der Familie Hita und davor stand der Stein des kano mit der goldenen Schatulle.

Sie hatten ihn aufgerichtet, Sabu sang dazu die Namen aller ihrer fürstlichen Vorfahren seit der Vertreibung, insgesamt einhundertdrei, und Lubomir umgab am Ende der Zeremonie den kano mit einem gewaltigen Schutzzauber.

Nun lag Sabu auf ihrem Tami[10]. Endlich war

---

[10] Eine dünne Schlafmatratze aus Schilfrohr mit Filz

sie die Rüstung los und all die Dinge, die Soldaten mit sich herumschleppen. Nackt und frei streckte sie sich unter der dünnen Decke aus, seufzte tief auf. Aber sie konnte nicht einschlafen, und immer noch nicht glauben, dass sie in einem, ihrem Haus liegen durfte. Still war es in der Burg, durch die Fenster sah sie die finsteren Wolken und ein kleines Stückchen freien Himmels mit blinkenden Sternen. Ab und zu hörte sie Draußen Steine poltern und Lichtstreifen durch die offenen Fenster leuchten. Es war Lubomir, der unermüdlich an der Burg Hita weiterbaute.

"Wie habt Ihr das bewerkstelligt?" Sabu sah staunend auf den Burgturm[11], der sich mächtig, wie eh und je vor ihr erhob.

Lubomir war immer noch blass und seine Hände zitterten leicht, so schwer muss es gewesen sein! Doch er tat, als sei es für einen Magier nur eine einfache Übung, die er täglich absolviert. "Wisst Ihr", sagte er, und wedelte lässig mit der rechten Hand, "In jedem Teil der Asche stecken immer noch die Erinnerung daran, was es einmal gewesen war. Ich musste zu Anfang nur ein paar

---

[11] Ein sinischer Burgturm ist nicht zu vergleichen mit denen, wie sie in Europa üblich waren (rund oder eckig und hoch). Sie ähneln mehr den japanischen Burgbauten; von starkem Mauer umgeben, handelt es sich im ein einzeln stehendes Gebäude, dessen untere Stockwerke (3 – 4 Etagen) aus Stein, die darüber liegenden (4 – 5 Etagen) aus Holz erbaut sind.

Teile, die zusammengehören, finden. Danach geht es fast von allein. Ich brauchte nur noch, wie soll ich sagen, ein wenig Magie, um die ‚Erinnerung‘ darin anzustoßen." Das klang bescheidener als es war.

"Wie formt sich aus leichten Ascheteilchen wieder festes Gestein oder Holz, Stoff, Papier?"

"Magie halt", meinte Lubomir schlicht. "Nichts geht verloren, nichts kommt hinzu. Es nimmt nur eine andere Gestalt an."

"Kann man das Land wiederherstellen?", fragte Sabu, doch der Magier schüttelte den Kopf. "Der Boden ist klaftertief verseucht, Fürstin. Es wird Jahrzehnte dauern, ihn von dem bösen Zauber des FEINDES zu reinigen." Er schüttelte nachdenklich den Kopf. "Doch, wenn genügend meines Berufes helfen …", er hob die Schultern, "Es könnte in einem oder zwei Jahren abgeschlossen sein." Er sah Sabu an. "Doch, das kann es", klang es nun überzeugter. Er ließ sich weitere Beschreibungen der Burg, ihrer Wege und Mauern, der Gärten und Bauten geben. Und nun, während alle über Nacht ruhten, arbeitete Lubomir weiter.

Sabu wachte durch die Geräusche auf, die die Männer mit ihren Waffen und schweren Sandalen verursachten. Heute verspürte Sabu Hunger. Einen gewaltigen Hunger, wie sie ihn, seit sie auf

Baldur getroffen waren, nicht mehr verspürt hatte. Und ihr taten alle Glieder weh. Jetzt spürte sie die Anstrengungen des Weges bis hierher. Sie wälzte sich auf die Knie und stand mühsam auf.

Es klopfte an ihrer Tür. "Fürstin?", fragte Kamino leise, "Seid Ihr aufgewacht?"

Sabu wollte Kamino hereinbitten, merkte jedoch rechtzeitig, dass sie unbekleidet war. "Ja, Kamino. Wartet bitte einen Moment." Sie nahm den Mantel und legte ihn sich über die Schultern. "Was gibt es? Kommt nur herein."

Die Tür wurde zur Seite geschoben. Kamino blieb an der Tür stehen, sah Sabu lange an. So lange, bis es ihr unangenehm wurde. "Nun?", fragte sie irritiert und drehte ihm den Rücken zu, damit Kamino ihre Verwirrung nicht sah. Kamino schluckte. Er zeigte mit dem Daumen über die Schultern. "Frühstück, Dame-oiiya. Es ist angerichtet."

"Wunderbar! Ich habe einen Hunger, dass ich eine ganze Herde *rikomas* verzehren kann." Kamino verschwand, nicht ohne durch die sich schließende Tür schnell noch einen Blick auf seine Fürstin zu werfen. Sabu ging es durch und durch. Sie wusste, dass sie eine der schönsten Dragunas in Sini war. Doch eine Liaison mit Kamino kam aus Standesgründen nicht in Betracht! *Oder*, fragt sich Sabu launig, *warum nicht?* Sie war die Fürstin und sie bestimmte, wer wen zu heiraten hatte. Warum also nicht in ihrem Fall? Sabu sah sich suchend um. Eine Schüssel mit klarem Wasser stand auf einem niedrigen shoki, daneben lagen saubere Tücher. Schnell wusch sie sich, zog ihre Unterkleidung an. Jetzt hätte sie eine Zofe haben sollen, denn um die Rüstung anzulegen, brauchte sie Hilfe. "Kamino? Seid Ihr noch da?"

"Ja, Herrin", klang es dumpf durch die Tür.

"Dann helft mir bitte. Diese Rüstungsteile sind wirklich allzu sperrig."

Kamino trat grinsend ein. Er ging zur Stellage, auf der Sabus Rüstung hing. "Würdet Ihr eventuell etwas nähertreten?"

Sabu tappte barfuß und in Unterkleidung zu Kamino. Als er ihr den Brustpanzer hinhielt, sah sie ihn an. "Überlegt es Euch gut, Kamino. Ich bin eine anspruchsvolle Draguna. Sehr anspruchsvoll."

Kamino verbeugte sich tief. "Ihr spürt es, nicht wahr?"

"Selbstverständlich." Sabu legte ihm die Hand auf die Schulter. "Und ich gestehe, dass es auch mich zu Euch hinzieht." Sie steckte die Arme durch die Riemen des Panzers und Kamino begann, sie an den Schultern und Seiten festzuziehen. Als sie sich setzte, damit Kamino ihr die Beinschienen überstreifen konnte, sagte sie sanft: "Lass uns erst den FEIND besiegen. Dann hat es Zeit genug, dass wir uns über unsere Gefühle klarwerden." Sie sah Kamino tief in die Augen, strich ihm mit zarter Hand über die Wange und gab ihm einen leichten Kuss.

"Egal, wie Ihr Euch entscheidet, Herrin. Ich werde immer der Eure sein."

Sie wurden von einer hungrigen Gemeinschaft erwartet. Die Gefährten erhoben sich und verneigten sich tief. "Fürstin." Auf einem niedrigen Tischchen stand ein mächtiges Frühstück aus Brot, Butter, Gemüsen, Obst und Fleisch. "Das hat unser Magier hergezaubert", erklärte Mosaru, dem man ansah, dass er es kaum erwarten konnte, sich auf das Essen zu stürzen.

"Dann, worauf warten wir?" Sabu ließ sich nieder und langte zu.

"Was habt Ihr jetzt vor, Fürstin?", fragte Naeg, der Schweigsame. Das war das Problem, dass Sabu die ganze Nacht kaum hatte schlafen lassen. "Wir schicken Tsuyoshi nach Somo. Ich muss wissen, was dort vor sich geht. Klar ist, dass wir hier vorläufig nichts mehr ausrichten können. Der FEIND ist nach Somo unterwegs, oder schon dort." Da niemand antwortete, dachte sie, dass alle darauf warten, dass sie, die Fürstin, entscheidet. Doch sie hatte keinen Plan. Jedenfalls keinen, von dem sie glaubte, dass er durchführbar war.

Früher war das so: Morgens oder abends, jedenfalls täglich, saß ihr hoher Vater mit seinen engsten Vertrauten im großen Beratungszimmer und hörte sich deren Berichte, Vorschläge oder Hinweise an. Und erst dann traf er eine Entscheidung. Manchmal auch entgegen einem Ratschlag. Aber nur er, der Fürst, übersah das Große und Ganze. Sabu, damals noch eine sehr junge Draguna begriff, wie wichtig Ratschläge waren, selbst wenn sie abwegig schienen.

"Sprecht unumwunden, was ihr denkt. Habt keine Angst. Jeder Gedanke ist wichtig", sagte sie zu ihren Vertrauten.

"Wir brauchen Drachen", bemerkte Kamino, "Das erhöht unsere Reisegeschwindigkeit erheblich." Alle nickten zustimmend.

Yolo, noch unsicher: "Richtig. Des Weiteren müssen wir wissen, *wo* der FEIND steht."

"Und wir müssen seine Schwächen erforschen und sie ausnutzen", ergänzte Mosaru. Nur Naeg schwieg und Lubomir spielte nachdenklich mit seinem Stab.

"Nun, Lubomir?" Die Fürstin sah den Magier aufmerksam an.

"Fürstin, erwartet von mir keine Ratschläge. Ich darf Euch nicht beeinflussen, in dem, was Ihr entscheidet oder tut. Ich kann Euer Leben beschützen und manchmal auch helfen, wenn Ihr es wünscht. Ich werde Euch beistehen, wenn Ihr es braucht. Doch denkt an das, was das Orakel verkündet hatte: Nur Ihr werdet in der Lage sein, den FEIND zu vernichten."

Und Naeg? Schwieg. Sabu hatte sich an die Schweigsamkeit des Elben gewöhnt. Sie war gespannt, wann er hinter der Mauer des Schweigens hervortreten und handeln würde. Er hatte eine Aufgabe! Nur welche? Baldur hatte ihn nicht umsonst mitgeschickt, ganz sicher!

Also blieben die Dragune, was dies betraf, unter sich und beratschlagten noch lange, bis es Mittag wurde.

Am Nachmittag stieg Tsuyoshi in den Himmel. Um den Hals trug sie eine Kartusche mit einem Brief an Heerführer Yukomi. Alle guten Wünsche begleiteten sie und die Hoffnung, dass es Somo noch gab.

YUKOMI

Seit Stunden waren die Späher, die Yukomi ausgeschickt hatte, überfällig. Der Heerführer lief unruhig hin und her. Dann lehnte er sich über das Geländer der balkonähnlichen Wehranlage der Burg. Unten, auf dem Hof übten seine *Thai-Bansaki*[12]. Er hatte sie aus der Menge sich freiwillig meldender, sehr guter Krieger ausgewählt. Jeder von ihnen war nicht kleiner als sieben Fuß, muskelbepackt und blitzschnell. Selbst Yukomi würde nicht gerne mit einem von ihnen in einen Zweikampf geraten. Er richtete sich auf, rückte die Schwerter zurecht.

"Manabu!" Sein neuer Adjutant kam um die Ecke geschossen.

"Heerführer?"

"Wo, bei den Dämonen der Unterwelt, stecken die Späher?"

Manabu kniete nieder, sah Yukomi schuldbewusst an.

"Erhebt Euch, Manabu. Ihr kennt den Befehl der Fürstin!"

"Ich weiß es nicht, Herr." Manabu stand auf,

---

[12] Götterkrieger

"Vielleicht sind sie einen Umweg geflogen oder …", er stockte.

"Oder?"

Manabu schwieg, er zuckte nur die Schultern. Der Heerführer wandte sich ab. "Entschuldige. Ich hatte gehofft, dass Ihr mehr wisst als ich."

"Verstehe. Tut mir leid, Heerführer."

Aus Nordosten zogen schwarze Wolken heran und kamen dem Fluss und Somo immer näher. Blitze zuckten aus ihnen und ein ferner Donner grollte. Unter ihnen stiegen aus dem Lager des FEINDES Rauchwolken auf und vermischten sich mit den Wolken über ihnen. Eine dunkle Bedrohung ging davon aus, und Yukomi hätte gerne gewusst, wie die Bedrohung genau aussah. Sicher war er sich allerdings, dass dies alles das Heer des FEINDES sein musste. Und noch sicherer war er sich, dass mit diesem Heer Zauberei einherging. Ihm richteten sich die Kopfschuppen auf und graue Streifen zogen über seine Schuppenhaut. Egal wie, er muss sich der Gefahr stellen. Und sollte er sterben, da war er sich sicher, er würde wieder als Krieger auf die Welt kommen. Bei den guten Geistern!

Kurz nach der Trennung von Sabu und ihren drei Begleitern, waren sie auf den breiten Streifen absolut toten Landes getroffen. Der Boden war schwarz und fingerdick mit Asche bedeckt. So hatte es von oben um Hita ausgesehen, als er es überflogen hatte. Hin und wieder ragte aus der verbrannten Erde der angesengte Stumpf eines Baumes hervor. Sie überquerten einen Streifen toten Landes. Nichts existierte mehr, nichts hatte überlebt. Die Spur führte nach Nordwest, nach Fuko. Yukomi hatte einen Späher ausgeschickt, der bestätigte seine Vermutung. Das Heer des FEINDES hatte sich also geteilt! Wahrscheinlich zog der Hauptteil vor oder neben ihnen weiter auf Somo, das andere wollte nach Fuko oder war vielleicht längst dort? Was hatte der FEIND vor? Was sollte das alles? Jetzt trieb er seine Krieger erbarmungslos an. Aber auch sie wussten, dass sie Somo erreichen mussten, bevor der FEIND über die Stadt herfiel.

Sie hatten Somo wohl zur rechten Zeit erreicht. Nun saß Yukomi hier und musste Geduld üben, was ihm sehr schwerfiel. Aber er brauchte Informationen, wie es vor und um die Stadt stand.

"Herr, einer der Späher ist zurück!"

"Her mit ihm. Schnell."

Von zwei Wachen gestützt schleppte sich Hekamo, einer seiner besten Späher, auf die Wehranlage. Er bestätigte Yukomi, was der schon geahnt hatte. Der FEIND war mit einem Teil seiner Truppen nach Fuko gezogen. Wie es dort stand, wusste er nicht. Die Hauptmacht des FEINDES lag auf der anderen Seite direkt am Fluss in einem festen Lager. Es sah nicht so aus, als wenn der FEIND eine Offensive starten wollte. *Was, zum Henker, hat er vor,* dachte Yukomi und machte mit den Fingern ein Schutzzeichen. Über das Schicksal der anderen Späher wusste Hekamo nichts. Sie hatten sich getrennt. Einer war nach Norden geflogen, um die Fürstin zu suchen. Der Heerführer machte sich große Sorgen. Ein dritter Späher verfolgte noch die Spur nach Fuko. Bis er wieder zurück war, konnte es dauern. Und der Vierte war überfällig. Hekamo hatte ihn zuletzt in der Nähe des Flusses gesehen. Er selbst war dem FEIND mit Ach und Krach entgangen. Man hatte ihn bemerkt. Er sprang auf seinen Drachen und floh. Blitze aus den finsteren Wolken verfolgten ihn. Nur die Schnelligkeit und Geschicklichkeit seines Kampfdrachens rettete ihn das Leben. Yukomi dankte dem Späher und gab ihm Urlaub, bis er wieder gesund wäre. "Ich bin gesund, Herr", sagte der Späher und schleppte sich vom Wehrgang. Yukomi schmunzelte und war stolz auf seine Leute.

Was er nun wusste, war, dass er noch Zeit hatte. Solange der Feind sich nicht rührte, konnte er seine Truppen bewegen, wohin er wollte und vor allem die Stellungen ausbauen. Sorgen machte ihn die mögliche Einnahme von Fuko. Somo und Fuko waren wichtige Hafenstädte, über die vielfältige Waren und Leistungen ausgetauscht wurden. Wenn beide Städte fielen, hatte Yukokoshima ein schwerwiegendes Problem. Er hoffte, dass Fürst Rakio Shaboke einem Angriff standhalten konnte.

Er ging noch einmal seine Truppen durch. Tatsächlich waren zu den gegenwärtig dreitausend noch siebentausend Kämpfer hinzugekommen, die er unterwegs ausgehoben hatte. Im Anmarsch waren noch zweitausend Soldaten aus dem Süden, sie mussten jederzeit eintreffen, und zehntausend Freiwillige und Gezogene aus dem ganzen umgebenden Land waren dazugekommen. Fünftausend Reiter und dreihundert *ryuu-ooi* waren dazugekommen. Das ist schon eine eindrucksvolle Macht! Alle diese Dragune lagerten im Westen und Norden außerhalb der Stadt, beziehungsweise war Platz für die geschaffen worden, die noch kommen sollen. Im Hafen lagen schlanke Kriegsgaleeren und dicke Segelschiffe voller Marineinfanteristen. In den Werkstätten und Schmieden der Stadt entstanden Waffen aller Art, Millionen von Pfeilen, unzählige Wurfgeräte, Skorpione, Belagerungsmaschinen und tödliche Fallen. Das ganze Vorfeld der Stadt und der Burg bestand aus solchen Fallen. Der harte Drill und die ständigen Kontrollen in allen Garnisonen hatten sich also gelohnt. Yukomi musste nur wenige Strafen aussprechen und meist waren es geringe, bis auf eine Todesstrafe gegen einen Offizier wegen Unterschlagung. Alles war vorbereitet, alles so weit getan. Er konnte nur noch abwarten.

KAMINO

Das Haus an den Klippen wird bald verschwunden sein. Seine Bewohner hatten es nach dem letzten schweren Herbststurm nur widerwillig verlassen. Kamino fand, dass sie es rechtzeitig getan hatten. Aus gutem Grund: Erstens, der nächste Sturm wird es ins Meer reißen, wenn er wieder mehrere Klafter der Steilküste abriss und zweitens, weil er, Kamino, dadurch das Haus für sich hatte.

Die ehemaligen Bewohner hatten fast alles mitgenommen. Nur der klapprige Schaukelstuhl war stehengeblieben, den Kamino auf die Abbruchkante hinter der abgebrochenen

Außenwand geschoben hatte, um auf das Meer zu schauen, und seinen Gedanken nachhängen zu können. In der Ferne, auf der Dracheninsel, rauchte der *fumocho* und dahinter erhob sich mächtig sein großer Bruder, der *fumo-kama*, der Geistervulkan. Und zwischen der Dracheninsel und Sini lag die *Meerenge von Fuko*, auf der ständig Bewegung war. Schlanke, schnelle Galeeren, elegante Segelboote und dicke behäbige Koggen sowie unzählige Fischerboote kreuzten durch die Meerenge oder hatten Fuko, die große Hafenstadt zum Ziel. Kamino bereitete sich innerlich auf die schwere Prüfung vor. In drei Tagen wird er als der jüngste aller Leibkrieger dem Fürsten Hita Kenshoori dienen dürfen. Dieser Tag aber gehörte ihm ganz allein.

Er konnte stolz auf sich sein, hatte sein Vater gesagt und ihn dabei nicht angesehen. Etwas, wie Neid klang in seiner Stimme mit und Traurigkeit. Doch Kamino verstand ihn. Sein Vater besaß ein kleines Lehen unten im Süden, bis er an den Hof von Hita gerufen wurde. Dann verlor er noch in jungen Jahren seine rechte Hand bei einer Übung mit dem blanken Schwert. So war ihm nur geblieben, als Verwalter und später als Kapitän des militärischen Teils des Fukoer Hafens arbeiten zu dürfen. Ein hoher Posten! Aber die Familie Maru war eine Familie von Kriegern, die der Familie Hita, seit hunderten von Jahren zur Verfügung stand und sogar Heerführer hervorgebracht hatte. Kamino war stolz auf seine Familie und auf seinen Vater, der nicht gebrochen war, sondern einen Weg gefunden hatte, seinem Herrscher weiter zu dienen. Und die vielen Auszeichnungen und sein Rang, zuletzt als Generalkapitän des Hafens, zeugten von der hohen Wertschätzung des Fürsten von Hita.

Hita Kenshoori und dessen Töchter! Kamino seufzte. Am besten gefiel ihm Sabu, die vierte Tochter. Zierlich, immer etwas widerspenstig und wunderschön! Und klug! Egal, was sie sagte, es war immer fundiert und richtig. Und obwohl er sich eingestehen musste, dass Sabu weit über ihm stand, er konnte nicht anders, als in sie verliebt sein. Er freute sich schon auf die nächste Begegnung mit ihr – irgendwann zu einem der nächsten Rapporte seines hohen Vaters vor dem Fürsten.

"Kamino?"

Innerlich verdrehte Kamino die Augen. *Yolo! Ist es soweit?* Am liebsten hätte Kamino nicht reagiert.

"Hier steckst Du also!" Yolo stand jetzt neben ihm. "Genieße noch kurz diese schöne Aussicht, mein Freund, bevor wir …" Er, unterbrach sich und schwieg. Es war wohl jetzt nicht der richtige

Zeitpunkt. Dann atmete Yolo tief durch.

"Wir müssen." Er griff Kamino um die Schulter und zog ihn aus dem Haus. Sie erreichten die Baracken der Krieger. Äußerlich sahen sie aus, wie alle Bauten in der Burg Hita. Sie lagen vor dem inneren Burgbereich und waren sowohl Unterkunft als auch Studierhalle und Mensa. Denn die Leibkrieger des Fürsten Kenshoori erhielten hier neben der Vervollkommnung ihrer Fechtkünste und dem Exerzieren, eine umfangreiche Ausbildung in Sachen Strategie und Taktik sowie eine umfassende Allgemeinbildung. Sie waren die Elite des Heeres! Und so sollten sie auch gebildet sein. Sie stammten aus Familien, die den Hitas immer eng verbunden waren.

Vor der Baracke wartete Heerführer Yukomi. Wie es seine Gewohnheit war, stand er etwas breitbeinig hoch aufgerichtet und hielt sich an seinen Schwertern fest. Seine Rüstung war einfach, für den Alltag gedacht und zweckmäßig für den Kampf. Yukomi war nicht der größte unter den Dragunen aber muskulös und kompakt gebaut. Dabei unglaublich schnell und unschlagbar mit dem Schwert. Unter den Elitekriegern in Sini galt er als der Beste überhaupt. In jungen Jahren diente er in vielen Fürstenhäusern und zuletzt dem vorletzten *Hikoshu-sham*, seiner Gnaden Akumora. In jungen Jahren brachte Akumora alle seine jüngeren Brüder um, weshalb man ihm den Beinamen ,der Blutige' gab. Yukomi bewarb sich als Militärberater und Hauptmann der persönlichen Garde und wurde angenommen.

Nach sechzehn Jahren wurde Akumora von den najano-ko umgebracht und Taichi bestieg als neunundachtzigster *Hikoshu-sham* den Thron. Akumoras Leiche wurde nie gefunden. Yukomi quittierte sofort den Dienst, trat Hita Kenshooris Heer bei und wurde alsbald Heerführer.

Kamino straffte sich. Es sollte nicht so aussehen, als wenn er vielleicht Angst hatte. Die hatte er auch nicht, aber einen Mords-Respekt.

"Seid Ihr bereit?", knurrte Yukomi.

"Ja, Herr", meldete sich Yolo mit fester Stimme, "Wir sind bereit." Der Heerführer schnaufte durch die Nase. "Wir werden sehen, Yolo."

Drei Tage später wachte Kamino mit steifem Nacken und wahnsinnigen Kopfschmerzen auf. Die anderen Schmerzen waren nur halb so schlimm. "Yolo?", fragte er vorsichtig und drehte ebenso vorsichtig den Kopf in die Richtung, in der er Yolo vermutete.

"Nicht so laut, bitte", stöhnte Yolo. Dabei hatte Kamino nur geflüstert.

"Sind wir nun Leibwächter?"

"Keine Ahnung."

"Raus!!" Der Ruf des Centurio tat weh. Nicht nur in den Ohren, sondern vor allem im Kopf.

"Was gibt's", fragte Yolo gequält.

"Morgenappell. Schon davon gehört?" Der Centurio sprach mit einer Stimme, die über einem Appellplatz schallte und auch noch in den entferntesten Ohren schmerzte. Doch das war die normale! Wenn er Befehle brüllte … Kamino taten noch jetzt die Ohren weh. Hinter ihm knallte die Tür geräuschvoll zu.

"Dann sind wir wohl Leibgardisten?" Kamino hockte an der Kante seines Tami und sah zu Yolo auf, der mit schmerzverzerrtem Gesicht seine Sachen zusammensammelte, die er vor dem Schlafengehen einfach weggeworfen hatte. Er blieb stehen und blinzelte. "Siehst Du das, Kamino?"

"Nee. Was?"

Yolo deutete auf die Kleiderständer. "Unsere neuen Rüstungen. Jemand hat sie aufgestellt. Wir SIND Gardisten."

So begann Kaminos Karriere im Heer Hita Kenshooris als einfacher Leibgardist.

BRODOR

Der Blick von der Burg auf Fuko hätte Brodor eigentlich erfreuen sollen, doch das tat es nicht. *Was ist nur mit mir? Die Stadt ist quasi ausgelöscht. Der HERR wird zufrieden sein.* Er konnte etliche gesunde und kräftige Gefangene übergeben, die in einem großen Pferch gefangen gehalten wurden. Und *noch* lebten, denn wenn sie erst aussortiert waren, blieben nicht allzu viele übrig. Die kräftigen benutzte man als Sklaven, bis sie verbraucht waren, was nicht allzu lange dauerte. Die weniger brauchbaren gehen in eine neue Lebensform über: sie werden Krulls. Auch gut. Aber es befriedigte ihn nicht; denn diese lebenden Toten waren alles andere, als vernünftig zu führen. Brodor war insgesamt unzufrieden. Mit sich und mit der Welt. Ja, er hatte Erfolg gehabt. War die Karriereleiter Stück für Stück aufgestiegen. Vom Soldaten über Zehnerschaftsführer zum Centurio eines, wenn auch kleinen, Heeres. Er war ein Eigeschlüpfter. Nicht solch ein Ding, das aus dem Dreck gekrochen kam, wie er erfahren hatte. Er war ein echter Krull! Er stammte ab von – nun ja, von anderen *echten* Krulls. Er konnte sich vermehren! Die anderen nicht! Das war geschlechtsloser Abschaum! Seine Soldaten, aber Abfall! Zusammengezaubert aus den Resten der Eroberten, aus Blut, Knochen, Fleisch und den unsterblichen Seelen der armen Geschöpfe – Was dachte er? Arme Geschöpfe? Das waren meharrh, Unwürdige! Nur dazu da, den Bedürfnissen seines Herrn, des HERRN, zu dienen. In Gedanken verneigte er sich tief. Aber – da war ein Aber! Er hatte die Angst gerochen, als er das Lager inspizierte. Jedoch einige Dragune sahen ihn hasserfüllt an, verfolgten ihn mit ihren Blicken. Ja, er erkannte Angst, aber auch Wut, Hass und den Wunsch nach Rache. Brodor fühlte sich mit einem Male unbehaglich. Er wollte nur noch weg. Fast rannte er. Er erklomm die Treppen bis zur höchsten Stelle der Burg. Es sollte ihn beruhigen, doch ein unbestimmtes, seltsam bedrängendes, ungebetenes Gefühl war weiter in ihm. Schuld? Unsinn! Er handelte auf Befehl! Es war doch nicht seine Schuld, wenn die Dragune – starben. Es war die Vorsehung oder der HERR oder ihr Schicksal. Und die Vorsehung hatte ihn auf die Seite der Sieger gestellt. Vorläufig. Und das Schicksal war nun einmal ein Weib. Undurchschaubar und launig.

Er blickte zum Meer. Der Wind der

vergangenen Tage hatte sich gelegt und damit auch der unerträgliche Staub der verbrannten Stadt. Man konnte wieder frei atmen und weit sehen. In der Ferne schimmerten die Berge der Vulkaninsel. Ein einsames Langboot dümpelte auf der flachen Dünung der Meerenge. Wenn es den Hafen anlief, war das Schicksal der Besatzung besiegelt. Fast hoffte er, dass das Boot weiterfährt. Gespannt sah er, wie das Opfer doch die Richtung änderte und nach Fuko einschwenkte. Es dauerte nicht lange, dann lösten sich vom Kai drei der neu gebauten Kriegsgaleeren und schossen aus dem Hafen auf das Langschiff zu, dessen Kapitän wohl begriff, dass etwas nicht stimmte. Geschickt vollführte er eine Wende, schnappte sich das bisschen Wind, das noch wehte, und floh zurück nach Norden. Zu Brodors Erstaunen öffnete sich am Bug des Schiffes ein weiteres Segel, blähte sich auf, so dass es die Geschwindigkeit erhöhte. Es hatte nicht viel gefehlt, und die Galeeren wären erfolgreich gewesen. Doch das Zusatzsegel rettete den Handelssegler. Der Abstand zwischen Jägern und Gejagten vergrößerte sich. Nach ein paar Schlägen wendeten die Galeeren und kehrten zurück. Brodor atmete auf und schalt sich gleichzeitig einen Verräter.

Nach Norden dehnte sich die Stadt bis an das Ufer des Hokutabe aus. Die Mauer stand noch und auch die Türme. Doch die Häuser der Stadtbewohner – die wenigen, die noch übrig waren nach dem Überfall - waren samt und sonders dem Erdboden gleichgemacht worden. Stattdessen standen dort Zelte der Soldaten und dazwischen brannten Lagerfeuer. Wenn er nach Osten und Süden blickte, bot sich ihm das gleiche Bild. Nur der Turm des Präfekten ragte aus all dem hervor. Auch vor der Stadtbefestigung gab es nur noch schwarze Asche, die den Boden bedeckte, sowie die schnell errichteten Befestigungen der über Nacht erschienenen Belagerer.

Der HERR hatte sich angekündigt. Gespannt wartete Brodor auf dessen Erscheinen. Nein, nicht gespannt. Voller Angst. Denn der kleinste Fehler, vielleicht der entkommene Frachter oder die zweihundert Mann Verlust, konnten ihm das Leben kosten. Das Leben! Was war das für ein Leben? Immer nur Disziplin, strammstehen, üben, rennen, kämpfen. Und wofür? Für den roten Lappen, den er jetzt auf den Schultern trug? Abends todmüde auf das Strohlager fallen? Wann hatte er das letzte Mal ein Weibchen gesehen? Oder mit einem das Lager geteilt und kopuliert? Seit sie hier in diesem Land waren, nicht mehr! Hier gab es keine. In den Kavernen von Horon gab es etliche und in der Tiefe des *Wadi al Darbijii*.

Nicht die Schönsten, nein! Die bekamen die hohen Tiere. Aber es waren wenigsten Willige - für etwas Essen und billigen Wein und ein paar Nettigkeiten. Boron stutzte: Wieso wusste er von einem Ort wie Horon und diesem Darbijii? Was war das denn auf einmal? Mit zusammengezogenen Augenbrauen blickte er noch einmal auf die Wüstenei unter dem Turm und ging nachdenklich zur Treppe.

"Wohin, Centurio?"

Der HERR! Brodor fuhr auf dem Absatz herum und fiel auf die Knie. "Herr."

"Ich sehe, Du hast vollbracht, was ich Dir aufgetragen hatte. Gut. Sehr gut." Brodor spürte förmlich, dass der HERR direkt vor ihm stand. "Doch die Befestigungen sind noch zu schwach. Die Mauer ist zu niedrig und zu schmal. Schaff heran, was Du heranschaffen kannst. Baue eine Flotte, damit du die Meerenge beherrschst. Lass niemanden durch!"

Von Brodors Herzen fiel nicht nur ein Stein, sondern ein ganzer Berg ab. Der HERR schien zufrieden mit dem, was er bisher getan und erreicht hatte. "Steh auf." Brodor erhob sich. Wieder sah er nur einen Schatten, der zur Brüstung des Festungsdaches schwebte. Der HERR konnte wohl jede Gestalt annehmen, die ihm behagte.

"Aus dem Süden werden die Feinde kommen und aus dem Osten. Sie haben diese feuerspeienden Drachen. Außerdem hat sich eine große Flotte im Norden aufgemacht. Bereite dich auch darauf vor."

Brodor verneigte sich tief. "Ja, HERR. Ich werde sofort Skorpione bauen lassen, die hoch in die Luft reichen."

"Richtig. Und lass eiserne Pfeile schmieden. Denn Hölzerne sind zu leicht und dringen nicht durch die Haut der Drachen. Zwinge jeden *meharrh* zur Arbeit, bis er umfällt." Der Schatten schwebte auf die andere Seite der Burg. "Ich schicke dir noch ein Centurum zur Verstärkung. Betrachte dich ab heute als nördlicher Heerführer." Aus dem Schatten schwebte die goldene Medaille des Heerführers auf Brodors Brustharnisch und blieb dort fest haften. Brodor fiel auf die Knie – *Zum zweiten Mal,* dachte er. "Ich diene dem HERRN!" Als er wieder aufsah, war der Schatten verschwunden. Dafür standen vor dem Burgturm zusätzlich tausend Krulls, die darauf warteten, dass er den Befehl über sie übernehmen wird.

Nun denn. Der Herr hatte klare Befehle erteilt. Und in Boron reiften die ersten Pläne! Er brauchte Schiffe, Galeeren und Skorpione gegen die Drachen. "Boron! Krawag! Zu mir!", brüllte er.

Seine Adjutanten, drängten, sich gegenseitig behindernd, aus der Luke. "Chefchen?"

"Hört zu!"

HOBOKE

Irgendwo dort im Westen musste Hita liegen. Hoboke kniff die Augen zusammen und versuchte, sich zu erinnern. Nachdem sie kurz in der Nähe der Grenzfestung Yasu geruht hatten, umgingen sie, immer dicht am Waldrand entlang, mehrere Siedlungen und erreichten im Morgengrauen die Grenze nach Yukokoshima. Die Grenze markierte an dieser Stelle ein etwa zehn Schritt breiter, ungepflegter, pflanzenloser Streifen, den die Vorvorvorfahren der Hitachis angelegt hatten. Um ihn zu umgehen und an einer weniger auffälligen Stelle zu überschreiten, brauchten sie wohl mehr als ein, zwei Stunden. Dann ist es hell und sie wären sichtbar für jeden zufällig vorbeikommenden Posten, gab Hoboke zu bedenken. Lange sicherten sie und bedachten auch, dass die Spur, die sie im Sand hinterließen, irgendwann von einer Patrouille gesehen werden kann. Komo schlug vor, die Pferde rückwärtsgehen zu lassen. Ein oberflächlicher Beobachter wird die Spuren sicherlich falsch deuten. Gesagt, getan! Und obwohl sich die Gäule schwertaten, es sah wirklich so aus, als wären sie aus Yukokoshima gekommen.

"Du scheinst die Grenze hier oben sehr gut zu kennen, Hoboke", stellte Komo fest.

Der lächelte wegen der angenehmen Erinnerungen still in sich hinein. Als junger Mann war er im Auftrage seines Onkels unterwegs gewesen, um die Nachbarn auszukundschaften. Sechs Jahre betrieb er das Geschäft als Spion mit mäßigem Erfolg. Doch wie es so ist, irgendwann flog er wegen eines Weibchens auf. Er zog sich, wie er es bezeichnete, ,gewaltsam' zurück. Das war das Ende seiner Laufbahn. Dafür konnte er sich am Hofe seines Onkels erholen, was er ausgiebig tat. Wie viele seiner Bastarde die Ammen des Hofes ausbrüten mussten, wusste er nicht und es interessierte ihn auch nicht im Geringsten. In Erinnerung an die schöne Zeit am Hofe des Onkels lächelte er breit und zufrieden. Doch der Onkel schickte ihn in dieses Kloster. Angeblich zur weiteren "Ausbildung". Hoboke wurde den Verdacht nicht los, dass der Onkel ihn, den Luftikus, nur abgeschoben hatte.

Sie ritten noch ein paar Meilen dicht am

Waldrand entlang, dann wandten sie sich nach Norden. Sie überquerten die Straße "Zur Bucht des kleinen Fingers", die Yukokoshima mit Minoru verband. Es wäre der kürzeste Weg nach Hita gewesen, doch die beiden Kundschafter waren nicht offiziell unterwegs. Deshalb ritten sie weiter, bis sie einen Viehsteig fanden, der zwischen Hügeln und kleinen Schluchten verlief. Die Gegend hier in Grenznähe war relativ dünn besiedelt. So hofften sie, ungesehen weiterzukommen. Es gab ein paar Landhäuser, die freien Rittern gehörten und winzige Dörfer. Man züchtete hier hauptsächlich Fleischvieh. Hoboke wusste von einem Hof in der Nähe, dessen Eigentümer ein ehemaliger *ryuu-ooi* war und der Kampfdrachen züchtete und ausbildete. Und da es später Nachmittag war, beschloss er, diesen Züchter aufzusuchen und zu tun, als wolle er einen Drachen kaufen.

Das Anwesen erkannte man schon von Weitem als Drachenfarm. Die jungen Drachen hielt man in großen Käfigen, bis sie soweit gezähmt waren, dass sie nicht mehr wegflogen. Und von diesen Käfigen standen etliche in der Umgebung des Landhauses, das Wohlstand und Zufriedenheit ausstrahlte.

"Dem scheint's gut zu gehen", bemerkte Komo. Hoboke nickte schweigend. Er war zwei

Mal hier gewesen. Der Besitzer war ein misstrauischer, älterer Dragun. Seine Narben an Armen und Gesicht wiesen ihn zudem als alten Kämpen aus.

"Misoru! Hasamomotu Misoru!", rief Hoboke und hielt lauschend den Kopf schief.

"Er kommt."

"Herr Hoboke!" In der geöffneten Schiebetür stand der Hausherr. "Willkommen!" Er war mindestens einen halben Kopf größer als Hoboke und Komo. Trotz seines hohen Alters, das man ihm ansah, schien Misoru außerordentlich vital. Seine Haut hatte eine hellblaue Färbung. Hier und da waren weiße Altersflecken zu sehen. Im Gürtel seines Kimi trug er zwei Schwerter in kostbaren Scheiden. Er tat einen Schritt zur Seite. "Tretet näher, ihr Herren." Misoru rief laut nach seinen Dienern.

"Nun, Hoboke-oiyii, was kann ich für Euch tun?" Er legte den Kopf schief. "Sicher braucht Ihr etwas Anderes als Kampfdrachen? Richtig?"

Hoboke fühlte sich ertappt. Dunkelgrüne Streifen erschienen in seinem Gesicht. Komo grinste breit.

"Ihr habt es getroffen, Misoru-oiyii." Hoboke atmete tief ein. "Eigentlich suchen wir nur eine sichere Unterkunft für eine Nacht."

"Was habt Ihr verbrochen? Sind Euch die

Wachen der Hitas auf den Fersen?"

"Wir fürchten, es ist schlimmer."

"Schlimmer?"

"Najano-ko."

"Ups." Sie schwiegen. Misoru holte tief Luft. "Wenn das so ist, dann seid Ihr meine hochverehrten Gäste, solange Ihr wollt. Hier seid Ihr sicher. Tretet näher."

Sie hockten auf bequemen Kissen um einen Tisch mit wunderschönen Drachenintarsien. Die Diener hatten inzwischen den Tisch mit erlesenen Speisen und Wein gedeckt. Sie zogen sich, unter ständigen Verbeugungen, zurück.

Misoru beugte sich vor, griff sich einen der Weinbecher und hob ihn hoch. "Auf das, was Ihr tun musstet. Wollt Ihr mir verraten, was passiert war?"

Hoboke erzählte in Kurzform vom Überfall auf die Herberge und dass sie die Rache der najano-ko zu befürchten hatten.

Doch Misoru winkte ab. "Da macht Euch keine Sorgen. Es gehört zum Berufsrisiko der Bruderschaft. Sie planen ihren eigenen Tod ein. Und sicherlich haben sie ihr Ziel ja erreicht."

Einigermaßen beruhigt lehnte sich Hoboke in die Kissen. Mit einem gerissenen Grinsen fragte Misoru: "Und glaubt Ihr, Hoboke-oiyii, dass Ihr wirklich keinen Drachen braucht. Eure Pferde sehen ein wenig müde aus. Ich habe ein paar wunderbare Stücke in meinen Ställen. Ihr solltet sie Euch morgen in Ruhe anschauen."

"Das werden wir gerne tun, Misoru-oiyii. Gerne." Er verneigte sich tief.

Hoboke und Komo schliefen tief und fest. Gegen Morgen wachten sie fast gleichzeitig auf. Erholt und ausgeruht nahmen sie ein Bad, dann begaben sie sich zum Morgenmahl. Misoru erwartete sie. Er dienerte und buckelte, trieb seine Angestellten an. Als alles zu seiner Zufriedenheit angerichtet war, zog er sich zurück. "Wenn Ihr dann soweit seid", er blinzelte mit einem Auge, "Ihr wisst schon, die Drachen, dann ruft nach mir." Weg war er.

"Was machen wir? Drachen kaufen?" Komo grinste breit, während er in sein Stück kaltes Fleisch biss.

"Nein. Wir sind mit unseren Pferden unauffälliger."

"Und die Najano-ko?"

Hoboke runzelte die Stirn. "Ich glaube nicht, dass sie aufgeben. Die haben wir am Hals. Schließlich haben wir einige von ihnen in die Unterwelt geschickt."

"Ich hörte davon, dass sie sehr nachtragend

sein sollen. Mein Onkel sprach von einem Fall
…!"

"Ssst! Was geht da draußen vor?" Hoboke war
aufgesprungen und zog sein Schwert. Zischend
und leise singend fuhr es aus der Scheide. Und
nicht zu spät. Während Komo eine
Rückwärtsrolle machte und blitzschnell auf die
Beine kam, befand sich Hoboke schon im
Zweikampf.

"Diesmal haben sie Schwertkämpfer
geschickt!", rief er Komo zu. Er wich einem quer
geführten Schwerthieb aus, bückte sich, machte
einen Sprung in die Höhe und traf seinen Gegner
genau in die linke Schulter. Sein Schwert fuhr
durch den Körper wie durch Butter. Komo musste
sich zweier Gegner erwehren. In einem winzigen
Moment des Kampfes zog er sein Kurzschwert
und kämpfte nun beidhändig.

Aus dem Augenwinkel sah Hoboke einen
weiteren Assassinen ins Speisezimmer stürmen.
Mit nahezu beleidigender Lässigkeit trat er zur
Seite und ließ den Attentäter an sich vorbeilaufen.
Bevor der bremsen konnte, stolperte er über ein
Kissen und krachte mit voller Wucht durch die
dünne Papierwand. Hoboke sah durch den Riss,
weitere najano-ko durch den Garten auf sie
zulaufen.

"Wir müssen weg, Komo!"

"Gleich!", rief der und spaltete seinem Gegner den Schädel. "Jetzt!"

Sie rannten, so wie sie waren, im Kimi und barfuß aus dem Haus. Einen Najano-ko, der sie wohl aufhalten sollte, wenn sie die Hintertür benutzten, stach Komo nieder. Sie erreichten unangefochten den Stall. Hecktisch zerrten sie ihre Gäule aus den Boxen. Draußen sprangen sie auf die Pferde und ritten, was das Zeug hielt, nach Westen. Komo warf noch einen Blick zurück, sah mindestens zwanzig najano-ko vor dem brennenden Hof und mit den Schwertern drohen.

"Die haben was gegen uns, Hoboke."

"Sie wollen keine Zeugen. SO ist das! Los weiter, dort hinten ist ein Wald."

"Dummerweise ist mein Kurzschwert in dem Kerl steckengeblieben."

"Wir haben ein viel größeres Problem."

"Ich weiß."

Im Wald stiegen sie von den Pferden und führten sie ins Dickicht. Komo schwieg erst. Er trauerte immer noch seinem Kurzschwert nach, dem Verlust ihrer Rüstungen sowie des Proviants. "Hast Du eine Idee?"

"Wir halten uns weiterhin in dieser Richtung. Unser Vorsprung reicht vorerst aus, um uns die najano-ko ein Weilchen vom Hals zu halten."

"Götter! Sind die rachsüchtig!"

"Ich glaube nicht an Rache, Komo."

Sie fanden einen Pfad, der gut zu begehen war. "Wir müssen bald den Somo erreichen. Wenn wir auf der anderen Seite sind, können wir die Burg von Hita in der Ferne sehen. In der Stadt werden wir uns neu ausstatten." Hoboke klopfte auf seinen Gürtel. "Fürst Hidaro-Higishi war sehr spendabel. Ein bisschen Geld trage ich immer am Körper. Man weiß ja nie."

"Dennoch ist mir unklar, was die Attentäter von uns wollten! Was sind wir denn für Zeugen!?"

"Sind sie eventuell hinter Dir her, Komo?"

Komo schwieg. Hoboke konnte erkennen, wie Komo nachdachte. "Was hast Du in den letzten Tagen gemacht?"

"Hm. Ich war eine Woche Gast beim Fürsten Yamo."

"Und?"

Komo grinste breit. "Seine Dame ist eine entzückende Draguna."

"Hm, hm." Hoboke stellten sich die Kopfschuppen auf. "Und Du hast mit ihr …"

"Sie hat es gewollt. Der Fürst ist alt, hat sie gesagt. Und es wäre ihr angenehm, wenn ich sie ein wenig unterhalten würde."

"Ich verstehe."

Komo blieb wie angewurzelt stehen. "Bei den Geistern meiner Vorfahren. Er wird uns doch nicht gesehen haben?"

"Alte Leute schlafen leicht, sagt man."

"Na großartig. Da habe ich was Schönes angerichtet."

"Dann lass uns so schnell wie möglich Hita erreichen. Ich kenne den Fürsten Hita Kenshoori. Er wird uns sicher helfen." Hoboke machte noch drei Schritte und murmelte in sich hinein: "Hoffentlich hat er vergessen, dass ich ihn ausspioniert hatte." Er blieb stehen, drehte sich zu Komo um und drohte: "Und, Finger weg von den Töchtern des Fürsten! Sonst überlasse ich Dich ihm und ihren Brüdern."

"Jaja, schon gut." Es klang lustlos und wenig überzeugend.

KEN'ICHI

Er wendete und drehte die Karte hin und her. "Verdammt, wo liegt jetzt dieses Hita? Ich sehe nur Dreck, schwarzen Dreck und noch mehr Dreck!" Saboke nickte mit grimmigem Blick. Er kniff die Augen zusammen und beschattete mit der Hand die Augen. "Vielleicht sehe ich dort etwas?"

"Hm", brummte Ken, und blickte in die angegebene Richtung. In der Ferne waberte in der warmen Luft über der grauschwarzen Ebene eine Erscheinung. Es könnte auch eine Fata Morgana sein. Ein Turm oder ein Haus. Es war schwer auszumachen. Ken verglich die ferne Erscheinung mit seiner Karte. "Das kann nicht sein." Er drehte die Karte noch ein paar Mal, doch dann zeigte er auf einen Punkt. "Das *muss* Hita sein. Hm." Er starrte weiter auf die Erscheinung.

"Ich sehe einen Turm oder sowas?"

"Ich sehe nur ein Schemen. Reiten wir hin! Dann wissen wir es."

Gespannt ritten sie nun im Galopp auf die ferne Erscheinung zu. Hinter ihnen erhob sich eine Wolke schwarzen Staubes, der sich nur widerwillig zu legen schien. Je näher sie kamen, desto mehr Details schälten sich aus der flimmernden Luft. Jetzt erkannten sie auch eine Mauer, und dahinter eine Burg. Doch es fehlte eine Stadt oder ein Ort, es fehlten Straßen, Häuser, Felder, Weiden und es fehlte - Leben.

"Was ist hier passiert, Ken'ichi-oiyii?", flüsterte Saboke. Doch Ken antwortete nicht. Verbissen sah er auf ihr Ziel und trieb sein Pferd an.

Dann standen sie vor der Mauer der Burg und

einem einfachen, hölzernem Tor, in einem niedrigen Turm. Nirgendwo waren Wachen zu sehen, weder auf der Mauer noch auf dem Torturm.

"Merkwürdig", murmelte Ken. Er sprang vom Pferd und ging zum Tor. Heftig schlug er mit der Faust dagegen. Laut und hohl klang es, und das Klopfen hallte lange nach.

"Wer da?" Die Stimme kam von überall. Erschrocken drehte sich Ken um die eigene Achse. Niemand war zu sehen, doch die Stimme war da.

"Mosaru Hobo, Tuchhändler aus Lisa!", log Ken, "Ich bitte um Einlass, um meine Waren anzubieten." Doch die Stimme lachte. Das Tor öffnete sich.

"Tretet ein, Ken'ichi, Sohn des Fürsten Kasumi und auch Ihr, Drac Saboke aus dem Hause Yari."

Die beiden Dragune sahen sich an. Doch mit der typischen Gelassenheit der Dragungesellschaft zuckten sie mit den Schultern. Wer auch immer wusste, wer sie waren, schien jedenfalls keinen Argwohn zu haben. Niemand war da. Keine Wache, kein Krieger. Es war seit Jahren Frieden in Sini. Offenbar hatten die Bewohner der Burg nichts zu befürchten. Sie gingen, die Pferde am Zügel, durch das Tor.

"Das ist doch nicht Hita.", Saboke sah sich um.

Es empfing sie ein großer gepflegter Garten, in dem Rasen wuchs, Blumen blühten und Sträucher standen. Ein Bach floss durch eine lieblich gestaltete Landschaft aus jungen Bäumchen, Sträuchern, Gräsern und Felsen. Über einen geharkten Kiesweg erreichten sie die Burg.

Sie wurden erwartet.

Eine Kriegerin in einem schlichten Kimi stand zwischen zwei gerüsteten Dragunen vor dem Eingangstor zur Burg. Sie hatte die Hände lässig auf die Griffe ihrer Schwerter gelegt. Ihre ganze Haltung drückte Selbstbewusstsein und Stärke aus. Der Soldat rechts neben der Kriegerin verkündete laut: "Die hochehrenwerte Dame, ihre Gnaden Hita Sabu, Fürstin von Yukokoshima und Herrin über die Familie Hita, begrüßt Euch, Drac Ken'ichi." Ken kannte Sabu dem Namen nach und wusste, dass sie die vierte Tochter des Fürsten war. Das zu wissen, gehörte zum guten Ton in jeder Fürstenfamilie. Ken hatte die Familienverhältnisse der führenden Familien intensiv studiert – im Tempel des seligen Drachen. Zum Anfang mehr oder weniger freiwillig, später aus der Überzeugung heraus, dass es für die Zukunft vielleicht nützlich sein konnte. Aber wenn Sabu nun die *Fürstin* von Yukokoshima war, schloss Ken'ichi, lebte ihr Vater nicht mehr und auch nicht die direkten

Erben, außer dieser Sabu. Was war geschehen? Er drehte sich nochmals um die eigene Achse. Hita bestand aus einem Festungsturm, einem Garten und einer Mauer drum herum. Sonst nichts! Kein Volk, keine Diener, keine saru. Nur diese Draguna in einer einfachen Rüstung, von der behauptet wurde, sie sei die Fürstin des Landes, und zwei schlichte Soldaten. Aber Sabu, die mit erhobenem Haupt vor dem Tor der Burg stand, lässig die Hände auf den Schwertgriffen, flößte Ken'ichi einen gewissen Respekt ein. *Dann spielen wir mit. Mal sehen, was aus dem ganzen Theater wird. Wer weiß? Ich soll herausbekommen, wie es mit Hita und Yukokoshima steht. Das ist mein Auftrag. Also heißt es: mitspielen!* In angemessener Entfernung blieben Ken und Saboke stehen, ließen sich auf ein Knie nieder. "Fürstin?", sagte Ken'ichi abwartend.

Auch Sabu schwieg. Dann lächelte sie, wobei sie die lange Reihe ihrer schneeweißen, nadelspitzen Zähne zeigte. "Seid mein Gast, edler Ken'ichi-oiyii." Sie drehte sich einfach um, und ging in die Burg. Ken'ichi seufzte innerlich und atmete tief ein. *Was für eine Draguna! Aufgabe hin oder her. Ich folge ihr lieber.* Er erhob sich. Sein Herzschlag hatte sich deutlich verdoppelt.

Sie stiegen die breite Haupttreppe in die Burg hinauf. Ken folgte Sabu in angemessenem

Abstand. Den Abschluss bildeten Mosaru und Yolo. Dennoch schlug sein Herz, wie ein Schmiedehammer. Er kannte viele schöne Dragunas, doch Sabu war einfach einzigartig! Allein ihre Bewegungen! Trotz der starren Rüstung, in der sie steckte, schwebte sie regelrecht vor ihm hinauf, während sie die Stufen hochtrampelten. Ken stellte sie sich nackt vor und unwillkürlich entfuhr ihm ein Seufzen. Er hörte Sabu leise lachen und wurde dunkelgrün.

Der große Saal, in dem normalerweise die Höflinge auf Audienz beim Fürsten warteten, standen zwei saru in grauen Kutten. Sie standen, während die Fürstin an ihnen vorbeiging! Sie standen! Blitzschnell zog Ken'ichi sein Schwert, um die Ungehorsamen zu köpfen. "Auf die Knie, saru!", zischte er. Doch einer der Kuttenträger bewegte unauffällig eine Hand. Ken verharrte in der Bewegung wie eine Statue, das Schwert erhoben, zu nichts mehr fähig.

Indessen hatte Sabu das Podest an der Stirnseite des Raumes erreicht und Platz genommen. "Oh, verzeiht, Ken-oiyii", ihre Stimme troff vor Sarkasmus, "Ich vergaß, Euch vorzustellen: Das sind Lubomir, großer Magier von Higashima und sein Gefährte Naeg, ebenfalls ein großer Magier aus Higashima. Zwei meiner engsten Berater und Beschützer." Die unsichtbaren Fesseln, die Ken festgehalten hatten, fielen ab. Peinlich berührt steckte Ken'ichi das Schwert wieder in die Scheide. "Ich – Fürstin – ich wusste nicht -", stotterte Ken und kniete sicherheitshalber nieder.

"Nun, Ken, in meinem Hause strafe ich persönlich und benötige weder die Hilfe meines Gastes noch eines anderen." Wieder lächelte Sabu, weniger freundlich.

"Ein unverzeihlicher Fehler, Sabu-oiiya. Ich bitte um Vergebung. Aber die saru …"

"Ihr dürft sie Meister nennen, Ken'ichi." Sabus Stimme enthielt jetzt so viel geschmiedeten Stahl, wie ihre Schwerter. Und nach einer endlos scheinenden Minute und eisigen Schweigens lächelte Sabu wie immer freundlich, als wäre nichts gewesen. "Setzt Euch neben mich, Ken-oiyii." Sie klopfte auf ein Kissen an ihrer Seite, eine große Ehre in Sini, neben dem Fürsten Platz nehmen zu dürfen.

Ken'ichi atmete auf. Offenbar gefiel er Sabu auch und sie erkannte seine hohe Stellung als Fürstensohn. Die ganze peinliche Geschichte mit den sarus – äh, Meistern - hätte auch mit seinem Tod enden können, hatte er doch deutlich gehört, wie die Soldaten hinter ihm ihre Schwerter gezogen hatten. Schweigend, mit leicht unterwürfiger Haltung, ging er zu dem ihm zugewiesenen Platz und hockte sich auf die Fersen.

Kamino, der hinter der Tür gewartet hatte falls er eingreifen musste, trat ein. "Ich hörte, wir haben Besuch?", fragte er.

"Setzt Euch zu mir, Kamino."

Ken wurde sofort von Eifersucht gepackt. Nicht nur, dass dieser Kamino, ohne sich zu verneigen hereingelatscht kam und sich ohne jede Höflichkeit neben Sabu pflanzte, nein, er grinste ihn auch noch breit an! *Wer ist der denn? Noch solch ein Kriegerlein, wie die anderen beiden? Und dann darf der Kerl auch noch rechts von der Fürstin sitzen. Ein Platz, der mir zusteht! Wen oder was stellt Kamino hier dar?*

"Das ist Ken'ichi, Sohn des Fürsten von Kasumi. Er ist unser Gast. Und dies ist sein Drac Saboke."

Kamino nickte dem Fürstensohn zu. "Willkommen, Ken'ichi-oiyii. Saboke-oiyii."

Wieder machte der Zauberer eine Handbewegung. Ein niedriger Tisch schwebte ein, bedeckt mit Speisen und Getränken. Und als alle auf den ihnen zugewiesenen Plätzen saßen, schwebten weitere Tischchen in den Saal. Ken und Saboke rissen die Augen auf. Wer solche Berater hat, braucht keine Sklaven, dachte Ken'ichi. Er neigte den Kopf, um sich bei Sabu zu bedanken und ihr seine Achtung zu bekunden.

Der Zauberer, der sich Lubomir nannte, hob einen unglaublich kostbaren Becher aus Glas in die Höhe, in dem rosaroter Wein schimmerte. "Dann lasst uns auf die Gesundheit unserer Gastgeberin, Fürstin Hita Sabu von Yukokoshima, trinken." Ken erschrak. Dann waren tatsächlich ihr Vater und alle Erben tot, wie er vermutet hatte! Er stellte das leere Glas sacht auf das Tischchen, drehte sich zu Sabu und kniete zeremoniell vor ihr nieder, den Kopf fest auf den Boden gedrückt. "Fürstin, bitte nehmt mein tiefstes Mitgefühl für Euren Verlust entgegen. Ich hörte von Euren hohen Vater. Im *Tempel des seligen Drachen*, wo ich erzogen wurde. Man sagt, dass er ein großer Herr und Krieger war. Ich bin Euer ergebenster Diener."

"Danke, edler Ken'ichi. Ich danke Euch." Auch Sabu verbeugte sich zeremoniell, doch nicht so tief wie Ken.

Ken hatte einen Einfall. "Lasst mich Euch dienen, Fürstin."

Da lachte Sabu glockenhell, dass es Ken durch und durch ging. "Da seid ihr nicht allein, bester Ken'ichi-oiyii. Alle, die mich umgeben, sind meine – nein nicht Diener - es sind meine Freunde! Und es wäre mir eine Ehre, Euch als Freund dazurechnen zu dürfen."

Kamino, der bisher still auf seinem Platz gesessen hatte, räusperte sich ungehalten und erhielt einen verweisenden Blick von Sabu. Doch lagen mehr Verständnis und Dank in diesem Blick. Kamino senkte den Kopf.

"Aber es liegt Gefahr in der Freundschaft, wenn Ihr sie annehmt." Sabus Kalkül war, für den gefährlichen Weg nach Somo möglichst viele Krieger um sich zu sammeln. Und Ken'ichis Blick sagte ihr alles! Sie hatte einen Kämpfer gefunden, der ihr mit Haut und Schuppen ergeben war. Auch wenn die Gefahr des Verrates durchaus gegeben war. Sie musste ein Risiko eingehen.

"Was immer es ist, Fürstin, ich werde zu Euch stehen", verkündete Ken stolz.

"Dann, Kamino-oiyii, nehmt ihm den Schwur ab."

"Sollten wir ihn nicht erst aufklären, meine Fürstin?"

Ken sah irritiert auf Kamino, dann auf Sabu. "Wie ich sagte, ich bin Euer Mann, Dame Sabu-oiiya, was auch immer geschehen war, ist und geschehen wird."

"Gut, so sei es." Sabu erhob sich und mit ihr alle anderen. Kamino nahm Ken'ichi und Saboke den Schwur auf die Familie Hita ab. Für Ken bedeutete es einen gewaltigen gesellschaftlichen Aufstieg. Als potenzieller Erbe des Hauses

Kasumi, einem Lehensfürsten, befand er sich jetzt an höchster Stelle bei einem Landesfürsten. Und irgendwie war Ken'ichi die Aufgabe, zu spionieren, plötzlich vollkommen egal, wenn er nur in der Nähe Sabus sein durfte.

Eine Enttäuschung erlebte er allerdings, als ihm Sabu eröffnete, dass er, außer den ihren, auch den Befehlen Kaminos zu folgen habe. Doch nach kurzem Überlegen fand er sich drein. Gut, dann eben an dritter Stelle. Und dann wurde er aufgeklärt und erschrak. Alles hatte er erwartet, nur nicht, dass er eventuell gegen einen solch mächtigen Feind kämpfen sollte. Was er weiter erfahren musste, führte dazu, dass er fror und sich ihm die Kopfschuppen aufstellten. War der FEIND ein Zauberer oder ein Dämon? Äußerst unangenehme Aussichten! Aber er war ja noch jung und hoffte, dass er mit dem Dienst am Hofe Hita hohe Ehren und großes Lob erringen konnte. Und er liebte jetzt schon Sabu, seine Fürstin, aus tiefster Seele.

SABU

"Sprecht mit mir, Lubomir!", forderte Sabu, "Was will der FEIND von uns?" Aber nicht Lubomir, sondern Naeg antwortete.

"Er nennt sich Margorokk. Wir nennen ihn *Enethlas, Namenlos.* Oder *daedeloth,* Schatten des Grauens. Es gibt noch weitere hunderte Namen für ihn. Manche nennen ihn auch den Unaussprechlichen, *nihinom,* oder Schwarzer Tod, Teufel. Wer auch immer ein Zusammentreffen mit ihm überlebt hatte und entkommen ist, nennt ihn anders, meint aber dasselbe. Es ist nicht der Tod, den *enethlas* bringt. Der bedeutet höchstens die Erlösung von dem Schrecklichen und dem andauernden Leiden, das er jedermann bereitet. Ein Grauen erfasst dich, wenn er dir gegenübersteht. Dein Herz krampft sich zusammen vor Angst, du kannst ihm nicht entfliehen, er herrscht über dich. Es hört nicht auf. Erst mit dem Tod." Naeg blickte nach unten. Eine Träne tropfte auf den Boden.

"Ihr seid mit ihm zusammengetroffen?"

"Ja, Herrin."

"Und Ihr konntet fliehen?"

"Ja. Dank meiner geringen magischen Kräfte."

Sabu seufzte. "Aber Ihr wart erfolgreich. Habt Euren Mut nicht verloren und konntet fliehen. Aber was will er hier, was will er von meinem Land? Warum tötet er meine Leute? Was will er von mir?

"Nichts Herrin. Er will nichts von Euch. Es ist nichts Persönliches. Er sucht, sammelt und verbrennt das Land, das er hinter sich lässt."

"Er sucht? Das nennt Ihr suchen, Elb?" Sabu wurde wütend. Sie hatte dieses Übermaß an Zerstörung noch vor Augen. Dann begriff sie. "Was hat er Euch angetan?"

"Ich war sein Sklave. Sein persönlicher Sklave, denn er ergötzte sich daran, einen Zauberer, wenn auch einen geringen, in seinen Händen zu halten. Er war plötzlich in der Nähe unserer Stadt aufgetaucht, als ich gerade auf der Jagd war. Er stand vor mir, und ich konnte mich nicht mehr rühren. Hörte nur noch sein diabolisches Kichern. Und als ich wieder zu mir kam, befanden wir uns auf der Drakeninsel. Noch waren wir nur zu zweit. Ich musste ihm gehorchen, konnte mich nicht wehren. Er hat Dinge von mir gefordert, über die ich nicht reden kann und will. Er hat mich ausgenutzt, mein Wissen missbraucht, meine Kräfte. Und als ich endlich begriffen hatte, was ich da tue, hat er das Letzte, was mich noch am

Leben erhalten hatte, getötet: meine Liebe."

"Und nun wollt Ihr Rache nehmen", platzte Yolo dazwischen.

"Nein. Rache tötet Dich zuerst, dann Deinen Feind." Äußerlich war Naeg völlig ungerührt. Nur seine Augen blitzen. "Ich muss ihn vernichten, damit aufhört, was er tut."

"Dann wollen wir das Gleiche. Die Frage lautet, wie nur können wir vorgehen?"

In dem Moment mischte sich Lubomir ein: "Erinnert Euch an das Orakel, Fürstin."

"Danke, sehr ehrenwerter Lubomir", brummte Sabu sarkastisch, "Doch erklärt das Orakel nicht das Wie. Und nicht einmal eindeutig WER. Vielleicht sind ganz andere gemeint." Doch Lubomir schüttelte den Kopf. "Nein. Es betrifft uns. Vielleicht noch jemanden, der irgendwann zu unserer Gruppe stößt. Die Vorsehung hat uns nicht ohne Zweck zusammengebracht. Aber wir sind wohl noch nicht vollständig. Der FEIND ist allein militärisch nicht zu bezwingen. Er ist ein Nekromant, ein Totenbeschwörer, der aus Toten lebende Tote erschafft. Mit jedem Krieger, den wir verlieren, wird sein Heer größer und größer." Sabu und ihren Begleitern fröstelte es bei der Vorstellung, gegen Untote kämpfen zu müssen. "Seine Magie ist so mächtig, dass er aus allem was ihn umgibt, erschaffen kann was er will. Ohne

Rücksicht auf das Leben und die Natur."

"Wir können ihn nur überlisten. Und müssen ihn zwingen, sich uns, den Magiern zu stellen."

"Wozu benötigt er dann ein großes Heer?"

"Er muss Land erobern, denn er braucht Sklaven und willige Diener. Jeder freie Gedanke, jeder der widerstrebt, wird getötet. Das Land benötigt er, um an die Ressourcen zu gelangen, bis es sozusagen ausgeblutet ist. Dann zieht er weiter."

"Und warum Yukokoshima?"

"Es liegt zentral. Je nachdem, was er vorhat, kann er sich nach Norden oder Süden wenden, sogar nach Westen. Er kennt unsere Sitten und Gebräuche. Er weiß, wie fragil der Frieden in Sini ist. Er spekuliert darauf, dass die Herren in Yukokoshima einfallen werden, und ihre Länder mehr oder weniger ungeschützt lassen. Und er vertraut darauf, dass Sini destabilisiert wird."

Während sie das Gespräch führten, überquerten sie die tote Ebene nach Somo. Kamino und seine Genossen ritten auf den Pferden, die Lubomir ,beschafft' hatte. Auf die erstaunten Gesichter hin erklärte Lubomir trocken, dass irgendeinem Daimio wohl ein paar Pferde aus dem Stall entkommen seien. Immer noch lachend ritt Kamino vorweg, ihm folgte Naeg, dann Sabu, die Ken'ichi und Lubomir in ihre Mitte genommen hatten. In etwas geringerem Abstand als Rückendeckung, Mosaru. Ihr Ziel war es, Somo so nah wie möglich zu kommen. Und je mehr sie sich Somo näherten, desto klarer wurde ihr, mit wem sie es zu tun hatten. Sie ritten am rechten Rand eines acht bis zehn Meilen breiten Streifens totaler Vernichtung. In der Ferne sahen sie hin und wieder unversehrtes Land.

Es war Naeg, der mit seinen scharfen Elbenaugen zwei Reiter entdeckte. Leise flüsterte er seine Entdeckung Kamino zu. Zischend zog Kamino das Katani, drückte seinem Pferd die Hacken in die Seite und ritt im scharfen Galopp auf die Reiter zu, die nicht daran dachten, zu fliehen. Gelassen kamen sie auf Kamino zu. Und als sie nur noch ein paar Pferdelängen voneinander entfernt waren, hielten sie an.

"Nicht weiter!", rief Kamino, "Wer seid ihr und wohin wollt ihr?"

Der vordere der Reiter, ein breitschultriger Dragun in einem einfachen Kimi, aber mit kostbaren Schwertern im Gürtel, offenbar ein Krieger, antwortete: "Ich heiße Masaro Hoboke, Sohn des Masaro Makotu, Herr des Hauses Kaede im Norden. Und dieser ist der ehrenwerte Drac Hiriyagi Komo, Ritter unseres Hauses und mein tapferer und treuer Begleiter."

"Schön, nun habt Ihr euch vorgestellt. Doch

was habt Ihr hier zu suchen?"

"Euch fehlt jede Form der Höflichkeit, Krieger. Wir sind friedliche Reisende. Aber wer seid Ihr, dass Ihr uns hier verhört?"

"Mein Name ist Kamino. Ich bin Vertrauter und Truppführer der Fürstin von Yukokoshima, Hita Sabu. Wenn Ihr die Augen öffnen würdet, könnt Ihr sie dort sehen", er deutete mit dem Daumen über die Schulter. "Und ihre Ritter. Und wenn ihr Euch umschaut, würdet Ihr erkennen, dass Euer Erscheinen gewisses Misstrauen erweckt. Also? Beantwortet Ihr jetzt meine Frage?"

Hoboke befand sich in einer Zwickmühle. Etwas Besseres, als dem Fürsten Yukokoshimas zu begegnen, konnte ihm nicht passieren. Die unmittelbare Nähe zur Herrschaft brächte sicher ausreichende Informationen, die er verwerten konnte. Zum anderen wäre es vielleicht besser gewesen, wenn er inkognito geblieben wäre. Nun, dazu war es zu spät. In ihm reifte sofort ein Plan B. Wenn er sich der Gruppe der Fürstin anschließt, ist das eine gute Möglichkeit in Yukokoshima herumzureisen, ohne sich verstecken zu müssen. Im Grunde sogar unter fürstlichem Schutz. "Nun, Herr Kamino-oiyii, wir suchen Anstellung als Ritter. Und Yukokoshima schien uns geeignet." Hoboke war immer noch erschüttert über das, was sie gesehen hatten, als sie endlich aus dem Wald heraus und über den Fluss waren; eine schwarze, tote Wüstenei!

"Was ist das denn?", hatte Komo gemurmelt. Aber Hoboke kannte die Antwort nicht. Doch ergab sich jetzt die Möglichkeit, eine Erklärung dafür zu erhalten. Aus erster Hand.

"Ich glaube nicht, dass die Fürstin noch mehr Schutz braucht, als sie längst hat." Kamino schnaubte.

"Aber Ihr könnt sie doch fragen, Herr Kamino-oiyii, oder?"

Kamino zögerte, überlegte, was er mit diesen Leuten machen sollte. Wenn es Spione waren, wie dieser Ken'ichi (davon war er überzeugt und entsprechend misstrauisch), sollte er sie sich vom Halse schaffen. Er war schnell, und bevor die beiden begriffen was geschah, waren sie kopflos im wahrsten Wortsinne. Aber wie sollte er es gegenüber seiner Herrin begründen?

"Wartet hier." Kamino wendete sein Pferd und ritt langsam zurück zur Fürstin, die mit den Gefährten in gebührendem Abstand gewartet hatte.

"Was soll das?", flüsterte Komo, "Ich dachte, wir wollten unerkannt bleiben?"

"Tja, sie hatten uns zuerst entdeckt. Was soll man tun?"

"Wir hätten uns davonmachen sollen."

"Damit jeder weiß, dass wir zum Spionieren hier sind? Aber in der Nähe der Fürstin von Yukokoshima sind wir dichter dran, als wenn wir durch die Gegend schleichen. Und wir stehen sozusagen unter ihrem Schutz. Nur so schaffen wir es direkt an den Hof von Hita. Halte Augen und Ohren auf und verschweige, dass wir aus Minoru kommen."

"Warum?"

Götter! War Komo schon immer so begriffsstutzig? "Weil unser Fürst an Yukokoshima interessiert ist, verstehst Du?" Er schüttelte den Kopf. "Und denke an die najano-ko, die immer noch hinter Dir her sind."

In der Zwischenzeit hatte Kamino mit der Fürstin gesprochen und kehrte langsam zurück. "Folgt mir." Und als sie nebeneinander ritten, sagte er zu Hoboke: "Ihr werdet einen Schwur auf den *kano-i'yoki*, den Behälter der Seelen, ablegen. Könnt Ihr das?" Hoboke sah Kamino direkt in die Augen. "Ja, das kann ich."

"Und euer Begleiter?"

"Er hat mir geschworen. Mein Schwur ist auch seiner."

Hoboke hatte damit gerechnet. Dass er ihn vor den Geistern der Ahnen Hitas ablegen sollte, war auch kein Problem. Er hatte bis jetzt noch keinen

Schwur geleistet. Gegenüber niemandem, nicht einmal dem Kloster. Er war frei. Und warum sollte er nicht auf das Haus Hita schwören. Wer weiß, wozu das gut sein kann? Er grinste still in sich hinein. Wem er diente, war ihm eigentlich egal. Hauptsache er hatte sein Auskommen.

Sabu erwartet Hoboke und Komo an der Spitze ihrer Ritter und der Zauberer. Als Hoboke die Fürstin sah, blieb ihm fast das Herz stehen. Eine solche Schönheit hatte er noch nie gesehen! Also stimmt es! Der Fürst von Yukokoshima ist eine Draguna! Er hatte es mehr oder weniger für einen Scherz gehalten.

Und ohne noch lange zu zögern oder nachzudenken, sprang er vom Pferd und warf sich vor ihr zu Boden. Zu Komos Erschrecken rief Hoboke: "Fürstin! Was auch immer Ihr befehlt, ich bin Euer Mann! Mein Schwert und mein Leben gehören nur Euch!"

Sabu sah lange auf den Ritter herab. Sie ließ ihn warten. Hunderte Gedanken gingen ihr durch den Kopf. Auch die Frage, ob er ein Feind wäre, ausgeschickt, sie zu vernichten. Aber tief verwurzelt in der Tradition der Sini, war sie überzeugt, dass er nie gegen einen Schwur auf den kani-i'iyo verstoßen wird. Nie käme ein Dragun auf die Idee, durch den Bruch eines Schwures auf den kano, seine Ehre zu verlieren und dem

Unwillen der Geister ausgesetzt zu sein.

"Dann schwört auf meinen kano-i'yoki." Sie stieg vom Pferd, holte die goldene Kassette aus der Satteltasche und stellte sie vor Hoboke auf den Boden. "Sprecht mir nach: Ich schwöre dem Hause und den Ahnen der Familie Hita, dass ich meine Kraft, meine Gedanken und mein Leben in den Dienst der Familie stellen werde. Und nur ihr und keiner anderen Familie. Ich schwöre den Befehlen meiner Herren bedingungslos zu folgen, und sei es bis in den Tod. Ich schwöre die Familie zu schützen und vor Schaden zu bewahren, die Wünsche meiner Herren jederzeit ohne Verzug zu erfüllen, sie immer nach bestem Wissen und Gewissen zu beraten und ihnen nie, wissentlich oder unwissentlich, Schaden zuzufügen."

"Ich schwöre, auf die guten Geister der Familie Hita und den Göttern Sinis", sprach Hoboke feierlich. Dann stand er auf, zog sein Kurzschwert, schnitt sich damit in den Oberarm und ergänzte seinen Schwur: "Bei meinem Blute."

"Dann seid Ihr mein Ritter und dürft hinter mir reiten." Sie sah hilfesuchend zu Kamino.

"Masaro Hoboke", flüsterte Kamino.

"Drac Masaro Hoboke."

Das waren die üblichen Formeln nach einem Schwur, den ein Ritter seinem Herrn oder der Herrin leistete. Sie sah in den Himmel, auf dem eilig Wolken nach Osten zogen: "Last uns weiterziehen. Irgendwann wird Tsuyoshi wieder zu uns stoßen." Sabu ritt an und alle folgten der Fürstin. Komo ritt nachdenklich hinter dem Zug her.

YUKOMI

Somo gab es noch. Und es war wehrhaft und nicht mehr zu überraschen wie Hita. Yukomi lag lang ausgestreckt auf dem Tami des Hauses des Heerführers in der Burg von Somo, der es ihm überlassen und in sein Stadthaus gezogen war. Sofort nach seiner Ankunft sprachen Yukomi und der Fürst von Somo lange miteinander. Kooku Hagoshi wollte zuerst nicht glauben, was Yukomi da erzählte! Doch als der Heerführer auch zwei Soldaten herbeirief, verstand Hagoshi. "Ihr wohnt natürlich bei mir, Yukomi-oiyii!" Eigentlich hatte Yukomi das Recht im Haus des Fürsten zu wohnen, doch Yukomi fand, dass es ein zu großer Affront dem Fürsten gegenüber gewesen wäre. "Wir wohnen ja dicht beieinander", sagte er zu Hagoshi. "Ich möchte nicht, dass Eure Familie sich genötigt oder gestört fühlt."

Er blickte zu Decke des Schlafraumes. Er machte sich große Sorgen um seine Schutzbefohlene und vor allem Vorwürfe, nicht bei ihr geblieben zu sein. Wenn ihr irgendetwas zustößt, ist er schuld. Kein anderer. Er seufzte. Aber diese kleine Person hatte eine solche Kraft, einen solch großen Willen ausgestrahlt, dass er einfach nicht anders konnte. Und außerdem, wer sollte hier in Somo das Szepter übernehmen? Das konnte nur er. *Mögen die Götter mit Sabu, Yukokoshima und mir sein*, dachte er.

"Herr?" Yukomi schreckte aus einem leichten Schlummer auf. Er hatte geträumt, mit dem FEIND auf Leben und Tod zu kämpfen. Funken schlugen aus den Schwertern und oft genug erhielt der Heerführer Treffer durch das scharfe Schwert des FEINDES, wogegen er den Feind durchschlug, ohne ihm Schaden zuzufügen. "Was gibt es?", fragte er verschlafen.

"Ein Drache ist eingetroffen."

Yukomi hob gespannt den Kopf.

"So ein Goldener", sagte der Soldat und zeigte mit dem Daumen über seine Schulter.

Tsuyoshi? Yukomi sprang auf. "Ich komme!" Das *konnte nur* Sabus Drachin sein! Hoffentlich brachte sie gute Nachrichten. Er spritzte sich schnell ein wenig Wasser ins Gesicht und lief in den Burghof. Tatsächlich! Yukomi fiel ein Stein vom Herzen. Tsuyoshi hockte auf dem Rasen. Sie machte einen langen Hals und schlug freudig mit dem Schwanz.

"Nun, was bringst Du, Tsuyoshi?" Er trat an den Kopf der Drachin und klopfte ihr gegen den Hals, wie er es mit einem Pferd tat. Tsuyoshi legte den Kopf schief und brummte leise. Yukomis Herz schlug wie der Zuschlaghammer eines Schmiedes. Dass Tsuyoshi hier war, konnte ein gutes oder ein schlechtes Zeichen sein. Entweder war Sabu umgekommen oder …?

Die Drachin reckte ihren Hals, an dem eine lederne Kartusche befestigt war. "Nimm es ihr ab", befahl Yukomi einen dabeistehenden Soldaten. Der Heerführer nahm die Kartusche entgegen und öffnete sie. Ein Brief! Endlich die sehnsüchtig erwartete Nachricht? Er prüfte lange das Siegel. Ja, es war Sabus! Er atmete tief ein.

"*An Heerführer Yukomi-oiyii, Grüße! Ich hoffe, Ihr seid gut in Somo angekommen und habt die erforderlichen Maßnahmen ergriffen, um die Stadt zu schützen. Der Feind hat Hita vollständig vernichtet. Sicher habt Ihr auf dem Weg nach Somo gesehen, was der FEIND vermag. Aber die Götter sind uns gewogen: Der kano-i'iyo ist gerettet, die Familie Hita besteht weiter. Der Feind scheint nicht zu wissen, welche Bedeutung er für uns Sini hat. Das ist gut. Jedoch besitzt er ungeheure Macht, gegen die wir mit herkömmlichen Mitteln kaum bestehen können. Aber wir können ihn aufhalten. Wir können Zeit gewinnen, um die Herren von Sini in den Kampf einzubeziehen. Wir brauchen Zeit, denn es wird schwer werden, die vielfältigen Interessen auf einen Punkt zu vereinen: Den FEIND zu vernichten! Es sind zwei saru-Zauberer aus Higashima zu uns gestoßen. Sie handeln in höherem Auftrag und wir benötigen ihre Hilfe. Wir befinden uns auf dem Weg nach Somo, immer am westlichen Rand des Toten Landes entlang. Wenn ich richtig schätze, haben wir ein Viertel oder sogar schon ein Drittel des Weges zurückgelegt. Schickt mit Tsuyoshi acht der stärksten Kampfdrachen zu uns, doch achtet darauf, dass sie vom Feind nicht bemerkt werden. Ansonsten handelt, wie besprochen und wie Ihr es für richtig haltet. Mögen die Götter mit Euch und uns sein!*

Hita Sabu, Fürstin von Yukokoshima.

Postskriptum: Solltet Ihr noch Reserven haben, entsendet eine starke Truppe nach Fuko. Hat der FEIND die Stadt im Griff, belagert ihn, notfalls schmeißt Ihr ihn aus der Stadt. Achtet auf unsere Grenzen! Unsere Nachbarn wetzen die Messer. Wir dürfen nicht zulassen, dass sie glauben, uns überfallen zu können. S."

Yukomi seufzte. Die Herrin lebt, der kano ist gerettet. Er schnippte mit den Fingern. "Moyo! Sucht acht der besten Kampfdrachen aus. Sie sollen die Fürstin und ihre Begleiter herbringen! Wo steckt Kamizu? Er soll sich unverzüglich fertigmachen, um mit Tsuyoshi und den Drachen zur Fürstin zu fliegen."

"Habt Ihr noch weitere Befehle an Kamizu, Herr?"

"Nein. Wenn ihr die Drachen ausgewählt hat, soll er sich unverzüglich auf den Weg machen." Yukomi stockte. "Halt, wartet! Ich muss ihm einen Brief mitgeben."

Als er mit dem Schreiben fertig war, reichte er es Moyo. "Nehmt dies, gebt es Kamizu." Moyo salutierte und verschwand geräuschlos. Wenig später sah Yukomi durch die offenen Schiebetüren, wie sich hinter der goldenen Tsuyoshi acht riesige Drachen in die Luft erhoben. Sie bildeten eine Pfeilformation und waren bald hinter dem Horizont verschwunden. Stolz sah Yukomi der kleinen Streitmacht hinterher. Er konnte sich drauf verlassen, dass Moyo und Kamizu die besten Drachen ausgesucht hatten.

"Ruft die Fürsten und Kommandeure der Truppenteile zusammen", befahl er seinem

Adjutanten Daisuke, "Sie sollen sofort antreten. Und bittet Fürst Kooku Hagoshi von Somo dazu. Es ist seine Stadt. Genug der Warterei." Er zog ein wenig die Oberlippe zurück, so dass seine nadelspitzen Zähne zu sehen waren. Was für eine starke Draguna Sabu in den wenigen Tagen ihrer Herrschaft geworden war. Zuversichtlich lehnte er sich zurück, sicher, dass die Fürstin, wäre, sie hier, die richtigen Entscheidungen treffen wird. Und beinahe sehnte er sie herbei.

Nach und nach traf aus allen Richtungen, vor allem aus dem Süden weitere Verstärkung ein. Dreiundzwanzig ryuu-ooi mit ihren Drachen, zweitausend Ritter auf stolzen Pferden, zehntausende Dragune zu Fuß – freiwillig oder befohlen – dafür alle wohl gerüstet. Ständig meldeten sich die Fürsten der kleineren Lehen bei Yukomi. Manche stolz, andere bescheiden. Langsam machte sich der Heerführer Sorgen. Es waren zu viele Daimios der Grenzländer anwesend. Sie durften auf keinen Fall ihr Hinterland entblößen und ohne den notwendigen Schutz lassen. So lautete auch einer seiner ersten Befehle an die Fürsten und Unterführer, unverzüglich die Sicherheit ihrer Provinzen zu überprüfen. Er sah nachdenkliche Gesichter, ein Beleg dafür, dass Sabu ins Schwarze getroffen hatte. Er ließ ihnen Zeit, die entsprechenden Befehle zu erteilen. Dann forderte er sie auf, an den Tisch zu treten, auf dem eine große Karte des Gebietes um Somo lag.

Die Beratung ging bis in den frühen Morgen. Der Heerführer hatte zugelassen, dass selbst die absurdesten Vorschläge vorgebracht werden konnten. Ihm war wichtig, dass jeder der Anwesenden spürte, einen wichtigen Teil zur Schlacht beigetragen zu haben. Natürlich gab es die Wichtigtuer und die Schweiger, doch Yukomi schaffte es, auch diese einzubeziehen. Er sparte nicht mit Lob, aber letztendliche traf er die Entscheidung, gab Befehle aus und trug das ganze Risiko einer Niederlage. Gerne hätte er die Verantwortung auf andere abgewälzt, aber er war nun einmal der Heerführer! Und so war es kurz vor Sonnenaufgang geworden, als er seine Unterführer verabschiedete. Doch es war ruhig. Der FEIND lagerte weiterhin auf der anderen Seite des Somo und rührte sich nicht. Seltsam.

Yukomi und Fürst Hagoshi standen vor dem Eingang des Haupthauses der Burg. Die Sonne begann eben, sich leuchtend rot vom Horizont zu lösen. Bis auf ein paar Wölkchen war der Himmel frei. Es war also wieder warmes und trockenes

Wetter zu erwarten. Noch vor Sonnenaufgang, im Licht des gelben Mondes war eine große Gruppe nach Fuko gezogen, um den Feind dort einzukesseln oder zu vernichten, wenn er Widerstand leisten sollte. Der Kommandeur des Heeres war Kamasu Higishi, Fürst der Provinz Kuta, ein erfahrener Soldat und zuverlässiger Vasall der Familie Hita.

Unruhe überkam Yukomi. Es war einfach zu ruhig. Was hatte der FEIND vor? Dieselbe Frage stellte Hagoshi. "Was hat der Kerl vor. Es scheint nicht so zu sein, dass er Somo erobern will. Ich gäbe einen Finger dafür, *mosu* spielen zu dürfen, um ihn zu belauschen."

"Dann spielen wir nicht Mäuschen, sondern sehen uns die Sache von oben an, Fürst Kooku. Was haltet Ihr von einem kleinen Ausflug?"

Der Fürst grinste breit über das ganze Gesicht. "Eine Menge, Heerführer."

"Herr?"

Yukomi zuckte zusammen. Der Adjutant hatte direkt hinter ihm gestanden. "Lasst meinen Kampfdrachen und den des Fürsten bereitmachen. Und teilt dem ryuu-meirii[13] mit, dass ich ihn und zwei seiner Leute zur Erkundung des FEINDES

---

[13] Kommandeur der Drachenritter

erwarte. Sofort!"

"Yamoto meldet sich zu Stelle!" Der *meirii* der Drachenritter stand vor Yukomi und grüßte. Endlich gab es etwas zu tun und ein Abenteuer war es außerdem, den FEIND zu erkunden! Yukomi gab die entsprechenden Befehle. Freudig salutierte Yamoto. Wenig später hörte ihn der Heerführer laut Befehle rufen.

Yukomi und der Fürst gingen zur Wiese vor der Burg und warteten auf die Drachen. Bald darauf erhoben sich vier Drachen in die Lüfte, denen sich Kooku und Yukomi anschlossen. Sie bildeten eine dreieckige Formation, bei der Yukomi an der Spitze flog. Der Heerführer ließ seinen Drachen steil steigen. Er wollte ein möglichst großes Gebiet überblicken können. Als er meinte, hoch genug zu sein, bremste er Masaru soweit es ging. Der Drache breitete seine Flügel weit aus, und begann zu segeln. Unter ihnen weitete sich das Vorfeld, die ehemalige Vorstadt, dass von der nördlichen Mauer und dem Somo begrenzt wurde. Die Stadt selbst lag jetzt hinter ihnen. Die mächtigen Mauern waren noch einmal verstärkt und um vier, fünf Klafter erhöht, die Vorstadt abgerissen oder niedergebrannt worden. Dadurch war ein tiefer leerer Raum entstanden, den der Gegner ohne jede Deckung überqueren musste, bevor er die Mauern überhaupt erreichte. Und das war nicht alles! Yukomi sah seine Soldaten und die Einwohner der Stadt emsig damit beschäftigt, Gräben auszuheben und tiefe Löcher für tödliche Fallen zu graben. Spitze Pfähle ragten, eng beieinanderstehend, schräg aus dem Boden. Sie sollten die feindliche Reiterei aufspießen. Weiter im Osten mäanderte der Somo zum Meer. Die Brücken waren abgerissen. Gegenwärtig führte der Fluss viel Wasser, was seine Überquerung für einen "normalen" Gegner schwierig machte. Aber einem Zauberer? Mit einem unguten Gefühl fürchtete Yukomi die Möglichkeiten des Magiers, wenn es denn einer war und nicht etwa ein Geist der Unterwelten oder schlimmer noch, ein Dämon der blutigen Sphären aus der fünften oder sechsten Dimension, was und wo das auch immer ist. Yukomi stellten sich die Rückenschuppen auf.

Sie näherten sich dem Fluss. Yukomi drehte nach links ab und ließ den Drachen parallel zum Somo fliegen. Auf der anderen Seite lag das Lager des Feindes. Es war kreisrund und lehnte sich mit seiner westlichen Peripherie an das Ufer des Flusses. In der Mitte des Lagers sah er im noch morgendlichen Dunst einen eingezäunten Kreis, in dessen Mitte ein Zelt oder eine niedrige Hütte zu erkennen war. Yukomi fand die Anlage des

Feldlagers seltsam. Von der Mitte aus verliefen strahlenförmig Wege und Straßen nach außen, auf denen sich Gestalten bewegten. Die Wege bildeten Kreisabschnitte, und wie der Heerführer erkennen konnte, standen dazwischen Zelte, brannten Lagerfeuer und gingen all die üblichen Handlungen eines Feldlagers vor sich. Rauch stieg auf, wo gekocht wurde und Staub, wo die Krieger an ihren Waffen übten.

Yukomi überquerte den Somo und flog in achtungsvollen Abstand um das Lager herum. Scharf beobachtete er, was dort vor sich ging. Doch es war, als wenn der FEIND ihn nicht beachten würde! Ja, beinahe so, als wenn die fünf Drachenflieger überhaupt einfach ignoriert werden.

Nachdem sie fast zwei Drittel umrundet hatten, bemerkte Yukomi, dass im Lager etwas Außergewöhnliches vor sich ging. Er zeigte auf das Zentrum, aus dem dunkler Rauch aufstieg. Es bildete sich ein Wirbel, der schnell aufstieg und sich aufteilte, als er in gleicher Höhe mit den ryuu-ooi war. Überraschend formten sich aus den Rauchwolken fünf Drachen wie die ihren, die auf sie zuflogen. Schwarz waren sie, mit riesigen Schwingen und glühendem Rachen. Auf jeden von ihnen saß ein schwarz gerüsteter Reiter. Die feindlichen Drachen kreischten, dass es in den

Ohren schmerzte. Yukomis Masaru spannte sich. Er brüllte tief und mächtig, und Rauch stieg aus seinem Rachen. Jetzt war der Zeitpunkt, sofort kehrt zu machen, doch Masaru gehorchte den Befehlen seines Herren nicht. Im Gegenteil, er erhöhte seine Geschwindigkeit und jagte auf den Feind zu. Seine Begleiter folgten ihm. Yukomi und die Drachenritter hatten ihre Schwerter gezogen. Gleich werden sie mit dem Feind zusammentreffen.

Masaru stieß einen langen Schrei aus, und stieg steil nach oben. Mit Ach und Krach hielt sich Yukomi im Sattel. Doch nicht genug. Masaru drehte sich um die eigene Achse, kam dadurch dem Feind in den Rücken. Und als nur noch wenige Schritte fehlten, dass sie zusammenstießen, fuhr aus seinem Rachen eine lange Feuerzunge, die den feindlichen Drachen in der Mitte seines Körpers traf. Doch sie tötete ihn nicht, sondern ging durch ihn hindurch. Und aus dem Augenwinkel sah Yukomi, dass der schwarze Reiter ebenso aussah, wie er. Es war eine Kopie seines Selbst! Und nun wusste er, dass es Zauberei war. Er lachte laut und erinnerte sich an seinen Traum heute Morgen. "Das ist faule Zauberei!", rief er seinen Kameraden zu, die seinen Manövern gefolgt waren. Masaru bäumte sich auf, riss alle vier krallenbewehrte Klauen nach vorn und griff den Zauber an. Doch der zerstob zu Staub, bevor er ihn erreicht hatte. Ein eisiges Lachen klang hinter ihnen her, so laut, dass den ryuu-ooi das Blut in den Adern gefror. Und als der Heerführer sich umsah, schwebte dort, wo eben die feindlichen Drachen gewesen waren, eine riesige schwarze Gestalt; Eine Gestalt in einer Robe, dessen Gesicht durch die weite Kapuze nicht zu erkennen war. Nur grellblau leuchtende Augen strahlten böse aus der dumpfen Finsternis der Kapuzenöffnung.

Das war's! Yukomi drückte Masaru die Hacken in die Schulter. "Zurück, es genügt!"

Diesmal reagierte der Drache. Er stieg steil auf, schwang sich über die rechte Schulter und schoss, die anderen Drachen hinter sich herziehend, nach Süden. Kräftig schlug er mit den Flügeln.

Sie waren gelandet. Eine Wiese, umgeben von schütterem Wald, bot ihnen Gelegenheit, zu verschnaufen und sich zu beraten. Noch lange verfolgte sie das fürchterliche Lachen des Zauberers.

"Das war wieder mal ein Abenteuer!", rief der Fürst begeistert aus und sprang von seinem Drachen. Nur Yukomi schwieg und dachte sich seinen Teil.

HOBOKE

Drac Hoboke hatte sie ihn genannt. Er ritt am Ende des kleinen Trupps und staunte über Sabu. Sie war das zarteste Wesen, das er je zu Gesicht bekommen hatte. Trotz der einfachen Soldatenrüstung, die die Fürstin trug, war es, folge er einem General. So majestätisch saß sie im Sattel. Sie hatte ihn aufgenommen, ohne lange zu fragen, ihm den Schwur abgenommen und fertig! Und er? Er ging vor ihr auf die Knie und vergaß seinen Auftrag. Und Komo! Auch der hatte kein Problem damit gehabt. Sabu hatte ihm nach einem langen Gespräch mit Yolo während des Rittes befohlen, nein, gebeten, umzukehren und Yolo bei der Verwaltung der Neuen Burg Hita zu helfen. "Traut Ihr Euch das zu?"

Komo hatte erst Hoboke angesehen, mit den Augen um Verzeihung gebeten und dann genickt. "Aiya, Fürstin!", hatte er gerufen und war zusammen mit Yolo umgekehrt.

Was hatte Sabu an sich, dass alle Dragune um sie herum sofort verliebt waren und sich für sie in Stücke hacken lassen würden? Nichts versprach ihm Ruhm oder Ehre einzubringen, im Gegenteil, nur der Tod war sicher! Er folgte einer Herrin, die in der Dragungesellschaft ein Nichts war. Ein Weibchen ohne Familie, ohne männlichen Schutz. Gleichzeitig stand sie so hoch über ihm, dass niemals zu erwarten war, dass sie sich mit ihm abgeben wird, vom Heiraten ganz zu schweigen.

Es war etwas anderes, etwas, dass stärker war als alle Schwüre, die Ehre oder das Ansehen. Nur was? Hoboke verzog das Gesicht. Wahrscheinlich wollte er als Männchen nicht dastehen, wie ein *rino* und mit großen Augen um sich glotzen. Oder war es das; Ein Abenteuer, wie es seit hundert Jahren keines mehr gab. Die Sini-Gesellschaft befand sich in der Auflösung. Hier und dort fanden wieder Scharmützel zwischen den kleineren Fürsten und Daimios statt. Der Hikoshu-sham ließ es einfach geschehen. Er ging zur Jagd oder segelte mit seiner Yacht auf dem Meer herum – sagte man. Die kleinen Kriege der Daimios untereinander hatte Hoboke als junger Dragun erlebt. Die Erwachsenen zog es hierhin und dorthin. Sie wetzten die Schwerter und die Zungen. Lachten über den *Hikoshu-sham*, wollten das ferne Higashima ‚zurückholen' – anders gesagt, wieder unter ihre Herrschaft zwingen. Oder den Herrn der Herren stürzen, ohne Plan, was danach geschehen sollte. Ein anderer *Hikoshu-sham*? Ein Kaiserreich? Eine Tenni, oder? Bei seinen Verwandten wurde offen darüber, teilweise heftig, diskutiert. Hoboke fürchtete einen Bürgerkrieg. Denn unter der Maske seines lockeren Lebenswandels war Hoboke durchaus ein aufmerksamer und dem politischen Geschehen Sinis kritisch gegenüberstehender Dragun. Er kannte einige Leute aus dem Bund der "*Higashi-ono-imiya*". Ehrenwerte Mitglieder der Gesellschaft. Wie es Hoboke aber vorkam, würden sie nie wirklich aktiv werden wollen. Deshalb schloss er sich ihnen nicht an, sondern lebte erst das Leben eines Spions, dann eines Dandys, bis ihn sein Onkel ,verbannte'. Im Kloster herrschte ein anderer Wind. Hier huldigte man der Tradition. Jede Abweichung, jeder noch so kleine Fehltritt wurde grob geahndet, und Hoboke hatte etliche Wochen im Karzer des Klosters verbracht. Er blieb aber dort, solange er seine Kampfkunst verbessern konnte. Und wegen der beginnenden Freundschaft zum Fürsten Hidaro Mikiri, den er nun verraten hatte. Vielleicht ergab sich die Gelegenheit einer Entschuldigung. Er sah Saboke an. Der ritt locker neben ihm her, als wenn sie zu einem Ausflug unterwegs waren. "Saboke?"

"Hoboke?"

"Was hat Dich getrieben, an diesem Abenteuer teilzunehmen?"`

Saboke hob die Schultern. Er schob die Unterlippe vor. "Vielleicht eben das."

"Was meinst Du?"

"Das Abenteuer. Und etwas Nützliches zu tun. Raus aus der ewigen Langeweile." Er nickte vor sich hin, als wolle er seine Worte bestätigen. "Weißt Du, ich war zusammen mit Ken'ichi Späher. Eine spannende Aufgabe, keine Frage! Aber auch irgendwie öde. Verstehst Du?"

Langeweile. Auch das war ein Argument. Aber er hatte sich Sabu verschworen, bevor er wusste, was auf sie zukommen wird. Wieso hatte er das getan? War es Zauberei. Waren es die Zauberer, die ihre Finger im Spiel gehabt hatten?

Er ließ sich zurückfallen, bis er neben Naeg ritt. "He, Zauberer! Ich habe da eine Frage."

"Dann fragt, Hoboke." Mit offenem Blick sah der spitzohrige Zauberer ihn an. "Ich merke seit einiger Zeit, dass Euch etwas bewegt. Nur frei heraus."

"Habt Ihr etwas damit zu tun, dass ich der Fürstin den Schwur geleistet habe?"

Naeg lachte. "Nein, bei den Göttern, nein."

"Sicher?"

"So sicher, wie jeden Tag die Sonne aufgeht."

"Was war es dann?"

"Sie war es. Sie hat Euch *be*zaubert, indem Ihr in ihre Augen gesehen hattet. Und glaubt mir, mir ging es ebenso."

Hoboke schüttelte den Kopf. *Verrückt! Sogar einen Zauberer ...!*

SABU

Es war noch früher Morgen, kaum, dass die Sonne über dem Horizont war. "Drachen, Fürstin! Aus dem Norden" Hoboke hatte sie zuerst gesehen.

Sabu war aufgefahren, sie hatte die Hand am Schwertgriff, da saß sie noch nicht einmal. Es konnte nicht Tsuyoshi sein, denn sie wurde aus dem Süden kommend erwartet. Auch die Gefährten standen bereit und sahen den sich nähernden Drachen, fünf an der Zahl, gespannt entgegen.

Lubomir hielt seinen Stab mit dem Saphir an der Spitze in der Hand, neben ihm Naeg. "Fünf Drachen mit Kriegern besetzt", sagte er trocken, denn seine scharfen Elbenaugen erkannten auf große Distance selbst kleinste Details. "Der Vordere trägt auf seiner Brust ein Wappen. Es ist …"

"Nun", fragte Sabu ungeduldig. Sie hatte die Augen beschattet. Konnte jedoch nur die ungenauen Schemen berittener Drachen erkennen.

"… wie es aussieht, ein Käfer", setzte Naeg ungerührt fort.

"Das Wappen des Fürsten von Shoushima! Was wollen die Hikoku hier?" Sabu drehte sich zu Kamino um. Der zuckte mit den Schultern.

"Vielleicht will sich der Fürst an Eurem Unglück weiden. Oder er hofft, Yukokoshima im Handstreich erobern zu können."

"Da seien die Götter und guten Geister vor!"

"So sei es!"

Inzwischen waren die Drachenreiter gelandet. Eine gewaltige Staubwolke erhob sich und nahm Sabu und ihren Begleitern die Sicht. Langsam legte sich der Staub. Vom vordersten Drachen, ein Riese mit graubraunen Schuppen und einem einzelnen Horn auf dem Kopf, sprang Hikoku Ymomaki auf den Boden. Wieder wölkte Staub auf und legte sich schwarz und fettig auf die Prachtrüstungen der ryuu-ooi. Ungehalten wedelte der Fürstensohn mit der rechten Hand. Kamino und seine Gefährten grinsten schadenfroh.

"Richtet euch aus", befahl Sabu. "Es ist immerhin hoher Besuch. Wir müssen uns nicht verhalten wie die Barbaren." Immer noch grinsend stellten sich die Ritter neben und hinter Sabu auf und erwarteten die Reiter.

Ymomaki stapfte durch die Asche. Er war immer noch dick und rund, sah aber nicht mehr so klein aus, wie damals, als sein Vater Sabus Vater den Heiratsantrag gemacht hatte und abgewiesen wurde – höflich natürlich. Der Fürstensohn war in eine Rüstung aus rotem Leder und bunten Bändern an Armen und Beinen gekleidet. Geschickte Handwerker hatten den Harnisch und die Arm- und Beinschienen mit Messingplatten beschlagen auf denen silberne Zeichen und Figuren eingearbeitet waren. Auf dem Kopf trug er einen goldenen Helm, der von riesigen bunten Federn vieler seltener Vögel gekrönt war. Sein Gesicht war rot vor Anstrengung. Er trat dicht vor Sabu, nickte zur Begrüßung nur kurz mit dem Kopf, statt, wie es sich gehörte, sich zu verneigen. "Grüße, Sabu." Um seinen Auftritt zu unterstreichen, schlug er sich mit der rechten Faust vor die Brust. Seine Begleiter hatten immerhin den Anstand, sich hinzuknien und den Kopf gesenkt zu halten.

"Ymomaki." Sabu rührte sich nicht, nickte nicht und zeigte keinerlei Bewegung im Gesicht. "Darf ich fragen, was Ihr hier in meinem Land zu schaffen habt?" Sie vermied bewusst jede

Höflichkeitsform, denn noch nie war jemand, von welchem Range auch immer, so unverschämt auf sie zugekommen wie Ymomaki.

"Ich suche Euch seit Tagen. Könnt Ihr mir erklären, was Ihr in dieser Wüstenei treibt?" Er stützte die Fäuste in die Hüften und sah Sabu vorwurfsvoll an.

Sabu musste an sich halten. Ihre Hände zuckten zu den Schwertgriffen. Am liebsten möchte sie diesen hochnäsigen Gockel züchtigen. Doch das hätte zu unnötigen diplomatischen Verwicklungen geführt. Hinter ihr schnaufte Kamino. Sie spürte, wie er an seinen Schwertgriff fasste. Ken'ichi trat einen halben Schritt vor, die Hände ebenfalls an den Schwertgriffen und auch ihre anderen Krieger standen bereit, sich auf Ymomaki zu stürzen. Doch Sabu schaffte es, zu lächeln.

"Ich bin erstaunt, Ymomaki, dass Ihr mit solch kleiner Eskorte reist. Soweit mir bekannt ist, seid Ihr kein besonderer Schwertkämpfer. Eher ein guter Tänzer."

Jetzt lagen Ymomakis Hände auf seinen Schwertgriffen. "Wir können es herausfinden, Weib", zischte Ymomaki. Er richtete sich auf. "Doch deswegen bin ich nicht hier."

"So?" Sabu sah sich um. Mit einer umfassenden Geste zeigte sie auf die graue

Landschaft. "Wie Ihr sehen könnt, haben wir keine Musiker in der Nähe. Meine Ritter können auf ihren Schwertern gut spielen, jedoch keine Baiore[14]. Also, was wollt Ihr?"

"Ich will Euch holen."

"Ihr? Weswegen, wenn ich fragen darf?"

Ymomaki sah erstaunt Sabu an: "Um Euch zu mir nach Hause zu bringen!"

"Seid Ihr noch bei Trost?"

"Ihr wurdet mir versprochen, Dame Sabu!", Ymomaki stand nur noch zwei Schritte von der Fürstin entfernt. Seine Hände zitterten vor Wut, die Schuppen leuchteten in einem tiefen grün. Es fehlte nicht viel, und er würde sein Schwert ziehen. Zu dicht, fand Kamino und zog sein Schwert. Und auch Ken'ichis Waffe fuhr singend aus der Scheide. "Tretet zurück, Herr Ymomaki!", forderte Kamino.

Der Sohn des Fürsten Asamoto reagierte nicht. Er starrte Sabu an.

"Wenn Ihr nicht auf meine Ritter hört, Herr Ymomaki, gibt es ein Blutvergießen." Sabus Stimme klang ruhig, obwohl ihr das Herz bis in den Hals schlug. Ymomaki machte zögernd drei Schritte zurück, aber behielt Sabu weiterhin im Auge. "Es wurde mir versprochen", zischte er

---

[14] Dreiseitige Geige mit langem Hals

wütend.

Sabu schüttelte den Kopf. Jetzt flüsterte sie: "Ihr macht Euch lächerlich. Benehmt Euch, wie es sich für einen Fürstensohn geziemt."

All die Gier, mit der er auf Sabu zugestürmt war, und die Wut, nachdem sie ihn brüsk abgewiesen hatte, war in sich zusammengefallen und machte einer großen Enttäuschung Platz. Er ließ die Arme hängen und senkte den Kopf. "Verzeiht, Dame Sabu."

"Es tut mir leid, Ymomaki." Sabus angespannte Haltung lockerte sich. "Ich war immer der Sonnengöttin geweiht, und wenn nicht mein Land und meine Familie dieses Unglück getroffen hätte, wäre ich jetzt eine *on'nanno o'nyoko-dayki*. Eure weite Reise war umsonst."

Ymomaki griff in den Ärmel seines Untergewandes, was Sabus Krieger veranlasste, noch einen Schritt auf ihn zuzugehen. Doch er holte eine Schriftrolle hervor, "Da, lest, Dame Sabu." Er hielt ihr die Rolle hin.

Zögernd griff Sabu danach. Das Dokument war eng zusammengerollt. Die Bänder, mit denen es zusammengebunden war, trugen die Farben der Familien Hita von Yukokoshima und Hikoku von Sagoshima. Die Siegel schienen unberührt. Sabu starrte auf die Schriftrolle. Mit schön gezogenen Strichen, das Werk eines Meisters der

Schreibkunst, stand quer darauf geschrieben: Vertrag der Herren der Häuser Hikoku und Hita – zweite Kopie. Vertrag? Sie wusste von keinem Vertrag. Was Wunder! War sie doch viele Jahre nicht zu Hause gewesen.

"Macht es nur auf, Sabu-oiiya."

Sabu erbrach die Siegel. Lange brauchte sie, um das Geschriebene zu begreifen; nach der üblichen langen Einleitung, in der neben unzähligen Höflichkeiten auch die Aufzählung der Titel der Herren der Familien Hita und Hikoku nicht fehlten, sowie Anrufungen und Fürbitten an die Geister der Ahnen, vereinbarten die Herren, dass der erstgeborene Sohn Hikoku Ymomaki und die vierte Tochter Hita Sabu, sowie sie die Volljährigkeit erreicht hätten, zu verheiraten wären. Voraussetzung war jedoch, dass benannte Sabu nicht zur *on'nanno o'nyoko-dayki* geweiht wurde. Es gab noch eine lange Aufzählung der Mitgiften und die Vereinbarung, das Sabu, aus der Familie Hita, nach der Verheiratung an den Hof des Fürsten Hikoku ziehen werde.

Sabu zitterten die Hände. Das kann nicht sein! Sie war der Sonnengöttin versprochen. Und nur, weil der FEIND über sie hergefallen war, sei sie – sozusagen – noch frei. Doch dieser Vertrag machte alle Zukunftsaussichten sinnlos. Sie sollte Eheweib eines Erben des Hauses Hikoku werden.

Doch was wird dann aus Yukokoshima? Sie brauchte Zeit. Viel Zeit und vor allem einen guten, nein, einen sehr, sehr guten Advokaten! Die Gedanken rasten nur so. Es musste einen Ausweg geben! Nicht diesen Ymomaki, diesen aufgeblasenen hidi-ko! Mit aller Kraft zwang sich Sabu, ein gleichmütiges Gesicht zu machen. Nach außen hin gelassen, rollte sie den Vertrag zusammen und reichte ihn Kamino. "Nehmt das Dokument und verwahrt es gut, Kamino."

"Aber, Sabu-oiiya, das ist mein Exemplar." Ymomaki hatte die Hand ausgestreckt. Doch Sabu ignorierte ihn. "Ihr besitzt sicher doch eine Kopie?"

Ymomaki nickte.

"Da Ihr nun einmal hier seid, Ymomaki-oiyii, nehmen wir doch Platz und uns die Zeit für einen Imbiss." Sie zeigte auf eine saubere Stelle auf ihrem Lagerplatz und, indem sie sich im Schneidersitz niederließ, fragte sie: "Was gibt es Neues, Ymomaki-oiyii?" Dabei sah sie Lubomir an, der sofort verstand und leise einen Zauberspruch intonierte.

Kamino staunte über seine Herrin. Er hatte erwartet, dass sie zusammenbricht, jammernd ihr Schicksal verfluchend. Doch Sabu lächelte, sprach gelassen mit diesem unmöglichen Ymomaki, die Dämonen mögen über ihn kommen, und lud ihn noch zu einem Imbiss ein! Er sah zu Ken'ichi. Doch auch der hatte die gelassene Maske des freundlichen Dragun aufgesetzt. Wie es üblich war bei ihnen, saß er neben Sabu. "Kamino-oiyii?" Sabu klopfte auf die rechte Seite. "Setzt Euch bitte zu uns." Und schon schwebte ein niedriger Tisch mit lauter Köstlichkeiten dazu. Auch, wenn Ymomaki erstaunt war, er ließ sich nichts anmerken. Nur die hochgezogene Augenwulst deutete auf seine Verwunderung hin. Vorsichtig und leise schnaufend ließ er sich gegenüber der Fürstin nieder und schwieg.

"Nun, Ymomaki?"

"Ach ja. Nein. Es ist, wie soll ich sagen, ruhig."

"Das ist alles?" Und weil Ymomaki Sabu verständnislos ansah, sagte sie leichthin: "Ihr habt mich gefunden. In dieser Wüstenei. Wie das?"

Ymomaki berichtete stolz, wie schwer es gewesen sei, sie zu finden. Und er erst lange Hita gesucht und glücklicherweise gefunden hatte. Und ihr Diener Yolo (Daimio Yolo von Hita – warf Sabu ein) – also was ihr Vasall berichtet hatte und er dank der Spuren, die sie in der Asche hinterlassen hatten, ihr hätte folgen können und er nun hier sei, um sie zu sich zu holen und er ihr deshalb mitten in diese Wüstenei gefolgt sei – und was denn nun mit der Heirat sei – und? -

"Fein, bis hierher danke, Ymomaki. Über Heiratspläne können wir später sprechen", erklärte Sabu. Ymomaki schwieg pikiert und kaute an einem großen Stück *inou*. "Diese Wüstenei hat der FEIND hinterlassen, Fürstensohn", setzte Sabu fort und erzählte kurz, wie sie von der Sonnenstadt nach Hita gezogen war (verschwieg die Begegnung mit Baldur), wie sie die Burg wieder aufgebaut, (Ymomaki sah sie zweifelnd an), und sie sich auf den Weg nach Somo gemacht hatten. Und dass es den FEIND gibt, der sehr gefährlich sei, wie er, Ymomaki, es ja sieht. "Ihr versteht, Ymomaki-oiyii, dass ich Euch keinesfalls folgen und heiraten kann. Erst muss mein Land wieder in Frieden leben und vor allem, der FEIND vernichtet sein."

"Dann lasst mich bei Euch sein!"

"Danke, Teuerster. Aber diese Sache muss ich mit meinen Rittern allein durchstehen."

"Wer sagt das?", zweifelte Ymomaki.

"Das ist Bestimmung", sagte Sabu kalt und abweisend, "Die Götter wollen es so." Sabu fiel etwas ein. "Doch wenn Ihr mir und meinem Land helfen wollt, so begebt Euch zum Hikoshu-sham. Ihr habt doch einen heißen Draht zu ihm, nicht wahr? Berichtet ihm, was Ihr gesehen und von mir gehört habt. Sagt ihm, er soll für Frieden in Sini sorgen, sonst sterben wir alle."

Der Fürstensohn blickte Sabu nachdenklich an. Er war nicht dumm, denn er spürte, dass Sabu Zeit gewinnen wollte. Aber er verstand auch, dass er einer völlig anderen Situation gegenüberstand: Sabu war nicht mehr die vierte Tochter des Fürsten von Hita, sondern sie war die Fürstin von Hita und Yukokoshima. Und trotzdem er erkannte, dass er vielleicht verliert, wollte er sie haben. Sie war die schönste Draguna, die er je gekannt oder gesehen hatte. Er wollte sie, komme, was da wolle! Er wird es schaffen! So die Götter ihm beistehen! Also schwieg er zu diesem Thema. "Selbstverständlich werde ich das für Euch tun." Er biss in einen ringo[15]. "Wäre es nicht angeraten, Eure Burg mit einer Truppe Krieger zu sichern?" Er hatte Hita scheinbar ungeschützt vorgefunden. Nur diesen Yolo und seinen Diener Komo, und in einem Nebensatz gedacht, dass es doch ganz einfach wäre, Yukokoshima zu besetzen. Doch da musste er sich erst beim Hikoshu-sham rückversichern, sonst käme es zu einem allgemeinen Krieg. Denn wenn es auch keine offiziellen Allianzen zwischen den Familien gab, so bestanden doch Beziehungen und verwandtschaftliche Verbindungen, die dazu führen würden, dass eine Familie die andere

---

[15] Eine apfelähnliche Frucht, die nach Ananas schmeckt.

unterstützen oder sogar für sie eintreten musste. Ein Einmarsch in Yukokoshima ohne Genehmigung des Hikoshu hätte eine Kettenreaktion zur Folge. Zum Glück kannte er Taichi, den neunundachzigsten Hikoshu-sham sehr gut. Ein Vetter seines Onkels und dessen Großonkel waren weitentfernte Verwandte. Ymomaki selbst war mit Taichi ein Jahr im ‚Tempel des seligen Drachen‘ gewesen. Er musste sich noch an ihn erinnern.

"Macht Euch keine Sorgen. Hita ist gut geschützt. Kein Heer Sinis wird es jemals wieder überraschen und überfallen können", mischte sich Lubomir ein.

"Was redet dieser saru? Wie kann ein Sklave es wagen …?"

"Das ist Lubomir, Zauberer aus Higashima, Ymomaki-oiyii. Er ist kein Sklave, sondern einer meiner engsten Berater."

Als wäre ein Blitz neben ihm eingeschlagen, zuckte Ymomaki zusammen. "Ihr – Ihr macht Euch mit sarus gemein, Sabu? Hat Euch der Staub, der hier überall herumfliegt, den Verstand vernebelt?"

"Noch ein falsches Wort, Ymomaki, und Ihr verliert den Kopf", Ken'ichi stand über dem Fürstensohn, das Schwert an dessen Kehle. Die Krieger Ymomakis hatten ihre Schwerter gezogen und auch Sabus standen mit blankgezogenen Waffen kampfbereit.

"Ts-ts. Ken, Kamino, die Waffen weg! Und ihr alle auch! Wagt es nicht, an den Fürstensohn Hand anzulegen!" Zum ersten Mal hörte Ymomaki Sabus befehlenden Ton. Er zuckte zusammen. Was hatte er denn Falsches gesagt?

Zögernd steckten die Soldaten die Waffen in ihre Scheiden und ließen sich, sich immer noch misstrauisch beäugend, im Schneidersitz an ihren Plätzen nieder. Sabu nickte zufrieden. Dann fiel ihr Blick auf Ymomaki: "Ihr werdet Euch an neue Zeiten gewöhnen müssen, Ymomaki. In meinem Land ist es nicht üblich Sklaven zu halten wie Tiere. Das war unter meinem Vater und dessen Vater und dem Vater des Vaters so. Diese Menschen hier sind frei. Sie helfen mir bei meiner schweren Aufgabe. Ich mache mich nicht gemein mit ihnen, sie sind meine Freunde."

Ymomakis Schweigen war beredt. Er griff sich seinen Weinbecher und trank ihn in einem Zug leer. Dann wischte er sich sehr unvornehm die Lippen am Ärmel ab. "Wie auch immer, Sabu. Als meine Gattin werdet Ihr Euch solche Flausen abgewöhnen müssen."

Sabus Rückenschuppen stellten sich auf. Es wurde immer deutlicher: Diesen Dragun konnte und wird sie niemals heiraten, lieber wollte sie sterben! Sie wusste aber auch, dass eine rüde Ablehnung unweigerlich zum Krieg führt.

"Unsere Gesellschaft ist krank, und jeder wartet nur darauf, dem anderen den Todesstoß zu versetzen." Das hatte Vater gesagt, als sie ihn fragte, warum manche Familie so handelte und andere so? Sie hatte damals noch nicht verstanden, was er meinte, aber sie hatte es sich gemerkt. Später dann, in der Sonnenstadt erfuhr sie, wie fragil der Frieden in Sini war, den der Hikoshu-sham gerade so erhielt. Der Kleinkrieg der Novizinnen um Anerkennung ihres Ranges, all die kleinen Spitzen und Bemerkungen waren nichts anderes, als es im großen Spiel der Familien war: der Kampf um die Macht in Sini. Und die mächtigste Familie waren neben oder mit den Nyokos, die Hitas, gefolgt von den Hikokus. Sie kontrollierten weitgehend den Hikoshu-sham. Sie besaßen zusammen die größte Militärmacht und waren wirtschaftlich unabhängig.

Sabu erhob sich. Sie musste der ganzen Posse ein Ende machen. Es war ihr klar, dass sie sich einen gefährlichen, nein, tödlichen Feind geschaffen hatte. Ymomaki erhob sich ebenfalls. Hoffte er doch, dass Sabu aufgegeben hatte.

"Ymomaki-oiyii. Euer Antrag ehrt mich sehr, und ich kann mir keinen besseren Gatten vorstellen, als Euch", schmeichelte sie, obwohl in ihrer Stimme eine Schärfe lag, die sogar Ymomaki nicht entging. "Doch muss ich Euch absagen. Es tut mir leid, aber ich bin Fürstin meines Landes und diene meinem Volk. Ich kann nicht heiraten, denn mein Gatte ist mein Land." Sabu verneigte sich leicht. Sie hörte, wie Ymomaki schnaufte. Als sie sich wieder aufrichtete, sah sie in hasserfüllte rote Augen. Der Fürstensohn nickte kurz, drehte sich heftig um. Mit steif aufgerichtetem Oberkörper ging er mit großen Schritten zu seinem Drachen. "Hoch mit euch!", rief er seinen schweigsamen Begleitern zu. Kurz drehte er sich noch um: "Ihr hört von uns, Sabu!" Dann sprang er auf seinen Kampfdrachen, schlug ihm mit der Faust in die Seite. "Na mach schon!" Wenige Sekunden später war der ganze Spuk verschwunden.

"Den Göttern sei Dank!", rief Kamino, und Ken'ichi entspannte sich. Und erst jetzt bemerkte Sabu, dass neben ihr Lubomir und Naeg standen. "Ihr?"

"Wir waren um Euch besorgt, Fürstin", flüsterte Naeg mit ruhiger Stimme.

"Was hättet ihr getan?"

"Ihn daran gehindert, sein Schwert zu ziehen." Und Lubomir nickte dazu.

"Ich danke euch." Sabu atmete tief ein. Sie konnte stolz sein! Wer von den sinischen Fürsten konnte davon sprechen, zwei der mächtigsten Fürsten zum Feinde zu haben! Das hatte ihr gerade noch gefehlt! Sabu atmete tief aus. "Lasst uns weitergehen. Somo wartet auf uns."

Sie griffen nach ihrer Ausrüstung, luden das Gepäck auf den Rücken ihrer Pferde und setzten sich seufzend in Bewegung. Die Staubwolke, die sie hinterließen, interessierte sie nicht mehr. Nur noch schnell weiter. Und wann kommt endlich Tsuyoshi?

BRODOR

Von seiner erhöhten Position sah er dem Aufmarsch des Feindes zu. Innerlich lächelte er. Die paar Mann? Er schätzte sie auf zweitausend Mann Fußvolk, hundertfünfzig Reiter und zehn Kampfdrachen. Die allerdings bereiteten ihm Sorgen.

Er befand sich mit seinem Heer hinter dicken, sicheren Mauern. Sie würden sich an ihnen die Zähne ausbeißen. Sollte er sich beim HERRN melden? Ach was, das schaffte er allein!

Brodor schnippte mit den Fingern. "Boron, Krawag!"

"Chefchen?" Boron stand neben ihm, Krawag bog eben um die Ecke.

"Geht zu den Unterführern. Sie sollen Bogenschützen auf den Mauern postieren. Und lasst die Drachentöter laden. Jeder, der einen Drachen abschießt, erhält ein Goldstück."

"Wohl, Chefchen!" Boron rannte die Treppen der Festung hinunter, um den Schützen an den Drachentötern Brodors Befehl zu übermitteln. Krawag steckte zwei Finger in den Mund und stieß einen grellen Pfiff aus. Unten traten drei Krulls zusammen und sahen nach oben. "Ihr sollt …"

"Hör auf zu brüllen, Kerl. Geh nach unten und brüll dort weiter!"

"Wohl, wohl, Chefchen." Krawag sah Brodor ein paar Sekunden lang an, dann ging er gelassen zur Tür. "Die Bogenschützen …", murmelte er noch.

Es rauschte. Ein greller Schrei ertönte. Unwillkürlich duckte sich Brodor hinter die Brustwehr. Da fegte auch schon ein Drachen knapp über die Burg hinweg und stieg kreischend steil in den Himmel. Auf seinem Rücken saß ein prächtig gerüsteter Drachenmensch. Für eine Sekunde sahen sie sich in die Augen, da war der

Reiter wieder außerhalb der Befestigungen. Ein einsamer eiserner Pfeil, der dem Drachen gegolten hatte, fiel vom Himmel und landete klappernd im Vorhof der Burg. Brodor hörte die Wutschreie der Drachentöterbesatzung und das Gekeife des Truppführers.

Nun ja, die erste direkte Begegnung mit dem Gegner, dachte Brodor. Er sah wieder zu den Belagerern. Es sah nicht so aus, als wollten sie in den nächsten Tagen stürmen, aber sie trieben sicher Vorbereitungen. Ob er doch den HERRN rufen sollte? Nein, lieber nicht! Der Befehl lautete, die Burg befestigen und verteidigen. Einen Ausfall konnte er sich nicht leisten. Er brauchte jeden Mann auf der Mauer.

"Du siehst aus, als würdest du nachdenken, Chefchen." Boron war zurück. Er grinste über das ganze zerklüftete Gesicht. "Alles klar, da unten." Boron war ein Eigeschlüpfter, genau wie Krawag und Brodor. Deshalb durften sie auch Führungsaufgaben übernehmen. Seine beiden Adjutanten waren nicht die hellsten Köpfe, aber zum selbständigen Handeln in der Lage. Deshalb hatte Brodor die beiden an seine Seite gestellt.

"Was geht dich das an?", schnauzte Brodor.

"Na ja, so sieht man dich selten."

"Ich denke darüber nach, was wir hier tun."

"Die Drachen vernichten? Beute machen?"

"Das meine ich nicht. Vielleicht habe ich mich falsch ausgedrückt. Warum, wozu sind wir hier. Ich kann mich an nichts erinnern. Erst nachdem wir in Hita die Echsen gejagt und getötet hatten, von da an fing es an."

Boron sah nachdenklich über die Brustwehr. "Geht mir auch so." Er zog unbehaglich die Schultern hoch. "Weiß nicht, ob das wichtig ist?" Sie kamen nicht dazu, ihre Gedanken weiter zu verfolgen. Beim Feind im Norden sah Brodor Bewegung. "Die wollen den Hafen erobern!" Er kniff die Augen zusammen. "Krawag!", rief er in den Hof.

"Chefchen?"

"Lauf zum Hafen! Nimm dir, wen du erwischen kannst. Beobachtet den Feind, und wenn er sich auf Pfeilschussweite nähert, schießt ihn nieder. Lasst keinen leben!"

"Jaaa!", Krawag strahlte über das ganze Gesicht. "Auf sie!"

"Hundert Schritte, Krawag!"

"Schon verstanden, Chefchen!" Aber das hörte Brodor nicht mehr, denn Krawag rannte bereits zum Hafen.

Brodor und Boron sahen besorgt zum Hafen. Doch es war wieder ruhig. Er sah, dass der Gegner angehalten hatte und hoffte, dass Krawag nicht einen Ausbruch versuchte. "Da, Brodor, sieh nur!"

Brodor erkannte Krawag an seiner Statur. Mit heftigen Gesten und einigen Schlägen hin und wieder, trieb er die Bogenschützen auf die Mauer. Dann zeigte er auf die Stellung der Dragune, die noch dabei waren, sich zu befestigen. Sofort flog eine Salve Pfeile auf die Gegner, die sich mit langen Schilden deckten. Einige fielen, wurden verwundet oder starben, denn die Pfeile waren gut gezielt. Und nach der dritten Salve zogen sich die Dragune zurück. Doch nicht in hellen Haufen, wie seine Krulls es taten, sondern organisiert und ohne seinen Leuten den Rücken zu kehren. Und sie nahmen die Gefallenen und Verwundeten mit.

"Kämpfen können sie, die Hunde. Sind andere als die, die in Hita waren." Boron knurrte.

Brodor beobachtete mit zusammengekniffenen Augen den Rückzug. "Ja. Hoffen wir, dass *wir* das hier überstehen."

"Dann möge der HERR mit uns sein."

"Hm", machte Brodor. Dann wandte er sich ab. "Du findest mich im Quartier."

SABU

Schwarzer Aschestaub wölkte hinter der kleinen Gruppe um Sabu auf, und sank langsam wieder zu Boden. Sie ritten seit einigen Stunden am Rande des verwüsteten Landes entlang. Rechts wuchs ein dichter Wald aus Eisenbäumen und dichtem Unterholz. Ab und zu trafen sie auf eine Lichtung, links zog sich die grau-schwarze Wüstenei dahin. Nirgends war Leben. Es war still wie in einem Garten der ruhenden Seelen[16]. Sabu hielt streng die Richtung Südwesten ein, denn sie erwartete sehnsüchtig die Drachen und damit auch Nachrichten aus Somo.

"Was für ein Glück, dass es nicht regnet", murmelte Ken'ichi, während sein Gaul vorsichtig Schritt vor Schritt setzte, um nicht zu viel Staub aufzuwirbeln.

"Seid froh, Drac-oiyii, wir müssten sonst durch schwarzen Matsch waten und Eure schöne Rüstung wäre dahin." Mosaru grinste breit, wodurch seine weißen Zähne blitzen.

"Da habt Ihr Recht, Mosaru, ich würde mich

---

[16] Friedhof

des Geschenks des Zauberers unwürdig erweisen, von oben bis unten mit schwarzem Schlamm bekleckert zu sein."

"Sorgen habt ihr", brummte Kamino.

‚Schwester?‘

Die Fürstin schrak aus ihren trüben Gedanken auf. Die Sorgen um Somo, überhaupt um ihr Land, machten sie krank. Tsuyoshi! Endlich! Sie konzentrierte sich. ‚Ich freue mich, Dich zu hören, Schwester.‘

‚Ich freue mich, Dir zu dienen, Sabu-ooiya. Wo seid Ihr?‘

‚Am westlichen Rand der Wüstenei‘, antwortete diese.

‚Ich sehe Euch.‘

"Drachen!", rief Kamino, "Es sind acht, nein, neun! Und ich erkenne Tsuyoshi an der Spitze!" Wahrlich! Die Drachin näherte sich ihnen mit Höchstgeschwindigkeit und glänzte dabei im Sonnenlicht, wie ein goldener Pfeil. Sie landeten in der Nähe auf einer Lichtung. Sabu war ihr entgegengelaufen und umarmte den Hals ihrer Drachin. Verstohlen wischte sie sich eine Träne aus den Augen. Yamato sprang von seinem Drachen und kam mit großen Schritten auf sie zugelaufen. Er salutierte, ging auf ein Knie und hielt Sabu eine lederne Kartusche hin. "Meine Fürstin, Nachricht von Heerführer Yukomi." Sabu nahm die Kartusche entgegen und entnahm ihr eine Rolle Pergament.

„An Fürstin Hita Sabu, Tochter von Hita Kenshoori, Herrin über Yukokoshima. Grüße! Dein Heerführer verneigt sich untertänigst und meldet: Somo ist befestigt. Ein großes Heer lagert innerhalb und außerhalb der Stadt und ist jederzeit bereit, Somo zu verteidigen. Nach Fuko ist ein Heer unter der Führung des tapferen Kamasu Higishi, Fürst der Provinz Kuta, unterwegs und wird in vier Tagen die Stadt erreicht haben. Ich habe Euren diesbezüglichen Befehl weitergegeben. Der FEIND verhält sich ruhig und nichts deutet auf einen Angriff hin.'
Yukomi schilderte wortreich seinen Erkundungsflug zum feindlichen Lager. Anschließend zählte er noch alle Maßnahmen und Befehle auf, die er seit seiner Ankunft in Somo erlassen hatte. Sabu atmete auf. Ja, sie konnte sich auf Yukomi verlassen. Und als sie sich umsah, standen dort ihre Soldaten, die alten und neu hinzugekommenen, und warteten auf ihre Befehle. "Wir rasten. Dann lassen wir die Pferde laufen. In einer Stunde fliegen wir nach Somo."

Wie sie es gewohnt war, nahm Sabu Meditationshaltung ein, während ihre Leute ein Lager aufschlugen. Sie ließ sich noch einmal die letzten Tage ihrer Odyssee durch den Kopf gehen;

Yolo und Komo saßen in Shiroi-Hita, Neu-Hita, und warteten auf Verstärkung. Lange hatte Sabu nachgedacht, wen sie als Vogt der Burg Hita zurücklassen kann. Dann hatte sie sich für Yolo entschieden und ihm das Gebiet um die Burg zum Lehen gegeben. Sie ernannte ihn zu Daimio und versprach ihm, so schnell wie möglich Truppen, Bauern und Handwerker zu schicken. Straßen mussten angelegt und das Land wieder urbar gemacht werden. Sabu befahl Yolo, notfalls aus der weiteren Umgebung Hilfe zu holen. "Versprecht den Bauern und Handwerkern Vergünstigungen! Lasst Euch etwas einfallen." Sabu hatte Komo zurückgeschickt, um Yolo zu unterstützen. Sie hatte gespürt, dass zwischen Yolo und Komo eine Art Geistesverwandtschaft bestand. Er sollte Yolo beim weiteren Aufbau Hitas unterstützen. Sie hatte ihn außerdem zum militärischen Berater und Heerführer eines noch nicht vorhandenen Heeres berufen. Komo hatte sich Bedenkzeit ausbedungen und war noch am gleichen Tag abgereist. "Ich danke Euch, meine Fürstin", wobei er sich tief verbeugte, bevor er zurückritt.

Für Sabu war eines glasklar: Sie musste Somo erreichen, bevor der FEIND die Initiative ergriff. Und das Problem Ymomaki war auch noch zu lösen. Sie konnte ihn unmöglich heiraten!

Ken'ichi hielt sich, wie immer, in ihrer Nähe auf. Er hockte zwei Schritte schräg hinter ihr, das Schwert blank auf den Knien. Richtig trauen konnte sie ihm nicht. Immer überkam sie ein leichtes Frösteln, wenn Ken sie ansah. Da war etwas Gieriges in seinem Blick.

Kamino war vor wenigen Minuten zur Aufklärung weggeflogen. Mosaru und Hoboke übernahmen die Wache. Lubomir flog ebenfalls hin und her und klärte, wie Kamino, die Umgebung auf. Nur Naeg, der Schweiger, stand mit auf dem Rücken gelegten Händen neben der Gruppe und schwieg.

"Zeit sich bereitzumachen", sagte Sabu, als Kamino zurück war. Die Drachen begrüßten sich in ihrer wispernden Sprache.

"Es sieht alles ruhig aus, Fürstin", meldete Kamino, "Wir können sofort losfliegen."

"Gut, Kamino-oiyii, sagt den anderen Bescheid. Wenn alles verpackt und aufgeladen ist, fliegen wir ab."

TAICHI

"Tonoo[17], tonoo-oiyii!" Taichi drehte sich unwillig um. Gerade eben hatte er noch den *roobai* (Hirsch) zwischen den Büschen gesehen. Enttäuscht hörte er das wilde Brechen des Unterholzes unter den sechs Hufen seines gewesenen Opfers. "Götter! Was ist denn?" Er ärgerte sich wirklich!

"Nachrichten aus Hita, tonoo." Inzwischen war der Rufer herangekommen und von seinem Pferd abgesprungen. Sofort fiel er auf die Knie.

"Puh. Ihr langweilt mich, Satoge. Ihr immer, mit euren wichtigen Nachrichten! Nun habt Ihr einen wirklich kapitalen *roobai* vertrieben."

"Diesmal ist es aber wirklich wichtig!", sagte Komobata Satoge. Er erhob sich leise stöhnend und ging zu Taichi. Aus dem Ärmel seines zeremoniellen Mantels zog er eine winzige Pergamentrolle. Er reichte sie Taichi. "Lest, tonoo."

Tomi Taichi sah seinen engsten Berater lange vorwurfsvoll an, bevor er nach der Nachricht

---

[17] Hoher Herr!

griff. Er rollte, Satoge immer noch streng ansehend, das Schriftstück auf. *„An Ihre Gnaden Tomi Taichi, achtundneunzigster Hikoshu-sham, Herr der Hikoshi-oiyii, Herr über die Tomi-igoki, Herr von ...'* Es folgte noch eine lange Reihe der Aufzählung der Ämter, Würden und Lehen des *Hikoshu-sham*, bis der Schreiber zur Sache kam: *‚Grüße! Es schreibt Dir Nyoko Aiki, Herr des Hauses Nyoko. Ich melde untertänigst, dass uns zu Ohren gekommen ist, dass das Haus Hita überfallen und vernichtet worden sei. Dies teilte uns ein Vertrauter aus meinem engsten Kreis mit* (gemeint ist ein Spion, dachte Taichi und schmunzelte), *der den Überfall aus der Nähe beobachtet und unter höchster Lebensgefahr rechtzeitig fliehen konnte. Er hat sich unverzüglich an mich gewandt, da ich, wie er weiß, beste Beziehungen zu Euch habe.*

Herr, der Überfall wurde nicht von uns oder einem unserer Vasallen ausgeführt. Auch ist uns nichts bekannt darüber, dass ein anderer igoka[18] an dem Überfall beteiligt war. Alle igoki[19] halten sich an den ausgerufenen Frieden.

Mein tonoo! Ich halte es für dringend erforderlich, sofort den hikoshi-igoku[20],

---

[18] Herr der Familie,

[19] Familien

[20] Rat des hikoshu-sham mit allen igoki

einzuberufen. Meine Boten stehen bereit, den Herren der Familien eine Botschaft eurerseits zu übermitteln.

P.S. Ich habe meine Truppen in Alarmbereitschaft versetzt und an die südliche Grenze zu Shoushima in Bewegung gesetzt. Fürst Hikoku Asamoto-oiyii ist unterrichtet. Nyoko Aiki von Sagoshima und untertänigster Diener Eurer herrlichen Erscheinung.'

Na, na, dachte Taichi, *was soll die Schmeichelei?* Taichi gab das Schreiben nachdenklich zurück und verschränkte die kräftigen Arme vor der Brust. Er war verwirrt, wollte dies aber nicht nach außen hin zeigen. "Wir reiten zurück", entschied er und winkte dem Hofstaat, der ihn regelmäßig auf der Jagd begleitete. Er setzte sich an die Spitze des Zuges aus dreißig Beamten, Offizieren und Höflingen und ritt im straffen Galopp zur Straße nach Tomi. In der Burg warf er einem saru den Zügel seines Pferdes zu und wollte durch die Tür zum Treppenaufgang in sein Arbeitszimmer im oberen Stockwerk stürmen. Kurz vor dem Eingang hielt er an. "Wir versammeln uns im Sommerhaus, nicht in der Burg", sagte er zu Satoge. "Kümmere Dich darum." Dann befahl er im Vorbeigehen einem Diener, sofort ein Bad herzurichten. So viel Zeit musste sein!

In seinem Privatgemächern, einem scharf bewachten und geschützten Bereich im fünften Stock der Burg, warf er die Rüstungsteile von sich, die von Sklaven unverzüglich aufgesammelt wurden. Inzwischen stand ein saru-Weibchen bereit, ihm den zeremoniellen Kimi des *Hikoshusham* überzulegen, sobald andere mit feuchten Tüchern und wohlriechenden Wässern den Körper von Schweiß und Staub gereinigt hatten.

Taichi trat unruhig von einem Fuß auf den anderen. Verdammt, warum ich? Warum in meiner Regierungszeit? Wer wagt es, gegen den Frieden des Hikoshu zu verstoßen? Ich werde ihn bei lebendigem Leibe in kleine Stücke hacken lassen! Langsam und wehe er fällt dabei in Ohnmacht! Taichi steigerte sich in eine Wut, die ihm äußerlich anzusehen war. Wenn seine gelbgrünen Schuppen dunkelrote Streifen bekamen, hieß das für seine Sklaven und Diener, ihm möglichst aus dem Weg zu gehen, oder sich soweit es ging, aus dem Bereich seiner kräftigen, langen Arme zu halten. Doch Taichis Wut richtete sich heute nicht gegen seine unmittelbare Umgebung, sondern auf einen imaginären Feind, der seine Harmonie störte. "Fertig?", fauchte er seine Sklavin an, die sich zu Boden fallen ließ und ihren Tod erwartete.

"Fertig, Herr."

"Wurde auch Zeit!" Taichi zog den Kimi fest vor der Brust zusammen und stürmte aus dem Zimmer, eine Gruppe schwer bewaffneter Leibgardisten hinter sich herziehend.

Er verließ die Burg durch den Seitenausgang, der in die Sommerresidenz des Fürsten führte. Über einen frisch geharkten Fußweg, gesäumt von einer niedrigen Hecke, marschierte er durch ein rundes Tor in den Garten der Weisheit. Diesen hatte vor Jahrhunderten Meister *Sim-kimishi* angelegt. Und seither war an dieser Anlage nicht das Geringste verändert worden.

Der Garten war von einer hohen Yomeni-Hecke eingerahmt, die die Sicht von außen verdeckte. Ein Kiesweg führte an niedrig gehaltenen Bäumchen und Sträuchern vorbei zu einer Bogenbrücke über einen künstlich angelegten Bach. Zwischen den Bäumchen und Hecken standen Stelen mit Sinnsprüchen. Statuen aus fehlerfreiem weißen Marmor, die berühmte weise Sini und mächtige *Hikoshu-sham* darstellten, säumten den Weg zur Sommerresidenz. Doch Taichi hatte heute keinen Sinn für die Schönheit des Gartens, den er ansonsten gerne aufsuchte, um zu meditieren oder nachzudenken. Manchmal dichtete er auch und diktierte seine Ergüsse einem Diener, der sie eifrig aufschrieb. Er stürmte auf ein weiteres rundes Tor aus Yomenisträuchern zu und bog zum Badehaus ab. Jedes vornehme Haus in Sini besaß ein Badehaus, ein offenes Bad oder wenigstens einen sauberen Teich, in dem man baden konnte. Für die ärmeren Teile des Dragunvolkes gab es öffentliche Badehäuser, die von den Weibchen oder Männchen, gerne auch gemeinsam, besucht wurden. Reinlichkeit stand neben der Ehre, der Verehrung der Geister der Vorfahren und Götter an der obersten Stelle des Lebens der Sini-Gesellschaft.

Das Bad befand sich in einem flachen bungalowartigen Bau aus Fachwerk. Das Mauerwerk war makellos weiß gekalkt und über dem Dach stiegen weiße Dampfwolken auf. An den offenen Schiebetüren zum Bad warteten tief gebeugt saru-Sklavinnen auf den Herrn. Als er eintrat, blieben die Wachen vor der Tür und verteilten sich um das Bad, um es zu bewachen.

Eine warme, duftende Wolke feuchter Luft empfing den Hikoshu-sham. Er warf den Kimi von der Schulter, den eine der Sklavinnen geschickt auffing. Noch drei Schritte, und Taichi stand vor einem Becken aus rosa Granit. Er nahm den Lendenschurz ab und stieg in das warme, nach Lavendel duftende Wasser. Seufzend tauchte er bis zum Hals ein und lehnte sich an den Rand des Beckens. Sofort stiegen zwei Sklavinnen dazu, und begannen, den *Hikoshu-sham* mit duftender Seife einzureiben und zu waschen.

"Ihr erlaubt, Herr?" Es war die feine Stimme seiner Lieblings-Joseyji, Kiriko, die ebenfalls in das Becken stieg. Taichi beobachtete sie faul, wie sie sich mit anmutigen Bewegungen langsam und leise seufzend in das Wasser gleiten ließ. Am liebsten hätte er sie sofort genommen, doch wichtige Staatsgeschäfte hielten ihn leider davon ab. Vielleicht sollte er nach der Beratung schnell eine der Sklavinnen – und danach Kiriko - oder umgekehrt? Egal, er wird noch dazu kommen und zog die Luft durch die Zähne, weil Kiriko ihm lächelnd im Schritt wusch.

"Genug", knurrte er. "Ich danke Euch, für den Dienst, teuerste Kiriko." Kiriko neigte lächelnd leicht den Kopf und sah dabei auf sein erregtes Glied. Er schob Kirikos Hand beiseite, "Ich habe noch eine wichtige Besprechung. Wartet auf mich in meinem Privatgemach. Doch es kann lange dauern." *Leider,* dachte er. Und bedauerte sich um sein schweres Schicksal. Warum er?

"Das macht nichts", flüsterte Kiriko und Taichi seufzte.

Die siebzehn Berater und Mitglieder seines Hofes erwarteten ihn im großen Saal. Je nach Rang und Bedeutung der Person trugen sie vielfarbige kostbare zeremonielle Kimis. In den

Gürteln steckten jeweils ein Katami und ein Katimi. Sie hockten rechts und links des Mittelganges auf den Fersen und ihren kostbaren Kissen. Satoge und der Heerführer des *Hikoshu-sham* warteten auf dem Podium. Taichi kam durch eine Nebentür und betrat es von hinten. Er trug einen knallgrünen Seidenkimi, der mit einem goldenen Drachen bestickt war. Um den Bauch hatte er einen breiten gelben Gürtel gebunden. Er trug keine Waffen. In der Hand hielt er Nyoko Aikis Schriftrolle. Taichi ging direkt zu seinem Sekretär, einem steinalten Dragun, der wie üblich an der rechten Seite unterhalb des Podiums hockte. Er reichte ihm die Rolle und flüsterte kurz mit ihm. Währenddessen warteten die Höflinge tief verneigt, bis er in der Mitte, auf erhöhten Kissen Platz genommen hatte und ein Glöckchen erklang.

Monoton sang Geroyii mit greisenhaft hoher Stimme: "Die siebenhundertdreiundvierzigste Versammlung des Rates des *Hikoshu-sham* hat begonnen. Mögen die Götter und die guten kami Weisheit über uns ausschütten, dass wir seine Hoheit, den neunundachtzigsten *Hikoshu-sham* gut beraten." Alle verneigten sich noch einmal tief, bis das Glöckchen wieder erklang.

Zum Erstaunen der Versammelten sprach Taichi nicht selbst, sondern erteilte mit einer

Handbewegung seinem Sekretär das Wort.

"Der Herr hat befohlen, dass ich die Nachricht des sehr ehrenwerten Aiki, Herr des Hauses Nyoko von Sagoshima, Verweser der östlichen Lande und so weiter, verlese." Er hüstelte exaltiert und begann das Schreiben Aikis vorzulesen.

Nachdem er geendet hatte, herrschte atemlose Stille. "Nun?", fragte Taichi nach einer Weile und wartete, dass sich jemand zu Wort melden wird. "Soll ich euch die Worte einzeln aus der Nase ziehen?"

Taichis Berater wussten, dass sie ihre Worte genau abwägen mussten, denn anders als sein Vater war Taichi unberechenbar und konnte innerhalb weniger Sekunden in rasende Wut ausbrechen. Das konnte nicht nur Blessuren bedeuten, sondern auch Gefahr für das eigene Leben. Also schwiegen sie und arbeiteten an einer, den *Hikoshu-sham* zufriedenstellenden Formulierung.

"Das sind bedenkliche Nachrichten, Herr." Gadotchi, der Heerführer des *Hikoshu-sham*, beugte sich ein wenig vor. Er war der Mutigste von allen und hatte von Taichi am wenigsten zu befürchten. "Eine große Gefahr geht davon aus, ob es nur ein Gerücht ist oder Wahrheit. In beiden Fällen ist der Frieden des *Hikoshu-sham* gefährdet. Ich schlage Euch vor, dass Ihr sofort eine Delegation nach Hita schickt, um an Ort und Stelle die Informationen zu überprüfen."

Taichi nickte zufrieden. "Gut, wen schicken wir?"

"Shusho Nezimi, Herr. Er besitzt unser aller Vertrauen und ist ein ausgezeichneter Diplomat. Ganz abgesehen davon ist er auch ein hervorragender Schwertkämpfer, der sich notfalls selbst verteidigen kann." Er drehte sich zu Nezimi, der gleich in der zweiten Reihe saß und gespannt zugehört hatte.

Nezimi verbeugte sich: "Das ist eine hohe Ehre, tonoo. Ich bin bereit, gleich – sofort - aufzubrechen." Wieder verbeugte er sich und wartete.

"Nun, Nezimi-oiyii, wenn dem so ist, befehle ich euch, eine Delegation zusammenzustellen, die sowohl militärisch als auch diplomatisch auftreten kann. Nicht mehr als zwei Berater und zwölf Krieger. Notfalls verkleidet Ihr euch als Zivilisten. Es soll ja nicht so aussehen, als wenn wir gewissen Gerüchten mehr Bedeutung beimessen, als sie vielleicht verdienen." Taichi war beruhigt. Er hatte auch an eine solche Lösung gedacht, doch war ihm Gadotchi zuvorgekommen. Er lehnte sich zufrieden gegen das Rückenkissen. So wird er sich, nach einem schlichten Essen am Nachmittag, doch noch seiner Gespielin Kiriko in ausreichendem Maße widmen können. Vor Vorfreude zog es in seinen Lenden und er wünschte sich, dass die Versammlung bald zu Ende sein möge.

"Was machen wir mit den anderen Fürsten?", fragte Taichi in den Raum. Eben war ihm eingefallen, wenn Asamoto und Aiki diese Nachricht schon kannten, was wussten die anderen Häuser?

"Wir sollten sie warnen", sprach Kamogara Yogaii, der eigentlich der Mundschenk des Hauses war.

„Keineswegs sollten wir die anderen Fürsten warnen, tonoo", widersprach Ritino Kono, der Meister des Handels und der Nahrung.

„Wieso nicht?" Taichi hob die Augenwülste.

„Nun, wenn sie etwas wissen, ist es eh zu spät. Dann werden sie schon ihre Pläne gemacht haben. Wissen Sie es noch nicht, sind wir im Vorteil und ihnen eine Nasenlänge voraus."

Taichi nickte. "Ja, das ist gut, sehr gut. Satoge! Ihr werdet ein entsprechendes Schreiben aufsetzen! Aber noch nicht verschicken. Erst wenn ich es befehle."

"Ich meine", meldete sich Gadotchi zu Wort, "dass wir das Heer unbedingt in Alarmbereitschaft versetzten sollten." Er zog aus dem Ärmel seines Kimi eine schon etwas abgegriffene Schriftrolle und rollte sie aus. "Außerdem habe ich eine Liste notwendiger Anschaffungen …"

"Gut, gut, Gadotchi-oiyii." Taichi wiegelte mit der Hand ab. „Tut das. Befehlt dem Admiral der Flotte, dass er sich bereitmachen und die Marineinfanterie alarmieren soll. Die Liste gebt dem *meirii* des Schatzes. Soll er prüfen, was machbar ist." Taichi blickte den Schatzmeister streng an, so als wollte er ihm zu verstehen geben, weder ihn, den Hikoshu-sham, noch den Heerführer zu verärgern. Ein Balanceakt, den der Schatzmeister jeden Tag machen musste, und er deswegen keine Miene verzog. „Und was das Heer betrifft, Gadotchi, „verschärft die Ausbildung der Krieger."

Jetzt mutiger geworden, meldeten sich noch mehr Höflinge, um ihre Wünsche oder Sorgen loszuwerden. Taichi war milde gestimmt und dachte eher an die Stunden nach der Sitzung mit Mikiri. Deshalb schob er alles auf den *meirii* des Schatzes. "Entscheidet Ihr, Jabone! Und legt mir die Liste zur Genehmigung vor - Morgen!"

Er sah in die Runde. Niemand schien noch etwas zu sagen oder ergänzen zu haben. So war es immer. Er seufzte leise. "Wenn es weiter nichts gibt, schließe ich für heute die Versammlung." Er wartete einen Moment und nickte dann mit dem

Kopf. Das Glöckchen erklang und alle verneigten sich tief vor ihm. Taichi sprang auf und lief eilig zu dem besonderen Bungalow mit seinen speziell eingerichteten Zimmern. Kiriko, ich komme, dachte er voller Vorfreude.

Später lag er entspannt auf dem Rücken, während ihm Kiriko die Schuppen salbte und hin und wieder intim berührte. Faul sah er durch das große Fenster, wie sich aus dem Hof der Burg Drachen erhoben und nach Süden ausrichteten. *Aha, Nezimi ist unterwegs. Der hat's aber eilig. Sicher ist er froh, für eine Zeit dem Hof entkommen zu sein – oder seinem Weib.* Taichi grinste breit. Doch dann hatte er alles Vorhergehende vergessen. Sein Glied hob sich und wurde fester unter Kirikos zarten Berührungen. Er griff nach ihr. "Kommt, süße Kiriko. Mach mich Vergessen", murmelte er und zog sie an sich.

SABU

Aus der Luft sah die Spur der Zerstörung, die

der FEIND hinterlassen hatte, noch entmutigender aus als vom Boden. Sabu flog an der Spitze der Formation. Sie hielt sich weiterhin am rechten Rand der grauschwarzen Wüstenei. Sabu knirschte mit den Zähnen; auf der einen Seite vollkommene Zerstörung, auf der anderen zwar blühendes Land, mit Wäldern, Feldern, kleinen Dörfern und bescheidenen Herrenhäusern. Und von oben sah es friedlich aus, doch sah sie, dass es völlig unbelebt war. Was ist mit den Dragunen geschehen, die in unmittelbarer Nähe der Vernichtung gelebt hatten? Waren sie rechtzeitig geflohen oder hatte der FEIND sie auch umgebracht? Sabu hatte nicht die Zeit, zu landen und nachzuforschen. Sie mussten nach Somo!

Als sie aufgebrochen waren, war es noch nicht ganz Mittag. Jetzt neigte sich die Sonne langsam dem Horizont zu. Sabu wollte nicht im Dunkeln weiterfliegen. Niemand wusste, wie der FEIND, wenn sie denn seiner ansichtig werden sollten, reagiert. Und im Finstern wollte niemand von ihnen auf den FEIND treffen. Außerdem war es Zeit für eine Rast. Die Drachen wurden müde. Mit den Augen suchte sie das Gebiet ab, wo sie landen konnten und wo sie gegebenenfalls Unterkunft bekämen, denn sie hatte genug davon, wieder im Freien zu übernachten.

In einige Entfernung lag ein Dorf von vielleicht zehn Häusern, an einem Weg, der vor einem Herrenhaus endete. Die große Wiese davor war ein ausgezeichneter Landeplatz. Sie zeigte Tsuyoshi die Stelle und die Drachin ging sogleich in den Sinkflug über. Elegant wie immer setzte Tsuyoshi auf. Hinter ihr landeten ihre Genossen. Noch blieben sie auf ihren Drachen sitzen und warteten. Doch nichts rührte sich. Es war still hier, kein Vogelgezwitscher, nicht einmal die Stimmen der Tiere waren zu vernehmen.

Sabu ließ sich langsam von Tsuyoshis Schulter gleiten. Kamino stand neben ihr und auch Ken'ichi kam gelaufen.

"Still hier", flüsterte Sabu. "Ob alle geflohen sind?"

"Hoffentlich", brummte Kamino.

"Ich gehe vor, Herrin. Wartet bitte, bis ich …"

Doch da war Sabu schon an Ken'ichi vorbei, das Katami in der Hand, und marschierte entschlossen zum Herrenhaus. Die Pforte im Zaun zum Vorgarten stand offen. Sie ging über den Kiesweg an zertrampelten Blumenbeeten vorbei zur Veranda. Kein Wind wehte. Die Schiebetür zum Haus lag innen auf dem Boden. Drinnen herrschte Dämmerung. Trotzdem ging Sabu weiter. Mit dem Fuß schob sie die Schiebetür zur Seite. Der große Empfangsraum war geschmackvoll bemalt. Die hellen Wände trugen Bilder mit Szenen aus dem Landleben. An der Stirnseite hing die Fahne des Hausherrn, eine schwarz stilisierte Sonne auf gelb, rot gestreiftem Tuch. Rechts fanden sie eine niedrige Truhe, links, mit offenen Türen, einen hohen Schrank aus dunklem Holz – allerdings leer. Der Boden war aus hellen Erlendielen. Jedoch verunzierten Blutspritzer und eine Schleifspur aus Blut den Fußboden, die von der Eingangstür über den Flur in die Privaträume führte. Eine Vase mit vertrockneten Blumen stand neben einer Truhe und ein zeremonieller Helm lag mitten im Raum. Kamino war jetzt vor Sabu und folgte der Blutspur. Gleich im ersten Zimmer lagen die kopflosen Leichen zweier *sarus*. Fliegen umflogen sie und fette Maden verrichteten ihr ekelerregendes Werk.

Sie gingen weiter. Wieder passierten sie ein Zimmer, dass, den Göttern sei Dank, leer war. So leer, dass es nur geplündert sein konnte. Im nächsten fanden sie wieder eine Leiche, diesmal einen Dragun, an dessen Kleidung sie erkannten, dass es sich um einen Diener gehandelt haben musste. Er lag auf dem Gesicht, in seinem Hals steckte etwas, das aussah, wie ein Messer, eher wie ein scharfer Eisensplitter mit einem Griff, schwarz und ungefügig.

Weiter den Gang entlang fanden sie noch drei leere Räume – einer davon war das Arbeitszimmer des Hausherrn. Dort hing ein Sinnspruch an der Wand. Papiere und Schreibutensilien lagen verstreut auf dem Boden. Ein großer Tintenfleck in der Form eines Schmetterlings hatte sich über den Fußboden verteilt. Auf der anderen Seite fanden sie die große Halle und die Schlaf- und Waschräume der Bewohner, eine kleine Küche und eine Kammer für die Zofe oder einen Kammerdiener. Alle leer und ausgeplündert oder das Mobiliar zerstört. Sabu sah durch die zerschnittenen Scheiben aus Tierhäuten aus dem Fenster. Über einen kurzen Kiesweg gelangte man zum Badehaus und in einiger Entfernung standen die Häuser der Bediensteten sowie die große Küche mit den Lagerräumen und Strohhütten für die saru. Auch dort regte sich kein Leben.

Hinter sich hörte sie ihre Krieger, die dabei waren, aufzuräumen, die Leichen beiseitezuschaffen und das Haus als Unterkunft vorzubereiten. "Kommt, Kamino, sehen wir nach, ob wir das Bad benutzen können." Sie trat aus der Hintertür.

Das Badehaus war sauber, sogar das Wasser des Badebeckens schien unbenutzt. Im Nebengelass entdeckten sie den Ofen, mit dem es angewärmt wurde. Kamino sammelte Holzscheite zusammen, steckte sie in den Ofen und zündete sie an. Dann ging er vor das Haus und ließ das abgestandene Wasser aus dem Becken ab. Währenddessen sah sich Sabu um. Sie entdeckte Tücher in einem Schränkchen, wie frisch gewaschen und noch duftend, Seife und Körperöle. Seufzend sehnte sie sich nach einem sofortigen Bad, jedoch musste erst das Badewasser warm werden und im Haus aufgeräumt sein. Eben wollte sie zurückgehen, um nachzusehen, wie weit die Krieger schon waren, als sie auf Lubomir stieß, der in der Tür stand. "Fürstin? Benötigt Ihr meine Hilfe?"

"Wie steht es, Lubomir?"

"Es ist alles bereit im Haus. Aufgeräumt, frisch gelüftet und eingerichtet. Ich habe noch ein wenig nachgeholfen, die bösen Geister zu vertreiben. Wenn Ihr wollt, kann ich ein Abendessen bereitstellen."

Sabu nickte. "Vielen Dank. Doch viel lieber wäre mir, wenn ich sofort baden könnte."

"Kein Problem." Lubomir wedelte mit den Händen. Sabu stellten sich die Nackenschuppen auf. In solch unmittelbarer Nähe hatte sie noch nie Magie gespürt. Sie fühlte die ungeheuren Kräfte, die Lubomir freisetzte. Da hörte sie Wasser ins Badebecken rauschen und Dampf stieg auf.

Kamino sah um die Ecke. "Schönen Dank, Lubomir", sagte er und lächelte dabei, "Und ich strenge mich so an! Wenn ich das gewusst hätte."

"Würdet Ihr mich begleiten, Kamino?", fragte Sabu leise. Kamino erblaute, sowohl vor Freude als auch vor Überraschung. Lubomir grinste breit über die Schulter Sabus und kniff verschwörerisch ein Auge zu. Er verschwand geräuschlos, wie er es immer tat.

"Helft mir bitte bei der Rüstung." Sabu stellte sich auf und breitete die Arme aus. Kamino löste Riemen, Schnallen und Schleifen, legte die Rüstungsteile auf einen Hocker. Nun konnte Sabu die Unterkleidung, eine Weste aus dichtem Filz, ein dickes Leinenhemd und Strümpfe, die an einem Gürtel geknöpft waren, ablegen, zuletzt den Lendenschurz. Sabu stieg in das Wasser. Es war klar, duftete nach Süßholz und etwas Lavendel. Sie ließ sich bis zum Hals in das warme Wasser sinken und legte müde den Kopf auf den runden Rand des Beckens. Kamino stand noch immer da und hatte sich nicht einen Millimeter gerührt. "Was ist, Kamino?"

Sie sah zu, wie Kamino seine Rüstung und die Unterkleider ablegte. Ihre Augen verfolgten jede Bewegung und bewunderten seine athletische Figur. Langsam, beinahe schüchtern legte Kamino seinen Lendenschurz ab und stieg ins

Becken.

"Schön, dass Du es auch geschafft hast", murmelte Sabu launig. "Ob du mir wohl den Rücken …?"

Als es an der Tür klopfte fuhren Sabu und Kamino auseinander, und taten als sei nichts gewesen. Lubomir schob die Tür zur Seite. "Fürstin, wenn es Euch genehm ist, das Abendessen steht bereit." Er lächelte Kamino unschuldig an, nickte noch einmal zu Sabu und verschwand. Natürlich hatte er erkannt, dass zwischen Sabu und Kamino etwas gewesen war, doch ließ er sich nichts anmerken.

Das Herrenhaus war groß genug, dass alle gut unterkamen. Während Sabu und Kamin badeten, waren Ken und Mosaru auf Erkundung durch die Umgebung gestrichen. Außer den drei Toten fanden sie weder in der näheren noch weiterer Umgebung irgendein lebendes Wesen. Die Bauernhöfe waren leergeplündert. Bauern, sarus, Vieh, nichts war mehr vorhanden. Die Scheunen leergeräumt, die Vorratshäuser bis auf den letzten Krümel ausgeraubt.

"Zeit, sich zur Ruhe zu begeben", sagte Sabu, nachdem sie das Abendmahl beendet hatte. "Es wird noch ein langer Flug bis Somo." Sie bestimmte die Reihenfolge der Wache und instruierte Tsuyoshi, auf die Umgebung Acht zu geben und sie bei Gefahr oder wenn etwas verdächtig war, sofort zu wecken.

Sie bezogen die nunmehr leeren Räume. Die Leichen hatten sie beigesetzt und ein Gebet gesprochen und die *kami* der Opfer den Göttern geweiht. Bevor sie sich zur Nachtruhe begaben, badeten noch die Krieger ausgiebig und mit Genuss. Die zerschlagenen Möbel erhitzten das Wasser im Bad. Die Zimmer, wo die Leichen gelegen hatten, mieden sie, weil sie schlechtes Karma vermuteten.

Sabu war viel zu aufgewühlt, um sofort einschlafen zu können. Die ‚Geschichte', wie sie die Liaison mit Kamino bei sich nannte, hatte sich in sie eingebrannt. Ihr Herz klopfte immer noch heftig. Jede Sekunde ihres Zusammenseins im Bad, jede Berührung, der Duft der Seifen und Öle, und die Heimlichkeit ihres Tuns hatte sie aufgewühlt. Und die zarte Berührung ihrer Zungen und ihrer Körper noch mehr. Da war es ihr, als wenn sie explodiere und - leider störte sie Lubomir. Sie lächelte in sich hinein. Kamino! Sie hatten Zeit genug gehabt, jede Faser, jede Schuppe ihrer Körper zu erkunden. Zu ersten Mal in ihrem Leben hatte sie einen männlichen Dragun in dieser Art berührt, seine harten Muskeln gespürt, den kräftigen Körper umarmt. Es war anders, intensiver als die Spielereien mit ihren Geschlechtsgenossinnen im Kloster der Sonnengöttin. Immer war ein leichtes Schuldgefühl geblieben. Aber dies, mit Kamino, war anders, echt. Und sie fragte sich, ob sie liebte oder nur wegen des neuen Gefühls, dass sie nahezu überwältigte, so aufgewühlt war. Und dann dachte sie an ihren Vater, was der sagen würde und eine große Trauer überkam sie, die in Wut überging. Alles hatte der FEIND ihr verdorben. Ein Leben im Tempel der Sonnengöttin oder als Gemahlin eines hohen Fürsten. Ein ruhiges Leben, in Harmonie! - In Harmonie? Welche Harmonie? Die gab es nicht, keine Ausgewogenheit; Das Spiel der Familien, der ständige Kampf um die Macht in Sini war die brutale Realität. Äußerlich schien alles ruhig, aber in Untergrund brodelte es. Und nun gehörte auch sie dazu, sie, die Fürstin Hita Sabu von Yukokoshima. Jetzt musste sie mittun, in diesem gnadenlos tödlichem Spiel. Sie sehnte sich plötzlich nach Kaminos festen Körper, seinem herben Duft und ruhigen Stimme.

Morgen werden wir Somo erreichen. Morgen werden Pläne gemacht. Morgen nimmt die Vernichtung des FEINDES ihren Anfang. Nicht heute, nicht jetzt! Sie erhob sich leise von ihrer

Schlafmatte, wickelte sich in den Kimi und schlich barfuß über den Flur zu Kaminos Zimmer. Vorsichtig schob sie die Tür zur Seite. Kamino schien zu schlafen, sein Atem ging ruhig und gleichmäßig. Leise schloss Sabu die Tür hinter sich und legte sich seufzend neben ihren Geliebten.

KEN'ICHI

Seit Ken bei der Gruppe war, starb er nahezu vor Eifersucht. Er musste sich zusammenreißen, Kamino nicht in einem unbeobachteten Moment das Kurzschwert in den Rücken zu stoßen und umzudrehen, und zu sehen, wie sein Nebenbuhler starb. Selbst, dass er neben seiner Geliebten sitzen durfte, beruhigte ihn nicht im Geringsten. Nach außen war er freundlich, dragunisch ausgeglichen. Das lernte man als junger Dragun, seine Gefühle zu verbergen. Man verlöre sein Gesicht, seine Reputation, seine Ehre. Die alten Sini, hatte er gelernt, hielten es so und alle edlen Nachfahren. Der Pöbel, die Bauern, nicht zu reden die saru, hielten es nicht so. Sie jammerten, heulten und baten, bevor man ihnen den Kopf abschlug oder sie in Stücke hackte. Sie hatten eben keine Ehre. Ken'ichi war überzeugt, dass jeder, der unter ihm stand, keine Ehre hatte. Es mag Ausnahmen geben, vielleicht seine – seines Vaters, berichtigte er sich – Krieger und Berater und hier und da ein Beamter. Aber alle anderen, dazu gehörte Kamino ganz sicher, standen weit, weit unter ihm. Und dass Sabu diesen – Dings – bevorzugte, beleidigte ihn zutiefst. Und er wusste, eines Tages wird er sich diesem – Kamino-chikushoo (Scheiß-Kamino) – stellen müssen.

Leider teilte er sich mit Hoboke einen Raum, gleich neben Sabu, wogegen sein Widersacher ein eigenes Zimmer hatte. Hoboke schnarchte leise. Ken hörte Sabu nebenan wirtschaften und stellte sich vor, wie sie sich zum Schlafen bereitmachte. Ein selbstsüchtiges Kribbeln zog unter seinen Schuppen entlang, dass sie sich aufrichteten. Und ein leises Stöhnen entfuhr ihm. Er ballte die Fäuste. Dabei könnte er, der Fürstensohn und Erbe, mit ihr zusammenliegen und kopulieren.

Welch ein Glück, lenkte er sich ab, *dass das Herrenhaus leer stand und nicht zerstört worden war! Seltsam war es schon, bedachte man die Vernichtung gleich ‚nebenan'.* Die drei Leichen hatten sie schnell beseitigt. Der Diener bekam ein Begräbnis, wie es sich gehörte. Und da sie seinen

Namen nicht kannten, stellten sie eine Holzstele auf, auf der sie die Götter baten, den kami des Dieners in Milde aufzunehmen. Die saru verscharrten sie neben einen der Ställe des nahegelegenen Bauernhofes. Auch sie bekamen eine Stehle, für Ken eine Unmöglichkeit. Sabu war einfach zu weich. Zum Glück waren Zauberer unter ihnen, die mit wenigen Handbewegungen das Herrenhaus reinigten. Er hatte sich immer noch nicht daran gewöhnt, sarus wie Dragune zu behandeln und es kostete ihm alle Kraft, ihnen seine Abneigung nicht zu zeigen. Aber nützlich waren sie, wie sarus eben sein sollten. Sie beschafften Essen und Getränke und gaben der Gruppe irgendwie das Gefühl relativer Sicherheit, obwohl er noch nichts gesehen hatte, was diesen Eindruck unterstützte. Ken drehte sich auf den Rücken. Nebenan war Ruhe eingetreten, wahrscheinlich schlief Sabu, aber nicht in seinen Armen. Es zog in seinen Lenden.

Ken bedauerte seinen spontanen Entschluss, sofort einen Schwur auf die Hitas geleistet zu haben. Jetzt saß er fest, konnte sich als Familienmitglied betrachten, schön aber – na und? Damit kam er Sabu – sein Puls erhöhte sich – keinen Zoll näher. Eher ferner, verdammt! Und dann war da noch Hoboke, der seine Sabu ebenfalls mit großen Rino-Augen ansah. Sich mit ihm einzulassen, schien Ken sehr gefährlich. Er sah nicht nur sehr gewandt aus, er war es auch. Noch nie hatte Ken gesehen, dass ein Drac so schnell ein Schwert ziehen konnte und zum Kampf bereit war. Dass sie von den najano-ko verfolgt wurden, erzählte Hoboke brühwarm bei ihrer ersten gemeinsamen Rast. Und wie viel sie von dieser Mörderbande getötet hatten, wusste er auch noch, und dass Komo sein Kurzschwert in einen dieser Assassinen stecken lassen musste. Hoboke hatte gelacht. Pech eben! Ken hatte nur von den najano-ko gehört. Man sprach über sie mit höchstem Respekt – in seinen Kreisen. "Man weiß nie, wann man die Kerle mal braucht", knurrte sein Vater, als einmal die Rede von der Bruderschaft und einem unzuverlässigen Nachbarn war. Die Nachricht wurde gezielt überbracht. Und siehe da, es funktionierte wieder mit dem Nachbarn! Und Hoboke sprach über die najano-ko, als sei es ein Spaziergang gewesen.

Dann war auch noch dieser Ymomaki aufgetaucht. Ein gefährlicher Nebenbuhler und noch gefährlicherer Feind! Ymomakis Vater ist ein enger Vertrauter des *Hikoshu-sham*! Wusste Sabu, wen sie brüskiert hatte oder war es ihr egal? Selbst der blindeste Dragun hätte ihre Abscheu gesehen. Aber wie dieser Ymomaki aufgetreten war! Wie unhöflich! Am liebsten hätte Ken ihm den Kopf abgeschlagen. Nur wäre es ganz sicher zum Krieg gekommen und den würde seine Familie, die Kasumi, nie überleben! Ken'ichi atmete tief durch. Er musste Sabu sehen. Jetzt!

Er erhob sich leise, schlich zur Tür und öffnete sie lautlos. Auf Zehenspitzen huschte er über den kurzen Flur zu Sabus Zimmertür und schob sie geräuschlos auf. Sabu war nicht in ihrem Zimmer! Wo, bei den *kami* der Unterwelt, war Sabu? Enttäuscht kehrte er in derselben Weise unhörbar zurück. Wozu war er zum Späher ausgebildet worden? Nachdem er wieder auf der Matte lag und die dünne Decke über die Schultern gezogen hatte, brummte Hoboke verschlafen: "Ist es weit zum Abort?"

"Nein." *Wo ist Sabu? Doch nicht etwa bei Kamino?* Kens Magen rotierte vor Wut. Irgendwann wird er Kamino vor seinen Schwertern haben! Irgendwann! Und dann ist Sabu die seine! Und er wiederholte den Satz im Stillen so oft, bis er endlich darüber einschlief.

SABU

Sabu und Kamino wachten fast gleichzeitig und eng aneinandergeschmiegt auf. Kamino tat erstaunt. Er zog die Augenwülste hoch, als wenn er überrascht wäre. "Du?"

"Wer sonst", flüsterte Sabu, "Hast Du wen anderes erwartet?"

Kamino schwieg und grinste breit. Dann sagte er "Wir müssen, Sabu, Liebste. Somo und der Krieg warten nicht". Er stand auf, sah von oben herab Sabu an, die ihrerseits, mit in den Nacken geschobenen Händen, Kamino bewunderte. Kaminos Herz schlug jetzt heftig und er erblaute. Dann beugte er sich nach seinem Kimi. "Wenn es Euch genehm ist, Fürstin?" Er zog den Kimi über, verneigte sich formvollendet und verließ das Zimmer. Draußen hörte sie seine Stimme. Er weckte die Kameraden.

Sabu wollte nicht aufstehen. Sie wollte hierbleiben, mit Kamino und ihren Rittern und der Ruhe rundherum. Und sich nicht um Krieg, den FEIND, Strategie, Ymomaki, Waffen, Heere und was sonst noch alles kümmern! Sie wollte nur eines: Frieden, Ruhe, Harmonie. Sabu atmet tief durch. Aber da das momentan nicht zu erreichen war, stand sie leise vor sich hin brummend auf, legte den Kimi um und ging zu ihrem Zimmer, um sich auf ein kurzes Bad vorzubereiten. Und danach dann – widerwillig – die Rüstung anzulegen.

Und dann waren sie wieder in der Luft. Wieder sah die Landschaft aus, wie gestern; Links meilenweit Asche, rechts unbewohnt. Was hatte der FEIND angerichtet! Mögen ihn die Dämonen fressen und tausend Jahre quälen und foltern! So dachten Sabu und Kamino und ihre Krieger. Und die Zauberer? Sabu konnte es ihnen nicht ansehen. Aber sie war sich sicher, dass auch die Magier keine Gnade walten lassen würden.

In der Ferne sahen sie das kreisrunde Lager des FEINDES vor Somo und im Dunst des frühen Mittags Somo und das Westmeer. Sabu atmete tief durch. Der Status quo schien immer noch zu bestehen!

Drachen stiegen von Somo auf und kamen ihnen entgegen. Sabu erkannte Yukomi in einer prächtigen Rüstung auf Masaru und um ihn zehn Drachenreiter, auf deren Rücken die Flaggen der südlichen Grafschaften flatterten. Triumphierend schrie Tsuyoshi mit hoher Stimme und alle Drachen antworteten. Dann bildeten die zehn

Reiter eine Eskorte und sie flogen zurück, vorwärts nach Somo. Sabu atmete auf. Sie hatten es geschafft!

ANHANG

Die Fürstentümer und Provinzen (Daimiate) von Sini

Kaitoshima – Land am Meer – Schlange auf gelbem
Grund
Hauptstadt: Kaitori
Fürst Amaya Tamori

Präfektur Kaitori	- Fürst und Präfekt Amaya Mori
Provinz Amamati	- Daimio Yago Ini
Provinz Nibu	- Daimio Llayi Yagi

Nishi-Shima – Land im Westen – Fisch auf hellblauen
Grund
Hauptstadt: Norokami (Guter Geist)
Fürstin Norikami Harada

Präfektur Norokami – Fürst Ngoto
Provinz Ashaiy (Aufgehende Sonne)
- Daimio Itsuko

Provinz Ryo	- Daimio Fugishi
Provinz Hiroki	- Daimio Hirohito
Provinz Hiru	- Daimio Yabon
Provinz Suzukyii	- Daimio Suzuki
Provinz Hikoku	- Yumiko Onemichi

Sagoshima – Das große Land – Schwarze Muschel auf
grauen Grund

Hauptstadt: Nyoko-hishi
Fürst Nyoko Aiki

Präfektur Nyoko-Sagoshima: Nyoko Chiyoko

Präfektur Sadmikami: Nyoko Suzume

Provinz Saka-tooi	- Daimio Anagumo
Provinz Tenshishima	- Daimio Nyoko-Yataka (Vetter) (Land der Vorfahren)[21]
Provinz Shimouki	- Daimio Dmomo
Provinz Sadmikami	- Daimio Chika-Ra
Präfektur Matobo[22]	- Fürst Za
Präfektur Hebiyi[23]	- Fürst Jakobe

Ryoshima – Das kühle Land – Ying/Yang auf rotem Grund
Hauptstadt: Tomi, Sitz des Hikoshu-Sham
Fürst Tomi Taichi

Provinz Ude (Arm)	- Daimio Tomi Hato
Provinz Tomichi	- Daimio Tomi Kanizo
Provinz Ebi (Topfbucht)	- Daimio Tomi Tyo

Shoushima-Sini – Hochland von Sini – Käfer auf goldenem Grund

Hauptstadt u. Präfektur: Hikoku
Fürst Hikoku Gotubi Katsuo
Hikoku Asamoto, ehemals Fürst von S., von Sabu verbannt

Provinz Domokaori	- Daimio Hikoku-chibi Amasú
Provinz Sago-shima	- Präfekt Gotubi Katsuo

---

[21] Tenshishima soll der Ort gewesen sein, an dem die ,Alten' Sini vor Tausenden von Jahren aus der ,Anderen Welt' landeten)

[22] Matobo, auch Matobo-sani. Hier befindet sich der Bushidi-Tempel (Siehe Anhang)

[23] Direkt auf der Grenze zu Nishi-Shima steht der Tempel der *Siebenhundert Schlangen*. Neutrales Gebiet (ca. 20 ha), das als sakrosankt gilt.

| Provinz Tani-kiiroi | - Daimio Hikoku-chibi Nezzomi |
| Provinz Fumokou | - Daimio Hikoku Esoderu |

Yukokoshima – Eisdrache – Silberdrachen auf grünem Grund

Hauptstadt: Hita (vor der Zerstörung)
                Hita-Shikij – Neu Hita
Fürstin Hita Sabu, Tochter des Kenshoori

Provinz Hita	- Daimio Erigano Yolo
Provinz Fuko	- Daimio Rakio Shaboke ✚
	(Nachfolger noch offen)
Provinz Somo	- Daimio Kooku Hagoshi
Provinz Kuta	- Daimio Kamasu Higishi
Provinz Kushu-Gi	- Daimio Masaru Ruuyiko
Provinz Kajabe	- Fürst Ishi Maki
Provinz Shoshu	- Daimio Ryoichi Lokimou
Provinz Kimshak	- Kohaku Wakimo
Provinz Skibetsu	- Daimio Watabe Dakimoshi

        ↰ *Yanging* - Fürst Higoru Mokushi

Minoru – Furcht   - Drei Sterne (Sternbild Dämon)
Silber auf schwarz

Hauptstadt: Kobo
Fürst Hidaro-Higishi Mikiri, gerufen Higishi
Heerführer des Fürsten, Llasha Osako

Provinz Fünf-Finger-Land
                -Die Unsterblichen[24]

---

[24] Higishi musste auf Befehl der letzten Kaiserin das Fünf-Finger-Land an die ‚*Unsterblichen* abgeben'. Der damalige Daimio

Provinz *Kobo*   - Daimio Kayabi
Provinz *Sono*   - Daimio Kakomi Yamate
                    - Kakomi Yamo (Erster Sohn)
- Heerführer Shosako von Sono
Provinz *Minami* - Daimio Naoki
Provinz *Kita*   - Daimio Katashi

Akaya – Regenland – Spinnennetz aus weißem Grund

Hauptstadt: Akaya-Sari
Fürst Akaya Sari III.

Keine Provinzen, keine Daimios
Senzo-rai-Tempel

Kasumi – Grüner Drache – Goldenes Blatt auf grünem Grund

Hauptstadt: Tsubasa-aku
Fürst Kasumi Yomotabe

Provinz *Kita-kasu*   - Daimio Tsakusi Mori
                       Erbe: Sohn Tsakusi Morikori
Provinz *Natsuki* - Daimio Kawasake Hige (Der Bärtige)
Provinz *Negisha'o'narna* – Daimio Kaminaro Uzo
Provinz *Kai*   - Daimio Nebuka Soro

Nantou-Sini – Südosten – Aufgehende Sonne auf weißem Grund

Uhura Hagamoto beging daraufhin mit seiner gesamten Familie Selbstmord. Die Bewohner des Fünf-Finger-Landes (etwa zehntausend Dragune) verteilten sich auf das restlichen Minoru und wurde teilweise entschädigt.

Hauptstadt: Lhagotshi
Fürst Lhagotshi Masakura

Provinz keine
Shitashima – Das Land unten - Gelber Mond auf
schwarzem Grund

Hauptstadt: Nanto-otu
Fürst Nantou Herochi

Keine Provinzen
Daikishima – Das leuchtende Land – Silberstern auf
dunkelgrünem Grund

Hauptstadt: Daiki
Fürst Daiki Otuu

Provinz Hono	- Daimio Zumizi
Eridani	
Provinz Okà	- Daimio Kawa Eridani
Provinz Fumo	- Fürst Sango Kokgo
Provinz Arashi	- Daimio Suna Yukata
Provinz Nagatami	- Daimio Eda Yasuo

Namen, Begriffe

Burg Niki	- Burg der Stadt Somo,
Chikai-daito	- Handkämpfer, waffenlose Kampftechnik
Drac	- Ritter, berittener Krieger,
Gruul	- Eine nekromante Züchtung des HERRN aus Krull, Dragun und Mensch
Hikoshi-oiyii	- Die ehrenwerten Gerechten. Gemeint sind die Herren der zwölf Familien in Sini,

hikoshi-ogoku	- Rat des Hikoshu-sham
-igoki	- Familie, z.B. Hita-igoki,
Hikoshimat	- Herrschaft eines Hikoshu-shams
Hita-shikij	- Neu-Hita (auch Hita-shiroi)
nii-onee-shama	- die zweite Priorin des Klosters, nii-onee-sham
	– Zweiter Prior,
mayoo	- Weise Frau, Zauberin
mino-ruii	- Furchtlose
Hido-ko	- Pfau,
Higashima	- Land im Osten, Land der Glatthäutigen,

gemeint ist Geadir

higashi-ono-imiya - Higashima heimholen, Heimholer

Higashimas (Higashima – [Iga'shim'á]) Geheimbund der Söhne/Töchter verschiedener Familien

Hikokugebirge	-Grenzgebirge zwischen Yukokoshima und Shoushima,
Inou	- sechsbeinige Ziege,
Joseyji	- Dame der Weidenruten – Unterhalterin,

manchmal auch Prostituierte,

Kano-i'iyo	- Heilige Stele oder Gegenstand. Hort der Seelen der Vorfahren und guten Geister,
Kasumoyi-Berg	-Tafelberg, Hort des Wassergottes. So genannt, wegen eines dreihundert Schritte hohen Wasserfalles,
Ogi-Giita	- die viersaitige Laute
Katani	- Langschwert,
Katimi	- Kurzschwert, Dolch
Kimi	- Alltags- und Festkleidung der Dragune und Dragunas, getragen wie ein Kimono, jedoch mit schmalem Gürtel,
Mayoo	- Hexe
meharr	- Unwürdige, so bezeichnet der schwarze Magier die Sini,
mino-ruii	- Furchtlos, Kriegerinnen des Sonnentempels,
nyoki-daiki	- Sonnengöttin,
on'nanno o'nyoko-dayki	
	- Dame/Schwester der Sonnengöttin
Reii-onee-shama	Priorin eines Klosters, Reii-onee-shamo – Prior,

Ryuu-ooi oder ryuu-oiyi- Drachenreiter,

ryuu-meirii	- Führer einer Gruppe von vier bis zehn Drachenreitern,
Romoror	- Kommunikationsgerät,
roobai	- sechsbeiniger Hirsch
shoki	- niedriges Schränkchen,
Shiroi-hita	- Neu Hita
Sini	- Mensch, das Volk - in der Ursprache der Sini,
Sini-i	-Die starken Sini, Das starke Volk, so nannten sich die ersten Dragune, nach der Vertreibung,
Sembuke-ki	- ritueller Selbstmord mit dem Kurzschwert,

Tempel der siebenhundert Schlangen - Urtempel der Dragune, Begräbnisstätte der Ur-Sini,

Uziadoo (sinisch)	- Zauberer
Yukokoshima	- Land in der Mitte, beherrscht von der Familie Hita,

Wichtige Orte

Kap Akayama-kiboo	- südwestlichste Ausbuchtung des Kontinents Sini
Nagatami -	wichtigster Hafen von Daikishima

KARTE VON YUKOKOSHIMA